CONTENTS

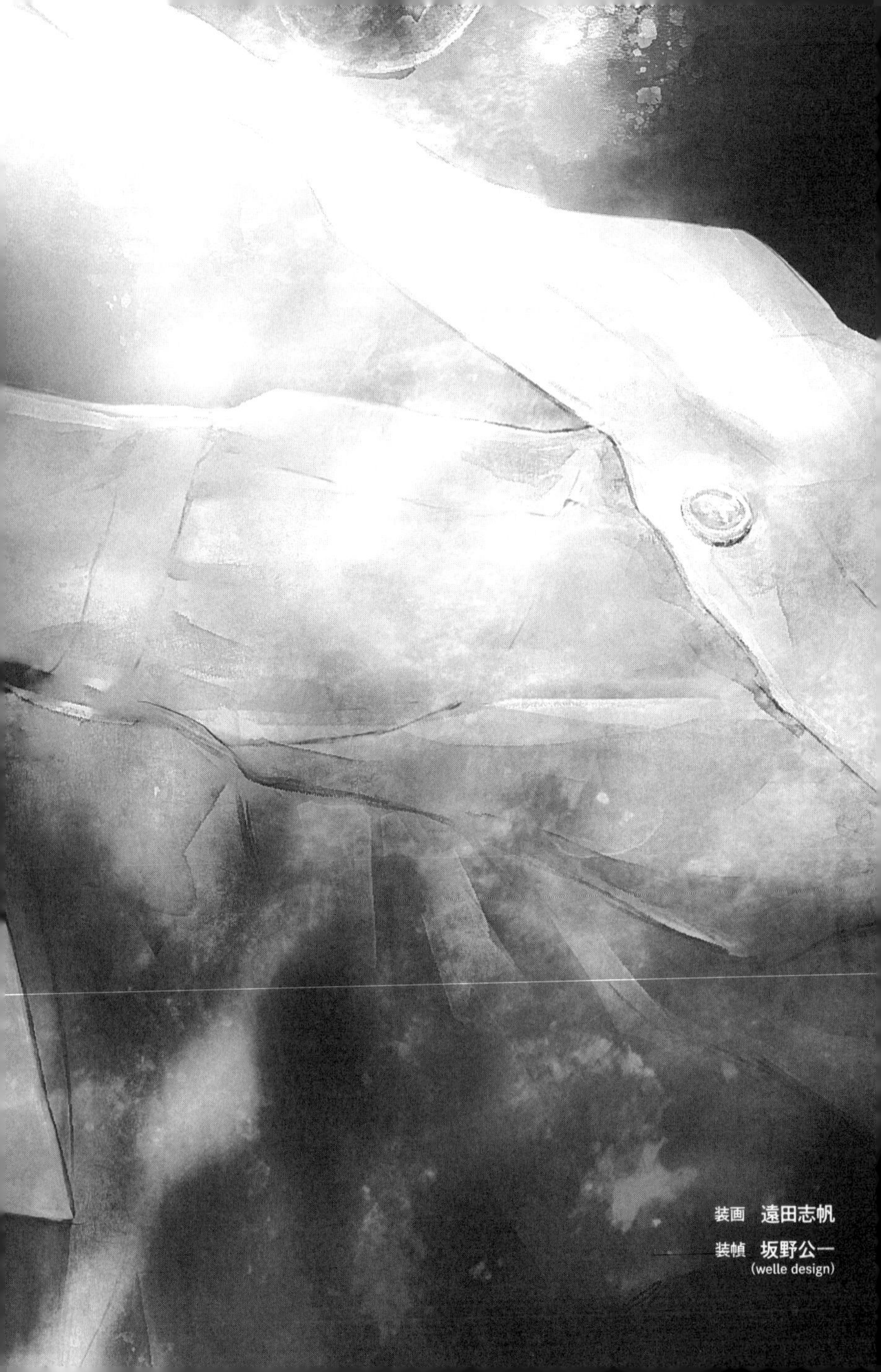

装画　遠田志帆
装幀　坂野公一
(welle design)

新 心霊探偵
八雲
赤眼の呪縛
KAMINAGA Manabu
PSYCHIC DETECTIVE YAKUMO

ぼくは、生まれつき左眼《ひだりめ》が赤い。
ただ、赤いだけではなく、他人には見えないものが見える。
死者の魂——つまり幽霊だ。

これは――あなたの呪いだったのですね。

月が浮かぶ空には筋雲が流れていた。

風が吹き、花を落とした桜の枝をざわっと揺らし、川面《かわも》にさざ波を立てる。

斉藤八雲《さいとうやくも》は、川縁《かわべり》にたち、真《ま》っ直《す》ぐに目の前に立っている人物に視線を送り、返答を待った。

だが――。

その人物は何も言わなかった。

月を見上げながら目を細め、口許《くちもと》に薄い笑みを浮かべただけだった。

その笑みは、酷《ひど》く空虚なもののように見えた。しかし、それが、その人物の本意なのかどうかは分からない。あくまで、八雲がそう感じただけだ。

どんなに手を尽くしたとしても、人の想《おも》いを完全に理解することは出来ない。他人だからではなく、本人だって自分のことを完全には知り得ない。

人の心は移ろいゆくものだから――。

ただ、一つだけ確かなことがある。今回の悍《おぞ》ましい呪いをかけたのは、この人物だということだ。

あらゆる犠牲を厭《いと》わず、用意周到に準備を進め、躊躇《ためら》うことなく目的を達成してみせた。

その結果、呪いに縛られ続ける者たちがいる。

命を失った者たちがいる。

今さら、術者が誰なのか分かったところで、発動した呪いは、関わった人々を蝕《むしば》み続ける。

「なぜ、こんな呪いをかけたのですか？　他にも方法はあったはずです――」

答えないことを承知で、八雲は目の前の人物に問う。

その人物は、ようやく八雲の方に顔を向けた。視線がぶつかる。その目は、充足感に満ちていた。

――ああ。そうか。

この人に、後悔などない。そのことを、改めて思い知らされた。そうでなければ、あのような呪いをかけられるはずがない。

その人物は、しばらく八雲をじっと見つめたあと、口だけを動かして何かを言った。音としては聞こえなかったが、口の動きを見る限り「あなたのお陰です――」と言っているようだった。

――やはりそうだったか。

忸怩《じくじ》たる思いから、自らの唇を噛《か》んだ。

八雲自身もまた、呪いを成就させるためのピースとして組み込まれていたのだ。

いや、そうではない。自分たちの存在が、この呪いを引き起こしたと言っても過言ではない。

こんなことなら、嘘《うそ》を吐くべきだったと思うが、今さら悔いたところで、もはや手遅れだ。

呪いは成就し、失われなくていい命が失われたという事実は変わらない。

だが、それでも。

いや、だからこそ――と言った方がいいかもしれない。

この人物がかけた呪いが、これ以上、多くの人を巻き込むことだけは避けなければならない。

八雲は強い信念とともに、足を踏み出した――。

プロローグ

「あなたには、幽霊が憑いていますーー」

蠟燭《ろうそく》に照らされた薄明かりの中、女の声が鈴の音のように凛《りん》と響いた。

黒い法衣《ほうえ》を纏《まと》い、黒く長い髪を後ろで一つに束ねている。白い肌は、つるんとしていて、磁器のように冷たい光沢を放っているように見える。

まるで人形だーー。

アーモンド形の大きな瞳が、赤みを帯びているように見えるのは、光の加減だろうか？

何《いず》れにしても若い。まだ少女と言って、差し支えない年齢だろう。

「本当に幽霊が憑《つ》いているのですか？」

私が問い返すと、黒い法衣の少女は、コクリと顎を引いて頷《うなず》いた。

少しだけ蠟燭の灯《あか》りが揺れる。

「私には、いったい誰の幽霊が取り憑いているのですか？」

「お分かりのはずです」

黒い法衣の少女が、静かに言った。

ーー騙《だま》されない。

私は、自分の心にそう言い聞かせる。

ここで、「はい」と返事をしてしまったら、こちらから情報を与えるようなものだ。霊媒師というのは、そうやって思わせぶりなことを言って、こちらから情報を引き出し、あたかも最初から分かっていたように振る舞う。そういう輩《やから》は、得《え》てして何の霊能力もない偽物だったりする。そうやって、こちらを騙して、霊感商法に引き摺《ず》り込もうとしたりする。

もちろん、そういう悪質な輩ばかりではない。霊媒や占いには、カウンセリングの側面があることも承知している。

だけど――。

私が捜しているのは、本物の力を持った霊媒師なのだ。

「いいえ。私には分かりません」

きっぱりとした調子で言うと、黒い法衣の少女は、薄い唇に小さく笑みを浮かべながら、すっと私の背後を指差した。

ふわっと、独特の甘みを帯びたお香の匂いが鼻に届く。

「惚《とぼ》けても無駄です。私には見えていますから。亡くなったあなたの最愛の人が、そこにいるではありませんか」

振り返ってみたが、靄《もや》がかかったような薄い闇があるだけだった。

確かに、黒い法衣の少女が言うように、私は最愛の人を亡くしている。もう一度だけ会いたい。その一心で、何人もの霊媒師に会ってきた。

だけど、簡単に信じることはできない。

これまでも、私が最愛の人を亡くしていることに、気付いた霊媒師はいた。だけど、それは、予《あらかじ》め調べていただけのことだ。ネットで名前を検索すれば、簡単に情報が得られる時代だ。

「本当にここにいるのですか？　どうして、今も彷徨《さまよ》っているのですか？　私に何を訴えようとしているのですか？」

私は立て続けに質問を投げかける。

この回答次第で、この霊媒師が本物か偽物かが分かる。

黒い法衣の少女は、じっと虚空を見つめたまま、何も答えなかった。きっと、どう答えるべきかを考えているのだろう。

それが分かると同時に、私の中に落胆が広がっていく。

この霊媒師は偽物だ。

幽霊なんて見えていない。ただ、それっぽいことを言っているだけだ。最初に人形という感想を抱いたが、実際にそうなのかもしれない。

この歳《とし》の少女が一人で、霊媒師として活動していくのは難しい。彼女は、傀儡《くぐつ》で、それを操る傀儡師がいるのかもしれない。

何れにしても、これ以上、ここに留まっていても意味がない。適当な口実を作って、辞去しよう。そう考えていた矢先、黒い法衣の少女が、すっと立ち上がった。

彼女は、ゆっくりと私の許《もと》まで歩み寄って来る。

お香の匂いが強くなる。

近くで見る黒い法衣の少女の目は、赤みを増したようだった。

「なぜ彷徨っているかは、ご自分でお訊《き》きになった方がよろしいかと思います」

黒い法衣の少女は、私の耳許でそう囁《ささや》いた。

「え？」

「私が、あなたにも見えるようにして差し上げます――」

彼女が、私の顔に手を伸ばしてくる。

驚いて顔を背けようとしたのだが、どういうわけか金縛りにあったように身体《からだ》が動かなかった。

彼女の冷たい指が、私の瞼《まぶた》の上をそっと撫《な》でる。

「目を閉じて下さい」

私は、彼女の言葉に抗《あらが》うことが出来ず、自然と目を閉じていた。

視界が黒で塗り潰される。

私の額に、彼女の額が触れる感触があった。

その途端、目の前が白い光に包まれた。

そして——。

光の向こうに、佇《たたず》む人の姿があった。

「ああ……」

私は、思わず声を漏らすのと同時に、黒い法衣の少女が、本物なのだということを理解した——。

第一章 幻覚

コツン。

コツン。コツン。

硬いもので、コンクリートを叩《たた》くような音がする。

これは、靴音だ。

外階段を一段ずつ上ってくる靴音だ。

「来るな。来るな。来るな……」

健作《けんさく》は、真っ暗な部屋の中で、霊媒師から貰《もら》ったお守り袋を握り締めながら、何度もそう繰り返した。

コツン。

コツン。コツン。

靴音の調子が変わった。

階段を上り終えて、外廊下を歩いているのだ。靴音が響く度に、一歩、また一歩と、何かが健作の部屋に近付いてくるのが分かる。

やがて――。

靴音が止《や》んだ。

いなくなったのではない。健作の部屋の前で立ち止まったのだ。

それが証拠に、廊下に面した曇りガラスに、ぼんやりと人の影が映った。影だけなので、男なのか女なのかも定かではない。

ただ、その存在が、禍々《まがまが》しいものであることは、窓を通して伝わってきた。肌が粟立《あわだ》ち、背筋が震え、額から冷たい汗が流れ落ちる。

ドン。

曇りガラスの向こうの影が動き、ドアを叩いた。

健作は、思わず悲鳴を上げそうになったが、両手で口を押さえ、それを呑《の》み込んだ。

「絶対に声を出してはいけません」

霊媒師から、そう忠告されていたのを思い出したからだ。

もし、存在を気取られると、幽霊が部屋の中に入ってくるのだという。

ドン。

ドン。ドン。

幽霊は、何度も、何度もドアを叩く。その強さとペースがどんどん上がっていく。健作は、両耳を塞いだが、それでも音は入ってくる。

——止めろ。止めろ。止めろ。

心の中で必死に念じたが、それを嘲《あざけ》るように、音は大きくなり続ける。

鼓膜だけでなく、脳まで振動しているかのようだった。頭が痛い。どうして、こんな目に遭わなければならないのか？

全ての発端は、遊び半分でやったおまじないだった。

多摩川沿いに廃墟《はいきょ》となった神社がある。桜川《さくらがわ》神社という名前らしい。

その神社の社《やしろ》に入り、ご神体として安置してある鏡に、願いを書き、それをスマホで撮影して待ち受けにしておくと、その願いが叶《かな》うという噂《うわさ》があった。

願掛けの一種だ。

誰が言い出したかは定かではないが、中学時代の友人たちと久しぶりに集まったときに、試してみようということになり、その神社に足を運んだ。

一人ずつ社に入り、鏡に願いを書き、スマホで撮影した後、鏡に書いた文字を消す。作業は、大したことないが、深夜の誰もいない時間帯ということもあり、かなり盛り上がった。

健作の番が回ってきて、社の中に入ったものの、叶えたい願いは特になかった。

だから、『一生、バレませんように』と書き記し、スマホで撮影した。

ささやかな罪の告白。仮にバレたとしても、今さらどうこうなるものではない。

それでも、いつも心の隅にあのことがあったのは事実だ。

だから、願掛けをすることで、心の奥にあるモヤモヤを忘れ去ろうとした。

全員が社に入り、願掛けをしたところで解散となった。

それで終わるはずだった。

なのに——。

その日の夜から、誰かが階段を上ってくる靴音が聞こえるようになった。

それは日に日に近付いてきて、やがては健作の部屋のドアをドンドンと叩くようになった。

怖くなって、友人の紹介で霊媒師に見てもらった。そこで、初めて健作は、自分たちの行いが、いかに危険なものであるかを知った。

その霊媒師曰《いわ》く、健作たちがやったのは、願掛けなどではなく、怨霊を呼び寄せる呪いだったのだという。

——知らなかったんだよ。

健作は、心の内でそう訴えたが、きっと、そんなことは関係ないのだろう。霊媒師も、そう言っていた。全てが手遅れなのだ——と。

ドアを叩くペースはどんどん上がり、いつの間にかドドドドドッという地鳴りのような音に変わっていた。

頭が割れるように痛い。

健作は、ついに叫び声を上げてしまった。

「止めろ！」

——しまった。

恐怖で混乱して、完全に我を失っていた。

聞こえてしまっただろうか？　分からない。分からないが、ドアを叩く音がピタリと止んだ。

さっきまでの騒々しさが嘘のような静寂——。

——大丈夫だ。

健作は、ドアを見つめながら自分に言い聞かせる。

鍵は閉めてあるし、ドアチェーンもかかっている。絶対に、入って来られるはずがないのだ。

曇りガラスの向こうに立つ影が、じっとこちらを見ているような気がした。

どれくらい、時間が経《た》っただろう。

曇りガラスの向こうにあった影が、ふっと消えた。

——立ち去ってくれた。

健作は、そのことを実感して、ほっと胸を撫で下ろした。

霊媒師に貰ったお守りや護符が効いたのかもしれない。ただ、これで完全に安心出来たわけではない。

きっと、あの幽霊は明日もやってくる。

霊媒師も、お守りや護符は対症療法に過ぎず、根本的な解決にはならないと言っていた。かけられた呪いを解かない限り、同じことが繰り返される。

「どうしたらいいんだ……」

健作が頭を抱えたところで、首筋に生暖かい風が当たった。

振り返ろうと思ったが、動きが止まった。

窓もドアも閉めてある。それなのに、風が当たるはずがない。しかも、今のは、風というより、人間の呼吸だった。

また、首筋に生暖かい風が当たる。

ああ。ダメだ。

やはり、今、自分の背後に何かいる。それは、生きた人間ではない何かだ。

「お前の罪を思い出せ……」

掠《かす》れた声とともに、冷たい何かが健作の首に巻き付いてきた。

健作が悲鳴を上げるより先に、ぎゅっと気道が絞め付けられ、声を出せなくなった。

I

何かが追いかけてくる。

それが何なのか？　なぜ追いかけてくるのか？

分からない。

分からないけれど、酷く恐ろしいものだということは、本能が知っていた。

だから、ぼくはただ必死に走り続ける。

でも、どんなに逃げても、それは延々とぼくを追いかけてくる。

――このままでは、追いつかれる。

そう思った矢先、何かに躓《つまず》いて転んでしまった。

痛みを堪えながら身体を起こして振り返る。そこには人が立っていた。人相はおろか、性別すら分からない。影が実体になったかのような黒い人――。

ただ、ぎょろっとした目だけが、ぼくを蔑《さげす》むように見ている。いや、そんな生易しいものではない。その視線に込められていたのは、黒く熱を帯びた憎しみの感情だった。

「全てお前の罪だ――」

黒い人が言った。

喋《しゃべ》っているのは一人のはずなのに、幾人もの声が重なった大合唱のようだった。そして、その声は、ぼくから逃げる力を根こそぎ奪ってしまった。

怯《おび》えることしか出来ないぼくに、黒い人は、ぬっと両手を伸ばしてくる。

その手は、無造作にぼくの首を摑《つか》むと、指を食い込ませ、ぎりぎりと力を込めて絞め上げていく。

痛い。

苦しい。

息が出来ない。

黒い人は、ぼくの首をきつく絞めながら、全てお前の罪だ——と再び言った。


「違う！　止めろ！」

深水蘇芳《ふかみすおう》は、叫び声を上げるのと同時に立ち上がった。

首に手を当てたけれど、何の感触もない。誰も蘇芳の首を絞めてはいなかった。どうやら、夢を見ていたらしい。

それを自覚したというのに、呼吸はなかなか落ち着かなかった。

「ほう。違うと主張するのなら、何がどう違うのか、説明してもらおうじゃないか」

急に聞こえてきた声に、蘇芳ははっと顔を上げる。

そこで、ようやく状況を理解した。ここは、自分の部屋ではなく、大学の大教室だった。講義の真っ最中に眠ってしまっただけでなく、悪い夢を見た上に、叫び声を上げて目を覚ましたというわけだ。

教授である御子柴岳人《みこしばがくと》が、真っ直ぐな視線を蘇芳に向けている。

女子学生たちに『白衣の王子様』と呼ばれるだけあって、御子柴は、顔も整っているし、立ち姿もモデルのようにすらっとしている。

パーマを失敗したような、ぼさぼさの髪が玉に瑕《きず》だが、優れているのは容姿だけでなく、まだ三十代だというのに、特例で教授に昇進した才能の持ち主でもある。

「御子柴先生の講義で寝るとか、ありえねぇだろ」

隣の席に座っていた友人の裕太《ゆうた》が、からかうように言った。

まさにその通りだ。御子柴の講義は、最後に必ず小テストがある。その成績次第で、容赦なく単位を剝奪することで有名なので、講義の最中は、常にピリピリしたムードが漂っている。

他の学生たちも、ざわざわしながら、蘇芳の方を見ている。その視線が痛くて、脇から変な汗が出て来た。

「いえ。何でもありません」

ぺこりと頭を下げて席に着こうとしたのだが、「待て」と御子柴に呼び止められる。

「は、はい」

「お前は、さっき『違う』と叫んで立ち上がった。つまり、ぼくのこの数式が間違っているということだな。ならば、何がどう違っているのか説明しろ。深水蘇芳」

御子柴が、マーカーでホワイトボードに書かれた数式を、とんとんと叩いた。

「ぼくの名前を知っているんですか？」

「当たり前だろ。何を寝惚《ねぼ》けたことを言っている。ぼくは、バカじゃない。学生の名前と顔くらい一致している」

御子柴は、事もなげに言ったが、それは全然、普通のことじゃない。

まだ、御子柴の講義は三回目だ。たったそれだけで、百人近くいる学生の名前と顔を全部一致させるなんて、とんでもない記憶力だ。

「あ、いえ。そういう意味ではありません。ただ……」

「何だ？　早く言え」

「居眠りしていました。すみません」

蘇芳は、素直に白状して頭を下げた。そのまま、席に着いてやり過ごそうとしたのだが、御子柴は逃がしてはくれなかった。

「質問の答えになっていない。それに、今のは何に対する謝罪だ？」

「え？」

「え？　じゃない。今のは、何に対する謝罪なのかと訊《たず》ねている」

「講義の最中に居眠りしてしまったので……」

「そんなものは知らん。お前が、講義中に寝ていようが、起きていようが、ぼくはどうでもいい。テストの結果さえ良ければ、単位を与える。だから、眠っていたことに対して謝罪は必要ない」

「は、はい」

「但し、大声を出して、ぼくの講義を邪魔したことに対しては、謝罪が必要だ」

御子柴が、指先でくるっとマーカーを回してから、蘇芳を指し示した。

――なかなかに面倒臭い人だ。

「邪魔をしてしまい、申し訳ありませんでした」

「では、最初の問いだ。何が違うのか説明してみろ」

「御子柴先生の講義に対しての言葉ではありません。ちょっと嫌な夢を見ていて、思わず……」

「何だ。つまらん。この数式に、新しい解釈が生まれると思って期待したのに。そうだ。ぼくの期待を裏切ったことにも謝罪しろ」

「も、申し訳ありません」

——いったい、何を謝らされているんだ？

疑問を抱きながらも、この場を収めるために形だけの謝罪をして、ようやく席に着くことが出来た。

「話を戻そう。この数式が解けるやつはいるか？」

御子柴が、学生に問いかける。

居眠りしていたので、内容を把握していない蘇芳が答えられないのは当然だが、他の学生たちも沈黙していた。

そんな中、同じ列にいた女子学生が手を挙げた。

「紀藤心音《きとうここね》。やってみろ」

御子柴に指名された女子学生は席を立ち、真っ直ぐ教壇に向かって歩いて行く。

蘇芳は、その姿に釘付《くぎづ》けになった。

真っ直ぐ伸びた鼻梁《びりょう》に、尖《とが》った顎。黒く長い髪からは、少し立った耳が覗いていた。美人なのだが、眠そうな目をしていて、気怠げな雰囲気を纏っている。だぼついたパーカーに、ジーンズというラフな出で立《いた》ちが余計にそう感じさせるのかもしれない。

だが、蘇芳が彼女に惹《ひ》きつけられたのは、容姿が端麗だったからではない。

彼女の背後から、その身体に腕を回してしがみついている、少女の姿を目にしたからだ。

——見るな。

蘇芳は、内心で呟《つぶや》きながら、視線を心音から引き剝がそうとしたけれど、ダメだった。

心音の背後に張り付く少女に、引き寄せられる。

その少女は、着ているワンピースも、白く幼い顔も、真っ赤な血に塗《まみ》れていた。

誰一人として、心音の背後にいる少女について、指摘する者はいなかった。それも当然のことだ。なぜなら、

——あれは、ぼくの脳が作り出した幻覚なのだ。

2

——息が詰まる。

和心《わしん》は、法衣の襟に手を当てつつ目を凝らした。

寺の本堂だ。戸は全て閉めてあるので、燭台《しょくだい》の小さな火だけが頼りだ。揺れる火を見ていると、和心の中にある不安が、どんどん大きくなっていくような気がした。

和心の対面には、若い女性が正座している。

聖子《せいこ》という名で、明政《めいせい》大学の一年生とのことだったが、丸顔で実年齢より幼く見える。

彼女が寺の住職である和心の許を訪れたのは、二日前のことだった。

「どうか、助けて下さい――」

彼女は和心に会うなり、涙ながらにそう訴えてきた。

理由を問うと、彼女は語り出した。それによると、数日前に、飲み会に参加していて終電を乗り過ごし、大学の友人の家に泊めてもらうことになったらしい。

友人の部屋に入るなり、嫌な予感がしたのだという。

部屋は片付いているのだが、何だかじめっとしていて、その場にいるだけで、頭が痛くなるような妙な感覚があった。

だが、他に行く当てもないし、疲れていたこともあり、すぐに眠ってしまった。

ところが、深夜三時くらいに、タタタッと誰かが走り回る足音を聞いて目を覚ました。

最初は、友人がトイレにでも行ったのかと思っていたのだが、彼女はブランケットにくるまって、ソファーで寝息を立てていた。

気のせいかと、再び眠ろうとしたところで、彼女の視界に白い棒が二本見えた。

それは――人間の足だった。

友人ではない誰かが、彼女の寝ているベッド脇に立っていたのだという。

やがて――友人ではない誰かは、腰を屈《かが》めて顔を覗《のぞ》き込んできた。
十二、三歳の少女だった。
首と頬の辺りに赤黒い血がべったりと張り付いていた。少女は、生気のない目でじっと聖子を見つめたあと、青紫に変色した唇を動かし、何かを言った。

「……げて、……く……に……て……」

それは、まるで呪いの呪文のようだった。

あまりの恐怖に、聖子はそこで意識を失ってしまった。

それだけなら、彼女が悪い夢を見たということで終わったのだが、そうはいかなかった。

その日から、聖子は何者かの視線を感じるようになったらしい。それだけでなく、ときどき、髪の長い少女の影が視界に入ることもあるのだとか――。

「私、これ以上は限界です。どうか、助けて下さい」

聖子は、三つ指を突いて頭を下げる。

彼女がここに来たのは、除霊を望んでいるからだった。

和心は寺の住職をやっている。以前は警察官だったが、色々とあって、寺を継ぐことになった。和心という法名を貰い、正式に継いだのはごく最近だが、師僧について修行を積み、経も覚えたし、法要のあれこれも学んだ。

だが、除霊は学んでいない。

そもそも、寺の住職は弔《とむら》いこそするが除霊などはやっていない。

それなのに、何処《どこ》でどう間違ったのか、和心には除霊が出来るという妙な噂が広まってしまい、ときどき、彼女のような者が寺を訪れる。先日などは、テレビ局から、心霊特番への出演依頼が舞い込む始末だ。

まあ、原因はだいたい分かっている。師僧である英心《えいしん》というクソ坊主が、あることないことふれ回っているのだ。

――本当に、早くくたばって欲しいものだ。

だが、英心は八十を越えて、矍鑠《かくしゃく》としている。びっくりするくらい元気だ。早々に追い返してやりたいところだが、英心にああだこうだと小言を言われるのが目に見えているので無下にも出来ない。結果として、こうして除霊をする場を設けることになっているのだ。

「分かりました。確かに、あなたには、幽霊が憑いています。それを、拙僧がこれから祓《はら》いますので、目を閉じて下さい」

和心が告げると、彼女は「はい」と応じて素直に目を閉じた。それを確認してから、和心は、ドンッと床を叩いてみせる。

女性は、ビクッと肩を震わせたものの、目を開けることはなかった。

和心が床を叩いたのが合図となって、静かに本堂の扉が開き、寝癖だらけの髪をした、細身の男が中に入って来た。

和心が目配せをすると、男は小さく顎を引いて頷いてから、音がしないように後ろ手で扉を閉め、忍び足で彼女の方に歩み寄っていく。

その気配を察したのか、彼女が目を開けそうになったので、和心は慌てて「目を開けてはならん！」と一喝する。

彼女は、驚きつつも、さっきより一層、固く瞼を閉ざした。

寝癖の男は、屈むような姿勢で、しばらく彼女のことを観察していたが、やがて小さくため息を吐き、何も言わずに扉を開けて本堂を出て行った。

——何だかな。

和心は半ば呆《あき》れつつも「まだ、目を開けるなよ」と彼女に念押ししてから立ち上がり、扉を開けて本堂を出た。

本堂に通じる階段に、気怠《けだる》げに座っている男の背中が見えた。

白いシャツにジーンズというラフな出で立ちで、大あくびをしながら、ガリガリと寝癖でぼさぼさになった髪を掻《か》いている。

男の名は——斉藤八雲。

生まれながらに左眼だけ赤く、死者の魂——つまり幽霊を見ることが出来るという特異な体質を持っている。

古い付き合いで、腐れ縁というか、もはや家族のようなものだ。実際、血縁関係はないが、八雲の異母妹と養子縁組しているのだから、親戚といえば親戚だ。

八雲とは、和心が警察に所属していた時分から、心霊現象にまつわる様々な事件を解決に導いてきた。

今回のように、除霊が必要なときなどは、無理を言って協力してもらっている。

といっても、八雲も呪文を唱えて、たちどころに幽霊を消し去るような除霊が出来るわけではない。ただ、幽霊が見えるだけだ。

だが、幽霊が彷徨うのには、何かしらの原因がある。その原因を取り除くことで、幽霊を成仏させるというのが、彼のやり方だ。

「で、彼女はどうだった？」

和心が訊ねると、八雲からは「何も」と気の抜けた返事があった。

「それじゃ分からん。ちゃんと説明しろ」

「ずいぶんと横柄ですね。それが、他人にものを頼むときの態度ですか？」

——こいつ！

少しは素直になったと思ったのに、こういうところは何も変わっていない。和心は、苛立《いらだ》ちを腹の底に仕舞いながら、「どうか教えて下さい。お願いします」と頭を下げた。自分でも笑ってしまうくらいの棒読みだが、別に構いはしない。

「誠意が籠もっていないように感じますが、まあ、いいでしょう」

「うるせぇ」

「何か不満でも？」

「別に何も言ってねぇよ」

「そうですか。では、言葉以外の形で、誠意を見せて下さい」

そう言いながら、手を差し出して来た。

報酬を寄越せとアピールしているのだ。別に驚きもしない。八雲が無償で何かしたら、それはそれで気持ちが悪い。

「ほらよ」

和心は、彼女から受け取った除霊費をそのまま八雲に握らせた。

「どうも」

八雲は、立ち上がりながら無造作に札をジーンズのポケットに押し込む。

「で、あの女性に幽霊は憑いているのか？」

「いいえ」

「は？」

「は？　じゃありませんよ。彼女に幽霊は憑いていない——と言ったんです」

「彼女が嘘を吐いているってのか？」

単なる印象に過ぎないが、彼女の話には信憑《しんぴょう》性があった。それに、大学生が自腹を切って除霊のために金を工面してまで嘘を吐く理由がない。

「そうは言っていません。これは、あくまで推測ですが、彼女が友人の家で幽霊を見たのは本当でしょう。ただ——」

「その後、幽霊に付き纏《まと》われているというのは、勘違いってことか？」

「おそらく。幽霊を見てしまったという、鮮烈な記憶のせいで、視界に入る些細《ささい》なものを、幽霊だと誤認しているんですよ」

「そんなことあるのか？」

「ええ。人間の脳は、カメラのように事実を誇張なく捉えているわけではありません。精神状態によってバイアスがかかります。場合によっては、都合のいい幻覚を見ることだってあります」

正確に理解したわけではないが、感覚としては分かる。幽霊の正体見たり枯れ尾花——という言葉があるくらいだ。恐怖を抱いていたら、そこら中のものが幽霊に見えてしまうのが人というものだろう。

「じゃあ、放っておいても問題ないってことだな」

和心が口にすると、八雲は振り返り、汚物でも見るように表情を歪《ゆが》める。

日の光を受けて、赤い左眼が光ったような気がした。

「相変わらず脳筋ですね」

「あんだと？　ぶち殺すぞ！」

「仏に仕える者が殺害予告とは、世も末ですね」

「言ってろ。そんなことより、どうすればいいのか教えろ」

「除霊をしたふりをして下さい」

「騙せってことか？」

「人聞きの悪いことを言わないで下さい。人間というのは、一度、そうだと信じてしまったものを覆すのは、非常に難しいんです。あなたの見ていたものは、勘違いからくる幻覚です——と言ってあげたとしても、受け容《い》れてはくれませんよ」

言わんとしていることは分かる。自分の信じた世界を、勘違いだと認めることは、なかなか出来ないものだ。

「彼女に幽霊が憑いていたことにして、除霊したふりをすれば、安心するってわけだ」

「その通りです」

「でも、除霊のふりなんて、どうすればいいんだ？」

「知りませんよ。適当な念仏唱えて、塩でもばら撒《ま》いておけば、それでいいんじゃないですか」

適当にも程があるが、まあ、その方が楽でいいかもしれない。

「分かったよ」

「それと、一つ忠告です。彼女に幽霊は憑いていませんが、彼女の友人の方は、幽霊に憑かれている可能性があります。確認しておいた方が、いいかもしれませんよ」

「構わんが、おれでは、どうすることも出来んぞ」

和心には幽霊が見えないし、霊能力も皆無だ。話を聞いたところで、何も出来ずに、また八雲を呼び出すことになるだけだ。

「威張って言うことですか？」

「うるせぇ！　もし、彼女の友人にも心霊現象が起きていたときは、手を貸せよ」

「金額次第で検討します」

金額次第で検討——か。丸くなったものだ。いや、この対応で、丸くなったってのもどうかと思う。

それに、和心には一つ引っかかることがあった。

「なあ。どうして、今回、わざわざこんな回りくどい方法を使ったんだ？」

これまで、八雲に幾度となく除霊の手伝いをさせたことがあるが、だいたい直接会って話を聞くというスタイルだった。

それが、今回は、わざわざ寺の本堂で、彼女に目を瞑《つぶ》らせ、徹底して自分の姿を見せないようにしていた。そこまでする理由が、和心には分からない。

「簡単な話です。彼女がぼくの大学の学生だからです」

「面識があるのか？」

「ええ。ぼくの講義を受けています。大学の助教が、怪しげな霊感商法に手を染めているなんて噂が広まったら、一発で停職ですよ」

――なるほど。

大学生だった頃ならいざしらず、八雲は今年から大学の理工学部で助教として勤務している。この若さにしては異例の出世だ。立場があるので、妙な噂が立つようなことは、避けたいといったところだろう。

八雲は、そのまま階段を降り、立ち去ろうとしたのだが、途中でピタリと足を止めた。

「あ、そうだ。こういう依頼をするのに、いちいち、あいつに連絡するのは、止めてもらえますか？」

背中を向けたまま八雲が言った。

――そのことか。

八雲は、和心からの電話にとにかく出ようとしない。もちろん、折り返しの電話もない。だから、八雲と連絡を取りたいときは、もう一人、馴染《なじ》みの女性を通じてコンタクトを取るようにしているのだが、それがお気に召さないようだ。

「あいつじゃ、誰のことだか分からん」

和心はしらばっくれてみせた。

いつも言われっぱなしなので、偶《たま》にはからかってやりたくなる。

「分かっているでしょ？」

八雲は、もの凄《すご》い形相で振り返り睨《にら》んで来た。

――おお。怖。

「何だよ。二人でいるときは、名前で呼んでる癖に……」

「何か？」

「いや、何でもねぇよ」

「だったら、最初から言わないで下さい」

「二人の時間を邪魔されたくなければ、お前が電話に出ればいいだろう」

「考えておきます。そんなことより、忠告を忘れないで下さいね。後藤さん――」

八雲は、敢《あ》えて昔の呼び方をすると、今度こそ歩き去って行った。

「何が忠告を忘れるな――だ」

面倒な仲介役をやらされているだけだ。いちいち、和心を通すくらいなら、最初から自分で受ければいいものを。

そうか。面倒なら、最初から八雲に話が行くようにすればいいのだ。

その考えに至った和心は、にっと笑みを浮かべた。

3

「めっちゃ怒られてんじゃん」

ニヤニヤしながら、冷やかしの声を上げたのは裕太だった。

講義を終え、学食の窓際の四人席を蘇芳と裕太、そして伸介《しんすけ》の三人で陣取っている。この席が、定番の場所になりつつある。

「うるさいな」

蘇芳は、ため息交じりに返事をする。

御子柴の講義のときに、居眠りをしていたことを、からかいのネタにしているのだ。

裕太は、蘇芳とは違って社交的で交友範囲が広い。チャラい見た目だが、意外と面倒見が良かったりする。

入学したての頃、履修課目の選択で迷っていた蘇芳に声をかけてくれたのが、裕太だった。

最初は、ずけずけと他人の領域に入り込んでくる裕太との距離感に戸惑ったが、今はすっかり慣れた。むしろ、裕太が近くにいることで、コミュニケーションが苦手な蘇芳でも、浮かずに済んでいるところがある。

距離感は近いが、過去の話をしてこないのも蘇芳にとってはありがたかった。

「相当にうなされてたけど、悪い夢でも見てたのか？」

訊ねてきたのは伸介だった。

裕太とは対照的にクールなタイプだが、他人と距離を置いているというわけではない。何処となく育ちの良さが滲み出ていて、品格がある。

裕太と伸介は、中学のとき同じクラスだったそうだ。高校は別だったが、大学に入学して再会し、またつるむようになったという。

「よく覚えていない」

苦笑いを浮かべつつ、曖昧に返事をする。

蘇芳は頻繁に悪夢を見て、目を覚ますことがある。内容ははっきりと覚えていないが、同じ夢だったという感覚だけは残っている。

誰か、あるいは何かに追いかけられる夢――。

悪夢を見る原因については、蘇芳の過去に関係するものだということは、何となく分かっている。

蘇芳には、中学に入学するより前の記憶が一切ない。全生活史健忘というやつらしい。

気付いたときには、蘇芳は叔父にあたる人の家で暮らしていた。

自分の両親が何処にいて、何をしているのか？　そしてなぜ、蘇芳は叔父に預けられているのか？　その理由については全く知らない。

幾度となく叔父の武士《たけし》に訊ねたが、思い出す必要のないこともある――と、詳しいことは教えてくれなかった。

叔父が、失われた記憶を取り戻すことに消極的な理由は察しがつく。

精神科の先生が言うには、蘇芳が記憶を失っているのは、心的外傷後ストレス障害――いわゆるＰＴＳＤが原因らしい。

腕や足に、身に覚えのない傷跡が幾つも残っていることからみても、自分が両親から虐待を受けていたのだと想像がつく。そのときのショックから記憶を失っている可能性が高い。だから、武士は、そうした忌まわしい記憶を呼び覚まさないように、過去について語らないのだと思う。

思い出すことで、蘇芳の心が壊れないようにしているのだ。

中学、高校のときには、過去の記憶がないことで、会話に困ることがあったが、今はそれをかわす術を身につけた。

それに、大人になるにつれて、幼い頃の思い出話などはしなくなるものだ。

今が平穏に過ごしていられるならそれに越したことはないと、蘇芳自身も思う。だから、自力で調べるようなことも、してこなかった。

もし思い出せば、二度と戻れなくなる——そんな感覚が歯止めをかけている部分もある。

生活に刺激はいらない。平穏に日々を過ごせればそれでいい。

「そういえばさ、昨日、遠藤《えんどう》からめっちゃ連絡来てなかった?」

裕太が、伸介に訊ねる。

蘇芳は会ったことはないが、遠藤というのは裕太と伸介の共通の友人らしく、今までも何度か話題に出ている。

記憶は失っているが、幼少期の蘇芳が何処かに存在していたことは確かだ。こんな風に、誰かの話題に上がったりすることもあるのだろうか。

「ああ。鬼着信があったな」

「おれ、無視しちゃったんだけど伸介は?」

「面倒臭いから無視した。あいつ、この前、肝試し行ってから、幽霊見たとか騒いでたよな」

「言ってたね。伸介は見た?」

「見るわけねぇだろ」

「だよな――。ってか、やっぱりかわいいよな」

裕太が食堂の奥を見ながら、突然話題を変えた。

「何が?」

伸介が訊ねると、裕太は「彼女だよ」と、食堂に入って来た一人の女子学生を顎で指した。

御子柴がホワイトボードに書いた数式を、見事に解いた心音だった。あのとき、彼女の背後に血塗《ちまみ》れの少女の幻覚を見たのだが、今はその姿はなかった。

「確かにかわいいけどさ、何か取《と》っつき難《にく》い感じするよな」

伸介が、頬杖《ほおづえ》を突きながら言う。

直接話したことはないが、伸介の言う通り、心音から放たれる空気は、気怠げで何処か近寄りがたい。眠そうな目をしているので余計にそう感じるのかもしれない。

蘇芳が「そうだね」と同意を示すと、裕太が「分かってねぇな」とぼやく。

「あの感じがいいんだよ。多分、心音ちゃんは不器用なだけなんだよ。付き合ったら、めちゃくちゃデレてくるね」

「そうかな?」

「そうだよ。決めた。おれ、心音ちゃんと付き合うわ」

裕太が力強く言う。

冗談ではなく、本気でアプローチするつもりのようだ。

「お前じゃ無理だろ」

伸介が突っ込みを入れる。

「は？　やる前から諦めてどうすんだよ」

「確率の低いことに労力を費やすな」

「御子柴先生みたいなこと言うなよ」

裕太と伸介が言い合っていると、その心音が、蘇芳たちのいるテーブルに向かって歩いて来た。

いや、それは語弊がある。空いているテーブルを探して、こちらに足を向けただけだ。だが、昼時の混雑した時間なので、空いている席はほとんどない。

「心音ちゃん。ここ空いてるよ」

いち早く裕太が、近くを通りかかった心音に手招きをする。

心音は、そんな裕太を見て、僅かに眉に皺《しわ》を寄せる。

「誰？」

心音が冷ややかな視線とともに言ったが、裕太は一切めげなかった。

「堀越《ほりこし》裕太です。心音ちゃんとは、御子柴先生の講義で一緒なんだよね。一緒にお昼食べようよ」

「どうして？」

「どうしてって……まあ、お近づきになりたいっていうか、何というか」

「私は、別になりたくないから」

心音は、顔の横で手を振りながら、さらりと言う。

「あ、でも、せっかく同じ講義になったんだし、これって奇跡的な確率だと思うんだよね」

「御子柴先生の講義は、百人近くが受講してるんだから、そんなに低確率じゃないと思うけど」

「まあ、そうかもだけど……」

さすがの裕太も、返す言葉がないらしく、口籠もってしまった。

ただ、心音の態度に不快感は抱かなかった。

彼女は、悪意があって裕太を論破したのではなく、淡々と事実を並べただけなのだ。そう感じるのは、心音の声が澄き通っているせいもあるのだろう。

そのまま歩き去ろうとした心音だったが、ふと足を止めて蘇芳の方を見た。

「あなた、蘇芳って名前なんだよね？」

「え？　あ、はい」

突然、名前を呼ばれたことに驚く。

——なぜ、ぼくの名前を？

疑問を抱いたのは、ほんの一瞬だった。御子柴の講義で名指しで吊《つ》るし上げられたので、教室にいた大半の学生は蘇芳の名前を認識しているはずだ。

「小学校の頃、何処に住んでた？」

——知らない。

口から出そうになった言葉を、慌てて呑み込んだ。

幼少期の頃の話を振られたのは、大学に入って初めてかもしれない。そもそもなぜ、心音は、そんなことに興味があるのか？

「蘇芳に興味ある感じ？　だったらさ、一緒にお昼食べながら話そうよ」

勢いを取り戻した裕太が言う。

それを煩わしいと感じたのか、心音は何も言わずに食堂を出て行ってしまった。

「ファーストコンタクトとしては上出来だな」

なぜか、裕太はご満悦だ。

「何処がだよ」

伸介が、すかさず突っ込む。

蘇芳も同感だった。何処からどう見ても脈なしだ。

「最初は、みんなあんなもんだ。好意を伝え続けることが大事なんだよ。そうすれば、そのうちなびいてくれるはずだ」

「余計、嫌われると思うけど……」

蘇芳が言うと、「うるせぇ」と、裕太が吐き捨てるように言う。

「そんなことより蘇芳。お前、心音ちゃんと知り合いっぽかったけど、その辺はどうなんだ？」

「いや。全然知らないよ。多分、人違いだと思う」

そう答えるしかなかった。

「本当か？」

「本当だよ。面識あったら、絶対に覚えてるよ」

「だよな」

裕太は納得したらしかったが、蘇芳の中にはモヤモヤが残った。

心音は、蘇芳と過去に何かしらの関わりがあったのだろうか？　もしそうだとしたら、彼女にはあまり近付かない方がいいかもしれない。

余計なことを思い出せば、今の平穏が、消えてなくなるかもしれない。

4

「これは……」

後路結衣子《うしろゆいこ》は薄暗い部屋に広がる異様な光景を見て、思わず声を漏らした。

古いアパートの一室に、若い男が仰向けに倒れていた。

両手で自らの喉を引っ掻くようにしながら大口を開け、そこからだらりと舌がはみ出している。

かっと見開かれた目は、瞳孔が開いていて、一目で死んでいると分かる。

遺体の状況を見る限り、病死か喉に何かを詰まらせたことによる事故死の可能性が高い。

だが――。

部屋の状況の異様さが、どうにも引っかかる。

壁やドアには、長方形の紙が隙間なく貼り付けられている。朱印が押されていて、『悪霊退散』という文字が書かれていることから、おそらくは護符のようなものだろう。

それだけでなく、部屋の四隅には盛り塩がされ、香炉も置かれている。床には千切れ、弾《はじ》けた数珠が落ちていた。

遺体となった男は、スピリチュアルなものに傾倒していたようだが、それにしても度を越している。

――いったい、何があったの？

「遺体を搬出しますので、道を空けて下さい」

鑑識官に言われ、結衣子は遺体の前を離れて、壁際に移動した。

四人の鑑識官が手早く遺体を収納袋に納め、アパートの部屋から運び出していった。

「おやおや。誰かと思えば、後路結衣子さんではないですか。こんなところで、何をやっているのですか？」

嫌みったらしく結衣子に声をかけて来たのは、刑事課の刑事の左近字《さこんじ》だった。

左近字とは同期なのだが、警部補に昇進したのは結衣子の方が早かった。そのことを根に持っているらしく、ことある毎《ごと》にウザ絡みしてくる。

おまけに、びっちり固めたヘアスタイルにスリーピースのスーツで決め込み、キャリアでもないのにキャリア風の立ち振る舞いをするのが癪《しゃく》に障る。

「捜査に決まってるでしょ」

結衣子があしらうように言うと、左近字は、はっと声を上げて笑った。

「足手まといになるので、さっさと出て行った方がいいですよ」

「よく言うわ。前の事件で、げーげー吐いてたのは、何処の誰？」

「違う。あれは朝から調子が悪くて……」

「その言い訳はママに考えてもらったの？」

「ママの悪口を言うな」

「うるさい。マザコン」

「別に、マザコンじゃない」

むきになって否定するあたり、いかにもマザコンの証拠だ。いい歳して、未《いま》だに母親に頼っているから成長がない。

「まあまあ。喧嘩《けんか》は止めたまえ」

不毛な言い合いに割って入ったのは、左近字の上司の前山田《まえやまだ》だった。

見上げるほどの長身の癖に、やたらと細くて、蹴ったら折れてしまいそうだ。身体つきだけでなく、前山田は信念も薄っぺらい。上にこびへつらい、右に左に流されている。そういう類の男だ。

「ご苦労さまです」

前山田のことは嫌いだが、階級は上なので一応目礼をしておく。

「後路さんは品がありませんね。少しは、うちの妹を見倣って欲しいですね」

「はあ」

「後路なんかと比べられると、妹さんがかわいそうです」

左近字がニヤニヤしながら言うと、前山田は「それもそうですね」と、鷹揚《おうよう》に言ってみせる。

前山田の妹はテレビドラマにも出演している女優なのだが、やたらとそのことを鼻にかけてくるのがむかつく。要はシスコンなのだ。

まあ、シスコンとマザコンで、いいコンビなのかもしれない。

「何れにしても、今回の事件、未解決事件特別捜査室の出番はありませんよ。状況からみて、病死、あるいは事故死といったところでしょうから。まあ、そうなると、我々の出番もないのですけどね」

前山田は何が面白いのか、ふふっと声を上げて笑った。

結衣子も同意見だったのだが、前山田の態度に腹が立ち、ついつい反論したくなる。

「それを判断するのは、石井《いしい》警部です」

結衣子は毅然《きぜん》と言った。

結衣子の所属する未解決事件特別捜査室は、かつては島流しの閑職といわれていたらしいが、現室長である石井雄太郎《ゆうたろう》が、独自の視点で捜査を行い、数々の実績を残してきた。

日本中を震撼《しんかん》させた連続殺人犯――七瀬美雪《ななせみゆき》を追い詰めたのも、石井だったと聞いている。

今では、その功績が認められ、少数精鋭ながら、独自の捜査権限を与えられるまでになった。

「石井のようなヘタレに、ずいぶんと肩入れするのですね」

前山田が嘲るように言う。

前山田と石井とは警察学校時代の同期だ。前山田は石井を強くライバル視している。そのせいか、未解決事件特別捜査室が実績を上げる度に、手柄を横取りされたと感じているらしい。

結衣子などからすれば、事件が解決することが最優先であって、手柄云々《うんぬん》言っている神経が分からない。

これは、石井も同じ考えだ。解決に導いたのが何処の部署であったとしても、前山田のように僻《ひが》んだりしない。

そういう懐の深さが、またツボだったりする。

「石井警部は、断じてヘタレではありません」

「後路さんが未解決事件特別捜査室に配属されたのは、いつですか？」

「一ヵ月前ですけど……」

「でしたら、まだ石井という男のヘタレ加減を知らなくて当然かもしれませんね。そのうち、あなたにも分かりますよ」

「一生、分からないと思います」

「そうですか。せいぜい、石井と一緒に転ばないようにして下さいね」

前山田は、再びふふっと笑いながら、左近字と一緒に部屋を出て行った。

「石井警部は、転ばないから」

歩き去っていく、前山田と左近字の背中を睨みながら、吐き捨てるように言った。

常にスマートな石井のことだ。仮に、転びそうになったとしても、華麗なステップで、それを回避するに違いない。

前山田の言う通り、結衣子は石井の部下になったばかりなので、長く一緒に行動したわけではない。

それでも結衣子は、石井がどういう人間かを知っている。

石井は覚えていないかもしれないが、結衣子は、警察官になる前に石井に会っている。彼を見て、警察官を目指したと言っても過言ではない。

結衣子が過去に想いを馳《は》せていると、「後路さん」と声をかけられた。

丸みを帯び、柔らかく耳心地のいい声――。

「石井警部。お疲れさまです」

結衣子は石井に向き直り、敬礼で応える。

「ご苦労さまです」

石井は、シルバーフレームの眼鏡を指で押し上げながら笑みを浮かべる。

――やっぱりかっこいい。

スタイルがいいのはもちろん、スリーピースのスーツも、左近字とは違い嫌みがなく、モデルのような着こなしだ。

柔和な笑みを浮かべつつも、知性が滲み出ている。

結衣子にとって、石井は好みのど真ん中だ。婚約者がいるらしいが、そうでなければ、猛アプローチをしているところだ。

「少し、お時間いいですか？」

石井に促されて、結衣子は邪《よこしま》な想いを振り払い、部屋の外に出た。

搬出されようとしている遺体収納袋にしがみつき、泣き崩れている中年女性の姿が見えた。

「母親です」

石井が、ちらっと目を向けながら言った。

「そうですか……」

「遺体の身許は、この部屋の住人だった、遠藤健作さん、十九歳で間違い無さそうです」

「若いのに……」

思わず言葉が漏れた。

どんな形であれ、自分より年齢の若い人が命を落とすというのは、どうにもやりきれない。

結衣子は感傷を断ち切り、石井の後についてアパートの階段を降りると、敷地《しきち》の隅に移動した。

「実は、今回の事件について、奇妙な証言が上がってきています」

石井は、結衣子に向き直り話を始めた。

「奇妙な証言――ですか？」

「はい。近隣の住民の話によると、亡くなっていた、遠藤さんは、幽霊に怯えていたそうです」

「幽霊――ですか？」

バカバカしいと思ってしまう。結衣子は、幽霊の存在を信じていない。そんなものは、断じてあってはならない。あの世も天国もない。人が死ねば、完全な無が待っているだけだ。

「ええ。幽霊に呪い殺される――と、繰り返し訴えていたらしく、部屋に籠もることが多くなっていたそうです」

「呪いなんて存在しません」

結衣子が言うと、石井は小さく首を左右に振った。

「いいえ。呪いはありません」

石井が、きっぱりと言い切った。

その目が、あまりに真剣だったので、結衣子は否定の言葉を呑み込まざるを得なかった。

「…………」

「私も、何度か呪いについては経験しています。呪いは、人の心を縛り、ときには命を奪う、大変危険なものです」

「…………」

——何の話をしているの？

疑問を投げかけようとした結衣子だったが、それより先に、視界の隅に不審な人物の姿が映った。

二十歳くらいの細身の青年が、現場から少し離れたコインパーキングから、じっとこちらの様子を窺《うかが》っている。

Tシャツに革ジャン、ダメージジーンズというライダース風の恰好《かっこう》をしていて、アニメのキャラクターのように、ツンツンに尖った髪を金色に染めていた。何処となく、ホストっぽく見える。

最初は、単なる野次馬かと思ったが、それにしては落ち着きがない。

「石井警部」

結衣子が小声で言うと、石井も認識しているらしく、大きく頷いてみせた。

「少し、話を聞いてみましょう」

石井は、そう言うと、その男性の方に向かって歩み寄って行く。

結衣子は、別の方向から男性との距離を詰めていく。

「こんにちは。世田町《せたまち》署の石井といいます。ちょっと、お話よろしいですか？」

石井が声をかけた瞬間に、男性は踵《きびす》を返して脱兎《だっと》の如《ごと》く逃げ出した。

結衣子は、こうなることを想定していた。それに、走りだけでなく、運動全般に自信があるので慌てることはなかった。

すぐに男に追いつくと、腕を摑んで、その場に引き倒した。

地面に倒れた青年の背中に膝を乗せ、腕を後ろに捻《ひね》り上げ、うつ伏せの状態で押さえ込んだ。

「痛、痛、止《よ》せ、止めろ。何もしてねぇだろ」

男は、うつ伏せの状態で足搔《あが》く。

「は？　警察を名乗った瞬間、逃げたでしょ？　何かやましいことがあるんじゃないの？」

結衣子が言うと、男は押し黙ってしまった。

「後路さん。さすがです」

遅れてやって来た石井が褒めてくれた。

嬉《うれ》しさのあまり飛び上がりそうになったが、ここで手を放しては男に逃げられてしまうと気を引き締める。

「どうして逃げようとしたのか、お話を伺ってもよろしいですか？」

石井が声をかけると、彼は観念したようにがっくりとため息を吐いた。

5

午後の講義を終え、大学の校門を出ようとしたところで心音の姿を見かけた。

校門に寄りかかるようにして立ち、誰かを待っているようだった。

彼女の背後に目を向けてみたけれど、少女の姿はなかった。やっぱり、あれは質《たち》の悪い幻覚なのだと痛感する。

あまりじろじろ見たら、変な勘違いをされるかもしれない。蘇芳は、自分のつま先を見つめながら校門を抜けた。

「蘇芳君――」

そのまま、通り過ぎようとしたところで、心音に呼び止められた。

「ぼ、ぼくですか?」

そう聞き返すと、心音はふっと息を漏らして笑った。

「そう。あなたは蘇芳君でしょ」

「まあ、そうですね。何か用ですか?」

学食で会ったとき、心音は小学生のころのことを訊いてきた。平穏な生活を守るためにも、あまりかかわりたくない。

「タメでしょ。何で敬語なの?」

「な、何ででしょう……」

自分でもなぜか分からないけれど、親しくない人が相手だと敬語になってしまう。特に、相手が女性となると身構えてしまう。

女性を前にすると、吃音《きつおん》が出ることもある。思春期にありがちな恥ずかしさとは違う。上手《うま》く言えないけれど、怖いと感じてしまうのだ。もしかしたら、失われた記憶に関係しているのかもしれない。

「まあ、いいや。今帰り？」

「そうですけど」

「途中まで、一緒に行こうよ」

そう言うと、心音は蘇芳の横を通り抜けて歩き始めた。

心音が待っていたのは、蘇芳だったのだろうか？　でも、なぜ？

訊《たず》ねようとしたけれど、思うように言葉が出てこなかった。仕方なく、蘇芳は心音に引き摺《ず》られるように歩き始めた。

「何か、こうして歩いていると、昔に戻ったみたいだね」

心音が、パーカーのポケットに両手を突っ込み、僅かに目を細めた。何かを懐かしんでいるような表情だった。

「ぼくのことを、知っているんですか？」

蘇芳は、警戒しながらも訊ねる。

「うん。最初は気付かなかった。だけど、今日の講義で、御子柴先生が名前を呼んだでしょ。珍しい名前だし、もしかしたら――って思った」

「…………」

「で、食堂でしっかり顔を見て、私の知ってる蘇芳君だって確信した。声は変わっちゃったけど面影があったから。それと、瞳の色――」

心音は、立ち止まり、蘇芳の方を振り返った。

「瞳の色……」

「そう。特別な色をしているから」

赤みがかっていると言われることはあるが、それで見分けがつくような、特別な色をしているとは思えない。

「人違いじゃないですか？」

「それはない。私が、蘇芳君の瞳の色を忘れるわけないし」

心音は、そう言うと再び歩き出した。

――それって、どういう意味？

訊ねようとした言葉を、慌てて呑み込んだ。

質問すればするほど、蘇芳の中に眠っている記憶が、表層に浮き上がってくるような感覚があった。

知りたいという願望が生まれたけれど、同時にダメだ――と心がブレーキをかける。記憶の中に、何が眠っているのか分からないが、蘇芳自身の心を壊してしまうかもしれないのだ。

それによって平穏が乱されるのは嫌だ。

「ねぇ。どうして、ちょっと後ろを歩いているの？」

坂道の下にある交差点まで来たところで、心音が再び足を止めて訊ねてきた。

「いや、特に理由は……」

「ふーん。前は、いつも蘇芳君が前を歩いてたのにね」

「え？　そうなんですか？」

蘇芳が聞き返すと、心音は小さくため息を吐いた。

「やっぱりね。蘇芳君は私のことを、覚えていないんだね」

「す、すみません」

ここまでくると、適当に誤魔化すことは出来ない。蘇芳は、素直に詫《わ》びた。

心音は、少しだけ目を細めて哀しげに笑った。

「そっか。覚えていないのか。じゃあ、お父さんと、お母さんのことは？」

「覚えています」

「今、嘘吐いたね」

「いや、ぼくは別に……」

「蘇芳君は嘘を吐くとき、いつも首を触わるんだよ」

心音が自分の首に手を当てながら言った。気付くと蘇芳も同じように首を触わっていた。

そういう癖まで知っているということは、蘇芳と心音は、単なる顔見知りではなく、かなり親しい関係にあったのかもしれない。

「あ、あの……」

「今ので分かったよ。蘇芳君は記憶を失っているんだね」

「…………」

あまりに直球で言い当てられたので、蘇芳は何の反論も出来なかった。嘘を吐くときの癖を見抜いたことといい、洞察力が鋭い。

「多分、あの事件以前の記憶がないんでしょ」

――あの事件って何だ？

「ぼくは……」

「まあいいよ。蘇芳君が記憶を失っているってのは驚きだったけど、こうやって再会出来た。時間はまだあるし、ゆっくり思い出してもらうから――」

心音の顔から笑みが消えた。

蘇芳を射貫《いぬ》く真っ直ぐな視線には、辺りを焼き尽くすような、強烈な熱が込められているような気がした。

もしかしたら、蘇芳と心音の間には、何かしらの因縁があるのかもしれない。

「じゃあ、私こっちだから。またね――」

心音は、激しく揺さぶられる蘇芳を置き去りにして、顔の横で手をひらひらと振りながら歩いて行く。

が、途中で何かを思い出したのか、振り返り舞い戻った。

「一つ訊いていい？」

「え？」

「まだ、見えるの？」

心音の言葉が、蘇芳の心の奥に突き刺さった。

蘇芳に幻覚が見えていることを、彼女は知っているのだろうか？

「見えるって何の話ですか？」

「幽霊」

「ゆ、幽霊？」

心音の口から飛び出した、あまりに想定外の言葉に、戸惑いが広がる。

「ねぇ。見えているんでしょ？」

「ぼくには何のことだか……」

困惑している蘇芳を見て、心音は何かを悟ったらしく、「やっぱりそうなんだね」と満足そうに言うと、今度こそ歩き去って行った――。

その姿を呆然《ぼうぜん》と見送っている蘇芳の耳に、突然、少女の笑い声が響いた。

目を向けると、心音の背後に、あの血塗れの少女がぴったりと張り付いているのが見えた。

何かを訴えるように、じっと蘇芳のことを見ている。

――違う。あれは幻覚だ。

蘇芳は自分に言い聞かせると、心音に背を向けて歩き始めた。

6

結衣子は、コインパーキングで、さっき確保した青年と向き合っていた――。

今は拘束はしていないが、石井と挟み込むかたちで退路を封じ、視線で圧力をかけている。

まあ、仮に逃げたとしても、またすぐに捕まえるだけだ。さっきの攻防で分かったが、この男は俊敏さがないので余裕で捕まえることが出来る。

「まずは、お名前を聞かせて頂けますか？」

石井が訊ねると、男は矢作京介《やはぎきょうすけ》――と名乗った。石井の求めに応じて、身分証明書として、学生証を提示したので間違いないだろう。

年齢は十九歳。美容専門学校に通う学生だった。奇抜な髪型は、そういうことだったのかと、妙に納得する。

石井は、スマホで何やら操作した後、矢作に向き直った。

「どうしてお逃げになったのですか？」

石井の質問はとても丁寧で、高圧的な感じがない。こういうところが、他の刑事とはひと味もふた味も違うところだ。

「別に、逃げたわけじゃないですよ」

「そうですか？　私が警察と名乗った瞬間、逃亡を図ったように見えました」

「急に走りたくなっただけっすよ」

矢作はおどけたように笑った。

その態度が、石井をバカにしているように見えて、結衣子の怒りを刺激した。

「あなたねぇ……」

強い口調で言いかけたのだが、「まあまあ」と石井に制された。

「では、質問を変えましょう。ここで何をしていたんですか？」

石井が改まった口調で問う。

「散歩」

「立ち止まって、あのアパートを見ていましたよね？」

石井が、遺体の発見されたアパートを指差す。

「そりゃ見るでしょ。あんだけ、警察官がいるんです。何かあったのかなって、立ち止まるのは普通じゃありませんか？」

矢作は、ヘラヘラしながら言う。

口任せのでたらめでこの場をやり過ごすつもりなのかもしれない。

「嘘ですね」

石井が、そう言ってにっこりと笑った。

「いくら警察だからって、他人を嘘つき呼ばわりしていいんですか？　おれが、嘘吐いているって証拠でもあるんですか？」

矢作が喰《く》ってかかってきた。

結衣子は、石井を庇《かば》うように一歩前に出ようとしたが、これも石井に制された。

「あのアパートに住んでいる遠藤さんは、亡くなりました」

石井が告げると、矢作は「え？」と声を上げた。それと同時に、彼の顔から一気に血の気が引いた。

「し、死んだってマジですか？」

「ええ。本当です」

「う、嘘だろ……あり得ない。だって……」

矢作が両手で顔を覆い、ガタガタと震え始める。この反応からして、矢作は遠藤を知っているようだ。それだけでなく、遠藤の死について、何か知っている。

「矢作さん。今日、遠藤さんのところに来たのは、偶々《たまたま》ですか？」

「あいつから、連絡があったんっすよ。昨日のうちに、連絡がきてたんですけど、おれ、遅くまで飲んでて気付かなくて」

「あなた、飲酒が出来る年齢じゃないわよね？」

結衣子は反射的に突っ込んだが、石井がすぐに「まあまあ」と宥《なだ》める。確かに、今、そこを突いていたら話が進まなくなる。

「それで、どうしたんですか？」

石井が先を促すと、矢作は再び話を始めた。

「今朝、メッセージを見て電話したんですけど、全然、連絡が取れなくて――。刑事さん。遠藤は、本当に死んだんですか？」

矢作が、石井にすがりつくようにして訊ねる。

石井が「残念ながら……」と答えると、矢作は、ずるずるとその場に膝を落として座り込んでしまった。

「大丈夫ですか？」

石井が、矢作の肩に触れると、彼は「触るな！」と叫んだ。

矢作の目は血走っていて、口の端から泡を吹きながら「ヤバい。ヤバい。ヤバい」と繰り返し、両手で髪を掻《か》き毟《むし》る。

——いったいどうしたというの？

結衣子は、あまりのことに呆然とするより他なかった。だが、石井はこの状況にあっても、平静を失っていなかった。

「何がヤバいのか教えて頂けますか？」

石井が矢作の前に屈み込みながら訊ねると、彼の動きがピタッと止まった。

「次は、おれかもしれない……」

「というと？」

「知らなかったんだ！　あれが呪いの儀式だったなんて！　だから、おれは……」

「詳しく聞かせて下さい」

石井が優しく声をかけたが、矢作の動揺は収まらなかった。

「警察に言ったって、どうせ信じないだろ！」

「そんなことありません」

「嘘だ」

「嘘ではありません。あなたは、さっき呪いの儀式と言っていました。私は、こうみえて、そういう方面に詳しいです」

——え？

思いがけない石井の言葉に、結衣子の頭に疑問符が浮かぶ。

「ほ、本当ですか？」

矢作がすがるような視線を石井に向ける。

「はい。あなたが、もし幽霊や呪いについて、何か問題を抱えているのだとしたら、相談に乗れると思います」

石井が真顔で言った。

本当に彼は、幽霊や呪いを信じているのだろうか？　いや、そんなはずはない。きっと、矢作から情報を引き出すために、話を合わせているだけだ。

現職の警察官である石井が、幽霊や呪いなんて非科学的なものを、信じるはずがないのだ。

「何があったのか、話して下さい」

石井が、改めて訊ねると、矢作は頷いてから口を開いた。

彼が語ったのは、実にバカバカしい話だった。矢作は、遠藤を含めた中学時代の友人四人で、廃墟となった神社に願掛けに行ったらしい。

社にある鏡に願いを書き、それをスマホで撮影し、待ち受けにしておくという他愛のないものだった。

だが、そうして保存しておいた写真に、変化が現れ始めた。

撮影した鏡の写真に、人間の顔らしきものが浮かび上がってきたのだという。さらに、遠藤の前に幽霊が現れるようになったらしい。

マズいことになったかもしれないということで、友人の紹介で霊媒師にみてもらうことになった。

そこで霊媒師から、矢作たちが行ったのは、願掛けなどではなく、呪いの儀式であることを報《しら》された。願いが叶う代わりに、幽霊に魂を奪われるかもしれない——と。

一応、お祓《はら》いのようなものをしてもらったのだが、効果があったとは思えなかった。

スマホの写真に写る人の顔は、どんどん鮮明になっていき、遠藤は幽霊が部屋のドアを叩くと言い出すようになった。

そして、遂《つい》には矢作の前にも、幽霊が現れるようになったのだという。

——バカバカしい。

それが、結衣子の率直な感想だった。

一応、スマホに保存されている写真を見せてもらった。確かに、鏡の中に人の顔らしきものが写っているが、それは、撮影した矢作自身が写り込んでしまっただけのような気がする。

偶然にも、遠藤が死んだことで、矢作はそれが幽霊の呪いだと思い込んでいるに過ぎない。

てっきり、石井も一笑に付すのかと思っていたが、そうではなかった。

「分かりました。こちらでも、色々と調べてみます。一緒に願掛けを行った他のメンバーと、霊媒師の連絡先を教えて頂けますか？」

石井はそう言うと、矢作からそれぞれの連絡先を聞き出した。

「あの。石井警部。今の話、本気にしているんですか？」

結衣子が小声で訊ねると、なぜか石井は「もちろんです」と笑顔で頷いた。

——見えているんでしょ？

蘇芳の頭の中では、さっき心音が言った言葉が、ぐるぐると回る。

精神科の先生は、幻覚が見えるのは、精神的なストレスのせいだと言っていた。記憶を失っていることにも、関係があると——。

だが、過去を知る心音は、蘇芳が他の人には見えないものが見えていることを知っていた。もし、幻覚がストレスのせいじゃないとしたら？

取り留めもなく考えながら歩を進めていた蘇芳は、いつの間にか家の近くにある橋の前まで来ていた。

多摩川にかかるこの橋を渡って、すぐのところに蘇芳が居候している家がある。

答えの出ないことを、いつまでも考えていても仕方ない。全部、忘れてしまおう。そして、明日からは、心音とは距離を置くことにしよう。平穏に暮らしていくには、知らなくていいこともある。

橋を渡り始めたところで、蘇芳はふと足を止めた。橋の中程で防護柵の前に立っている、よれたスーツを着た男に視線が吸い寄せられる。

年齢は三十代くらいだろうか。とても疲れた顔をしていて、なぜか、その人だけモノクロームの世界にいるように、浮き立っているように見えた。

——何をしているんだろう？

怪訝《けげん》に思いながらも歩を進める。近付くにつれて、スーツの男が、ぶつぶつと何事かを呟いているのが聞こえてきた。

「もうダメだ。もうダメだ。もうダメだ……」

スーツの男は、繰り返しそう言っていた。

何がダメなのかは分からないけれど、死人のように表情が抜け落ちていて、目も虚《うつ》ろだった。

——違う。そうじゃない。

よく見ると、呟いているのは、スーツの男ではなかった。その傍らに、もう一人、五十代と思われる男が立っていた。

ボロボロに汚れた作業着を着ていて、髪も髭《ひげ》も伸び放題になっている。「もうダメだ」と繰り返しているのは、この作業着の男だった。

作業着の男は、すうっと地面を滑るように動くと、スーツの男の身体の中に入り込んでいく。

二人の身体が重なり合っている。実体のある人間が、あんな風に身体を重ねることは出来ない。

——また幻覚だ。

何も見なかったことにして、通り過ぎるのが一番いい。

視線を逸《そ》らそうとしたところで、スーツの男が、おもむろに橋の柵に登り始めた。

——危ない！

そう叫ぼうとしたけれど、思うように声が出なかった。

スーツの男は、橋の柵のてっぺんに立つと、ゆっくりと両手を広げた。

顔は真っ直ぐ前を向いているはずなのに、蘇芳と目が合った。

いや、目が合ったのは、スーツの男の中に入り込んでいる作業着の男の方だ。その目は、何かに追い詰められているかのように、血走ったものだった。

「死ないいいいいと会えないいいいいんだよ——」

作業着の男の嗄《か》れた言葉は、鼓膜ではなく、蘇芳の脳に直接届いた。

——聞きたくない。

耳を塞いだけれど、きっと意味はない。聞こえているのは、蘇芳の脳が作り出した幻聴なのだから。

スーツの男が、前のめりに倒れ込んで行く。

——ああ。落ちる。

それが分かっていたけれど、蘇芳にはどうすることも出来なかった。ただ、固く目を閉じ、何も見ないようにするのが精一杯だった。

すぐに、落水する音が聞こえるはずだった。でも、何も聞こえなかった。

やっぱり、さっきまで見ていたのは、蘇芳の幻覚だったのだ。そう思った矢先、「手を貸してくれ！」という叫び声がした。

――え？

顔を上げると、橋の柵から身を乗り出し、転落しそうになっているスーツの男を必死に捕まえている青年の姿があった。

「何をしている！　早く手を貸してくれ！」

その青年が、真っ直ぐに蘇芳を睨みながら、もう一度叫んだ。

「は、はい」

蘇芳は、返事をするなり駆け出し、青年を手伝うかたちで、スーツの男を橋の柵の内側に引き揚げる。

何とか柵の内側にスーツの男を引き入れたときには、慣れない肉体労働で汗びっしょりになっていた。

疲弊し、放心している蘇芳を余所《よそ》に、青年は柵に寄りかかるようにして座っているスーツの男の前に屈み込み「大丈夫ですか？」と声をかけながら、眼前でパチン、パチンと何度か指を鳴らす。

反応がないと分かると、今度は、その頬を軽く叩いた。

そこまでされて、ようやくスーツの男は、我を取り戻したらしく、目に力が戻り、急に辺りを見回し始めた。

「あれ？　おれは、何でこんなところに……」

スーツの男は、頭を抱えるようにして言う。

「覚えていませんか？　あなたは、橋から飛び降りようとしていたんですよ」

青年が諭すように言うと、スーツの男は、「え？」と驚きの声を上げながら、何度も目を瞬《また》かせる。

「おれが、飛び降りようとしたんですか？　何で？」

「多分、疲れていたんだと思います。余計なお世話ですけど、仕事や私生活で、色々と悩みがありますよね」

青年が言うと、スーツの男は、がっくりと肩を落とした。

「そうですね。このところ、かなり疲れていて……」

「少し休むことをオススメします。突発的に自我を失って自殺衝動に駆られることは、多々ありますから。それと、落ち着くまでは、この橋を通らない方がいいです。また、悪いものを引き寄せてしまうかもしれません——」

「そうします」

「立てますか？」

青年は、スーツの男に手を差し伸べる。

スーツの男は、青年の手を借りて立ち上がると、何度も礼を言いながら、その場を歩き去って行った。

その背中を見送ったあと、青年はふうっと長いため息を吐いた。

蘇芳は、改めて青年に目を向ける。年齢は、二十代後半くらいだろう。中性的で整った顔立ちをしているのだが、髪は寝癖だらけで、野暮ったい印象がある。

何より、蘇芳の関心を引いたのは、彼の左眼だった——。

左眼の瞳だけ、鮮烈で美しい赤い色をしていた。

「さて——どうしたものか」

左眼の赤い青年は、寝癖だらけの髪をガリガリと掻くと、橋の柵の方に目をやった。

蘇芳も、釣られて彼の視線を追う。

そこには、さっき見た作業着の男の姿があった。背中を丸め、顎を突き出すようにして、ギラギラとした目をこちらに向けている。

「あなたは、なぜ、こんなところを彷徨っているのですか？」

青年が、作業着の男に向かって呼びかけた。

——あれ？

作業着の男は、蘇芳にだけ見えている幻覚のはずだ。それなのに、この青年は、作業着の男に向かって声をかけている。

——彼にも同じものが見えているのか？

いいいいいいいいいいいいいい
「死にたい。死にたい。死にたい。死にたい」

作業着の男は、口の端から泡を吹きながら、そう繰り返す。

「そうですか。あなたは、死にたがっているんですね——」

左眼の赤い青年が、蘇芳の意思を断ち切るように、作業着の男に向かって声をかける。どうやら、彼にも、蘇芳に聞こえているのと同じ声が聞こえているらしい。蘇芳にだけ聞こえる幻聴のはずなのにどうして？

地震でもないのに、地面がぐらぐらと揺れた。

額に汗が滲む。

左眼の赤い青年は、作業着の男の前に、ゆっくりと歩み寄って行き、対峙《たいじ》するように立ち止まると、僅かに目を細めた。

「何があったのか分かりませんが、あなたは、もう死んでいるんです。誰かに憑依して、死のうとする必要はないんです」

左眼の赤い青年が、風貌に似つかわしくない、穏やかな声で語りかける。

「死にたい。死にたい。死にたい」

作業着の男は、全てを拒絶するように叫んだ後、ふっと風景に溶けるように消えてしまった。

しばらくして、左眼の赤い青年は、蘇芳の方に顔を向けた。

夕陽を受けた左の瞳は、さっきより一層、深い赤に染まったように見えた。

「君にも、作業着の男が見えていたのか？」

左眼の赤い青年が、そう問いかけてきた。

――見えていた。

だけど、それを口に出すことが出来なかった。もし、蘇芳が見ていたものと同じものを、左眼の赤い青年が見ていたのだとしたら、これまで蘇芳が幻覚だと思っていたものは、幻覚ではなかった――ということになってしまう。

そんなの受け容れられるはずがない。

すぐに立ち去りたかったのだが、青年の赤い左眼が蘇芳の心を貫き、身体が硬直して動かなかった。

捕食される前の小動物のように、身を縮こまらせる。

そうしているうちに、左眼の赤い青年が目の前まで歩み寄って来て、蘇芳の顔を覗き込んだ。

「なるほど。蘇芳といったところか」

青年の言葉で、蘇芳の混乱に拍車がかかった。

「ど、どうしてぼくの名前を？」

「君の名前は蘇芳なのか。それは知らなかった」

「え？」

「ぼくが言ったのは、君の瞳の色の話だ」

「瞳……」

「紫がかった赤のことを、蘇芳というんだ」

「赤——」

「多分、そのせいで見えているんだろうな」

「み、見えるって、何の話ですか？」

「君も見ただろ。『死にたい』と繰り返し口にしていた作業着の男を——」

「ち、違う！　あれは、全部、幻覚なんだ！」

気付いたときには、そう叫んでいた。

「やっぱり見えていたんだな。そうか。君は、自分の見えているものを、幻覚だと認識しているのか――」

左眼の赤い青年は、ぐいっと左の眉を吊り上げた。

「ぼ、ぼくの見ているものが、幻覚じゃないとしたら、あれはいったい……」

「あそこにいたのは、この世のものじゃない」

左眼の赤い青年が目を細めながら静かに言った。

「この世のものじゃない……」

「君に見えているものは、死者の魂――つまり幽霊だ」

左眼の赤い青年が放った言葉が、幾重にも反響し、蘇芳の脳を激しく揺さぶった。

――見えているんでしょ。

再び、心音の声が耳朶《じだ》に蘇《よみがえ》り、混乱が波のように押し寄せてきて、蘇芳から冷静さを奪っていく。

耳鳴りがする。

「そ、そんなはずない！　あれは、全部、ぼくだけに見える幻覚なんだ！　あなたに見えるはずがないんだ！　精神科の先生だって、幻覚だって言ってた！　薬だって飲んでいる！　だから……」

蘇芳は、お腹《なか》を抱えるようにして叫んだ。

そのまま、消えてなくなりたかった。今日のことは、全部なかったことにして、忘れてしまいたかった。

「そうかもしれないな」

左眼の赤い青年が、ポツリと言った。

「え？」

「君にとっては、あれを幻覚だと思っていた方がいいのかもしれない。無理に認知したところで、その先に待っているのは茨の道だ」

「…………」

「ただ、一つだけ、君にアドバイスをする」

「…………」

「君にだけ見えているものが、幻覚だと思うなら、絶対に近付くな」

「…………」

「何の知識も、準備もなく近付けば、君自身が取り込まれることになる」

「ぼく自身が？」

「そうだ。この橋にも、あまり近付かない方がいい。さっきの作業着の男は、まだこの辺りを徘徊《はいかい》している。君の波長があの男に同調してしまうと、引き摺り込まれるかもしれない。特に精神が弱っているときは、注意を払うようにした方がいい」

——この人は、さっきから何の話をしているんだ？

蘇芳がその答えを見出《みいだ》す前に、彼は踵を返して歩き去ってしまった。

ほっとしたのは事実だが、同時に、大切な何かが指の間から擦り抜けて落ちてしまったような、何ともいえない喪失感が残った。

8

心音は、自宅マンションに帰宅した——。

築三十年を超える古い物件で、構造自体は年季が入っているが、リニューアル工事を済ませてあり、オートロックも付いている。

エントランスを潜り、エレベーターに乗って自室のある三階に上がり、外廊下を歩いているときに、「紀藤さん」と声をかけられた。

そこに立っていたのは、不動産会社の隈井《くまい》だった。

精悍《せいかん》な顔立ちで、スーツの上からでも、身体が引き締まっているのが分かる。内見のときに、尋ねてもいないのに、学生時代に柔道をやっていたという話を聞かされた。

悪い人ではないのだろうが、興味がないのでどうでもいい。

「こんにちは」

一応、最低限のマナーとして挨拶だけする。

「実は、さっき内見がありましてね」

「そうですか」

「それで……紀藤さん。部屋の方は問題ありませんか?」

隈井が、周囲を気にするような素振りを見せたあとに、心音に訊ねてきた。

彼が、こんな風にこそこそするのには訳がある。

今、心音が住んでいる部屋は、心理的瑕疵《かし》物件——いわゆる事故物件というやつだ。何でも、一人暮らしの女性が、浴室で溺死したらしい。発見されたときには、腐敗が進んでいて、特殊清掃が入ったとのことだ。

心音は、それを承知の上で物件を契約した。

理由は、家賃が破格の安値だったからだ。

心音は家庭に色々と事情があって、決して裕福とはいえない。むしろ、貧困層だと言っても過言ではない。

中学、高校では、苛《いじ》めを受けることもあった。

それが悔しくて必死に勉強して、大学は学費が免除される特待生として合格した。そんな状態だったので、一人暮らしをするに当たって、とにかく家賃の安い物件を探した。

父もギリギリの生活なので、仕送りは期待出来ない。バイト代だけで、何とかやりくり出来る物件である必要があったのだ。

人が死んだだけで家賃が安くなるというのは、心音にとっては願ったり叶ったりだ。

「大丈夫です。まったく問題ありません」

心音は平然と答えた。

「そうですか。もし、何かあったら、すぐに連絡して下さい。駆けつけますから」

「ありがとうございます」

「あ、名刺、渡しておきますね。ここに書いてある携帯番号なら、店が閉まっていても繋《つな》がるので」

「最初に貰っているので大丈夫です」

心音は、隈井からの名刺の受け取りを固辞すると、そのまま部屋に入った。

ドアを閉めたところで、心音はふうっとため息を吐く。

心音は、あまり他人とは関わりを持ちたくない。隈井がどうこうではなく、相手が誰であっても、自分の領域に踏み込んで欲しくない。

必要最低限の付き合いだけで充分だと思っている。だから、食堂で話しかけてきた学生とも距離を取った。

これは、男女の隔てなく同じだ。

先日、聖子が部屋に泊まったのも、彼女が終電を乗り過ごし、帰る場所がないと泣きついて来たから、仕方なく部屋に上げただけで、望んでお泊まり会を開いたわけではない。

他人と深く関われば、その会話は自然と過去に向く。

そうなれば、知られたくないことを知られることになる。心音の過去を知れば皆、いなくなると分かっている。

中学、高校のときに、嫌というほど経験してきた。そうやって悲しい思いをするくらいなら、最初から関わらない方がいい。それが、心音の辿《たど》り着いた結論だ。

何を考えているのか分からない、他人に対して冷たい女の子――そういうポジションを築き、過去に触れられない程度の距離感で生きていければそれでいい。

――だったら、どうして蘇芳に声をかけたの？

耳許で誰かの声がした。

それは、自分の声のようでもあり、妹の声のようでもあった。

「それは……」

蘇芳が同じ大学にいると知ったのは、今日の御子柴の講義のときだった。

顔付きも男っぽくなっていたし声も低くなっていたけれど、優しい眼差しと、どこかほっとする喋り口調はそのままだった。

巡り巡って彼と再会するなんて、それこそ運命を感じる。もちろん、恋愛小説で描かれるような甘酸っぱいものではなく、もっと因縁めいたものだ。宿命と呼んだ方がいいのかもしれない。

ただ、彼の方は心音に気付いていなかった。

それはそうだ。あれから、色々とあったので、心音が名乗ったところで、気付くはずがない。

そのまま、何も言わなければ、関わらずに済んだだろう。それなのに、どうして、わざわざ声をかけたりしたのか？

しかも、話しぶりからして、彼は幼少期の記憶を失っているらしかった。

彼が経験したことを考えれば、それは無理からぬことだ。きっと、自分の心を守るために、忘れることで、全てをなかったことにしたのだろう。

心音も忘れることが出来れば良かったのに――。

握り締めた拳に力が入る。

掌《てのひら》に爪が食い込む痛みを感じながら、心音は、どうして蘇芳にあんなことを言ったのかを理解した。

蘇芳には、何としても、記憶を取り戻して欲しいのだ。

それで蘇芳の心が壊れるとしても、彼は思い出さなければならない。蘇芳一人だけ、全てを忘れて平穏に暮らすなんてあり得ない。

「そうでしょ。未子《みこ》」

心音は、呟くように妹の名を呼んだ。

部屋に入り、ベッドにリュックを置いたところで、スマホに電話がかかってきた。聖子だった。

一瞬、出るのを躊躇った。

講義で隣の席になったことがきっかけで、やたらと絡んでくるようになった。心音が、どんなに突き放しても、子犬のようにすり寄ってくる。依存するタイプなのかもしれない。

そういえば、聖子は今日、講義を休んでいた。ノートを貸してほしいとか、その手のお願いかもしれないと思い電話に出た。

「もしもし」

〈あっ、心音ちゃん。あのね。さっき、霊媒師さんのところに行って、除霊をしてもらってきたの〉

聖子が酷く慌てた口調で言う。

彼女が泊まりに来たときに、夜中に幽霊が出たと大騒ぎしていたが、そのことをまだ引き摺っていたらしい。

「もしかして学校休んだのって……」

〈うん。もう耐えられなくて、それで、学校休んで除霊してもらいに行ったの〉

「そうなんだ……」

そんなことのために、学校を休む神経が心音には分からない。

親に学費を出してもらっている学生とは根本的に価値観が違うので、別に責めるつもりはないが。

〈あのね。それでね。霊媒師さんが言ってたんだけど、心音も危ないらしいの〉

「私が？」

〈うん。夜中に変な音が聞こえたり、テレビにノイズが走ったりするって言ってたでしょ。あと、引っ越してから、ときどき偏頭痛があるって。それも幽霊の仕業かもしれないんだって〉

確かに雑談の中で、そんな話はしたが、何でもかんでも幽霊と結び付けるのも、どうかと思う。

「私は、関係ないと思うけど……」

〈それは分からないよ。関係あるって気付いてからじゃ遅いんだよ。だから、心音ちゃんも一回霊視してもらおうよ〉

聖子を霊視した霊媒師は、なかなかに商売上手のようだ。

心音も巻き込むことで、より多くの除霊費を手に入れようという算段に違いない。霊媒師というのは、どいつもこいつも、同じようなことばかり考える。

その結果として、何がもたらされるのか考えようともしない。そういうクズみたいな連中なのだ。

「私は平気だから」

〈そんなこと言わないで。私、心配で……〉

電話の向こうで、聖子が泣き出してしまった。

どうして、他人のために、こんな風に泣くのか意味が分からない。ただ、邪険にしても聖子にはあまり効果がないことは、既に証明済みだ。

「分かった。今度、行ってみるよ」

心音は、聖子を宥める意味もあって、同意の返事をした。もちろん霊視してもらうつもりはない。

〈本当！　良かった！　それでね、その霊媒師さんがね、次に除霊を頼む際は、うちの大学の研究室に行けって言うの〉

「研究室？　どういうこと？」

〈私も、よく分からないの。私のときはお寺だったけど、次からは、うちの大学の研究室を訪ねるようにって言われたの。取り敢《あ》えず、連絡先をメッセージで送っておくね〉

「分かった」

心音は返事をしてから電話を切った。

聖子から、すぐに霊媒師の連絡先が書かれたメッセージが送られてきた。

正直、あまり興味がなかったが、訪ねる先が大学の研究室と言われて考えが変わった。しかも、指定された研究室は、数学の教授である御子柴が所属する第七研究室だ。

もし、御子柴が関わっているのだとしたら、単純にインチキということではないのかもしれない。

カタン――。

心音の思考を遮るように、天井裏で奇妙な音がした――。

古い建物だし、あちこちガタがきている。家鳴りの一種だろうと割り切り、ベッドに腰を下ろした。

――本当に疲れた。

蘇芳のことがあって、嫌でも昔のことを思い出してしまう。

いくら思い返したところで、過去は変わらないし、今の生活に変化が訪れることはない。分かっているのに、どうしても縋《すが》ってしまう。

こんなことなら、蘇芳と同じように、全て忘れてしまった方が楽なのに――。

心音は、脱力してベッドに横になる。

その途端、視界に飛び込んできたものに驚き、目を大きく見開いた。

心音のすぐ目の前に、中学生くらいの少女の顔があった。その少女の頬には、べったりと赤黒い血が付着していた。

「げ……てはや……」

少女が、震える声で言った。

聖子が言っていたことは、どうやら本当だったらしい。

少女の幽霊が、心音に向かって真っ直ぐ手を伸ばしてきた。何とか逃れようとしたけれど、身体が動かなかった。

9

蘇芳の住まいは、多摩川沿いの道から、路地を入った住宅街の中にあった。築五十年以上は経っている、古い平屋の日本家屋で、叔父の武士がリノベーションして、住居兼仕事場にしている。

玄関で靴を脱ぎ、廊下を抜けてリビングに顔を出すと、珍しく武士の姿があった。いつもなら、この時間帯は仕事部屋に籠もっていることが多い。ドアの向こうからキーボードを叩く音だけが響き、呼びかけても返事が返ってこないこともしばしばだが、今はソファーで寛《くつろ》いでいる。

「おかえり」

武士が、陽気な声で言いながら手を挙げた。

痩せ型で、欧米人のように鼻が高く、整った顔立ちをしているが、身だしなみに無頓着で、髪も髭も伸び放題になっている。

「仕事は終わったんですか？」

蘇芳が訊ねると、武士は大きく伸びをした。

「何とかね。〆切《しめきり》には間に合わせた。少しだけど、ゆっくり出来る」

「それは良かったです」

武士は小説を書くことを生業としている。

主に恋愛小説を書いていて、出版不況の中にあっても、生活に困窮しない程度に売上も上げているし、有名な賞も受賞している。

読書が好きということもあり、常々、読んでみたいと思っているのだが、武士は、なぜかそれを嫌がる。

どうして読まれたくないのか、訊ねてみたことはあるけれど、曖昧に誤魔化されてしまった。

理由が気にならないと言ったら嘘になるが、本人が望まないことをするのは本意ではないので、蘇芳は未だに武士の小説を読んでいない。

「学校は、終わったの？」

「ええ」

「おれも、〆切が終わったことだし、出前でも取ろうか？」

武士が嬉しそうに提案してくる。

「ありがとうございます。でも、この後、バイトが入っているんです」

蘇芳は、工事現場の警備のバイトをしている。家に立ち寄ったのは、バイト先の制服を取りに来ただけだ。

「無理してバイトして、身体を壊してもよくないよ」

「大丈夫です」

蘇芳は、笑顔で答えた。

武士には、学費を含めて、生活の一切合切の面倒をみてもらっている。それにおんぶに抱っこというのはどうにも落ち着かず、高校のときからバイトを続けて、毎月生活費として渡していた。

武士は、一応は受け取ってくれてはいるが、蘇芳名義の口座を作り、そこに全額貯金している。

「蘇芳君は周囲に気を遣い過ぎだな」

ポツリと武士が言った。

「そうですか？」

「本当の親だと思えとは言わないけれど、おれは、蘇芳君の保護者なんだ。何でも自分で抱えずに、少しくらい頼ってくれてもいいと思う」

武士の目は、少し哀しげだった。

蘇芳が、武士と一緒に暮らすようになったのは十三歳のときだから、もう五年以上になる。

武士は物静かで、口数は少ないが、愛情をもって蘇芳に接してくれている。蘇芳との距離を縮めるために、試行錯誤しているのも分かる。

武士のそうした意図を汲《く》んで、頑《かたく》なにならず、もっと心を開くべきだと思うのだが、どうしてもそれが出来ない。

武士と暮らす前の記憶を失っている癖に、ここが自分の居場所でないことだけは、分かってしまう。

過去の記憶を取り戻したら、もっと違う接し方になるのだろうか？　などと考えなくもなかったが、やっぱり過去を知るのは怖い。

「充分に頼っていますし、武士さんには感謝しています」

「そういう言い方をされちゃうと、益々《ますます》、距離を感じるんだよな」

武士は、そう言って苦笑いを浮かべた。

「すみません」

「別に、謝ることじゃない。蘇芳君のペースで、無理せず、ゆっくり進めばいい」

武士は穏やかな笑みを浮かべた。

決して無理強いをしない、こうした優しさがありがたかった。

だからこそ、早く独り立ちして、この家を出て行くべきだとも思う。それは、武士が嫌いということではなく、これ以上、迷惑をかけられないと思っているからだ。

決して口に出さないが、蘇芳の保護者をやっていることで、彼がある意味束縛されていることは確かだ。

武士が未だに独身でいるのは、蘇芳が一緒に生活していることが影響しているはずだ。

蘇芳の保護者になったとき、彼はまだ三十代になったばかりだった。蘇芳のような子どもを引き取ることになってしまったら、それこそ自由に恋愛することも出来なかったはずだ。

なぜ、蘇芳を引き取ったのが武士だったのかは、詳しく聞かされていない。けれど想像はつく。きっと人の好《よ》い武士が、貧乏くじを引かされたのだろう。

——ぼくさえいなければ。

ネガティブな考えを持ってはいけない。それは分かっているのに、どうしてもそこに引っ張られてしまう。

頭に浮かんだ考えから逃げるように、荷物を置きに自分の部屋に向かおうとしたところで、視界の隅に人影が見えた。

目を向けると、キッチンのところに、三十代くらいの女性が立っていた。

妊婦らしく、大きなお腹をさすりながら、じっとこっちを見ている。顔の辺りが、モザイクをかけているようにぼやけていて、どんな表情をしているのかは分からない。

キッチンに目を向けると、必ずといっていいほど、この女性の幻覚を見てしまう。

「また、幻覚が見えたのかい？」

武士が、心配そうに声をかけてきた。

「いえ。違います。ちょっと、目にゴミが入っただけで」

蘇芳は、誤魔化しながら目頭を摘まむ。再び目を開けると、さっきまで見えていた女性の姿は、きれいさっぱり消えていた。

「武士さん。一つ訊いていいですか？」

「何？」

「武士さんは、幽霊はいると思いますか？」

蘇芳の質問が意外だったのか、武士は数秒、呆気《あっけ》に取られた表情で固まっていた。

だが、やがてふっと息を漏らして笑った。

「幽霊なんて、いるわけないじゃないか。人は、死んだらそれで終わり。無なんだよ」

「ですよね」

武士の返答に、安堵《あんど》感を覚えた蘇芳は、リビングを後にした。

一〇

インターホンが鳴ったのは、和心が妻と娘と夕飯の食卓を囲んでいるときだった。

妙な時間の来客だと思いながらも、庫裡《くり》の玄関を開けると、そこには中年の女が立っていた。

年齢に釣り合わない派手な柄のワンピースに、厚化粧をしていて、香水もきつい。じゃらじゃらとネックレスやら、ピアスなどの装飾品を身につけていて、場末のスナックのママといった感じだった。

「和心和尚さんでしょうか？　どうか、どうか、私を助けて下さい。このままだと、私は呪い殺される」

女は、和心の両腕を摑んで早口に言った。

この女も心霊現象に悩まされ、和心のところに助けを求めてやって来たようだ。

せっかく、聖子の友人の件を、直接八雲のところに行くように手配したというのに、また面倒なことに巻き込まれる――とうんざりしながらも、玄関先で話も聞かずに追い返したのでは、どうにも寝覚めが悪い。

和心は、妻と子どもに簡単に事情を説明してから、女を本堂に案内し、そこで向かい合って座ることになった。

女は、何かに怯えているらしく、さっきから落ち着きなく、何度も背後を振り返り、手を擦り合わせている。

「で、あんたは誰なんだ？」

和心は、女の名を訊ねた。

「す、すみません。まだ、名乗っていませんでしたね。わ、私は、橘《たちばな》供花《きょうか》といいます」

「橘さんね。で、何の用があってこの寺に来たんだ？　助けて欲しいというのは、どういうことだ？」

和心が訊ねると、供花がすがるような視線を向けて来た。

その目には、涙が浮かんでいる。化粧でよく分からなかったが、こうして改めて見ると、顔色が酷く悪いような気がする。肌もだいぶ荒れている。相当に生活リズムが崩れているようだ。

供花は、喋り出そうとしたが、思うように言葉が出てこないらしく、床に突いた手をぎゅっと握った。

こういうとき、急《せ》かしたりすると、余計に喋れなくなるものだ。和心は、黙って供花の言葉を待つことにした。

しばらくして――。

「私に憑いている幽霊を、どうか祓って下さい。そうでないと、私は近いうちに呪い殺されてしまいます」

供花は絞り出すように言った。

話の内容は予想していたので、別に驚きもしない。今日の今日で、新たな心霊現象を持ち込んだりしたら、八雲にああだこうだと文句を言われそうだが、供花の様子を見る限り、相当に切羽詰まっているように見える。詳しく、話を聞く必要がありそうだ。

「呪い殺されるってのは、穏やかじゃねぇな。何があったんだ？」

「実は、私は、こう見えて霊媒師をやっているんです」

和心は、思わず腰を浮かせた。

「霊媒師だと⁈」

まさかこの女が、霊媒師だとは思わなかった。だが、言われてみれば、ゴテゴテとした装飾品の数々は、いかにもそれっぽい。

だが、そうなると分からない。もし、供花が霊媒師なのだとしたら、幽霊は自分で祓えばいい。霊媒師が寺の住職に除霊を依頼するなんて話、聞いたことがない。

和心がそのことを告げると、供花は唇をぎゅっと噛み、押し黙ってしまった。

本堂に重い空気が流れる。

そのうち喋るだろうと思っていたのだが、待てど暮らせど、供花は口を開こうとしない。

「黙ってちゃ分からん。どうして、霊媒師が除霊を頼みに来たんだ？」

和心が改めて訊ねると、ようやく供花が口を開いた。

「た、大変、申し訳ありません。私は、霊媒師をやっておりますが……」

霊能力は無いのです――と言った。

「つまり、インチキで霊媒師をやっていたということか？」

「ええ。その通りです。以前は、幽霊の存在すら信じていませんでした」

「幽霊を信じてもいなかったってことは、適当なことを言って、客を騙していたってわけか？」

そんなものは詐欺だ。警察時代なら、無理矢理にでも署に引っ張って行くところだ。

「待って下さい。別に、騙すつもりなんてなかったんです。霊媒師って、カウンセラーの側面があるじゃないですか。悩みを聞いてあげて、それを幽霊のせいにして、祓うことで心を満たしてあげる。それで、救われているのですから……」

「詭弁だな」

和心は、一蹴した。

体のいいことを言ってはいるが、供花がやっているのは、八雲が昼間にやったことと全然違う。

八雲は、実際に幽霊が見えるのだ。幽霊が憑いているのかどうかが分かる。その上で、最適解を導き出している。だが、供花はどうだ？　幽霊が憑いているのかどうかも分からず、祓ったと適当なことを言う。こんな無責任なことはない。

「申し訳ありません……」

和心の迫力に押されたのか、供花は肩を落として頭を垂れた。

「おれに謝罪してもしょうがねぇだろ。それより、霊媒師として他人を騙していたあんたが、どうして除霊をしようとしている？」

「実は、先日、私の許に除霊をして欲しいと相談に来た学生がいました。彼らは、廃墟となった神社で、願掛けをしてから、幽霊が現れるようになったと訴えていました」

「それで？」

「形だけの除霊をしました。それから、幽霊を退散させるための方法を幾つか教えて、それを試すように伝えました」

「都合のいい言い方をするな。除霊のためのグッズを売りつけたんだろ？」

「確かに売りました。でも、こうしたグッズも只《ただ》ではありません。こちらも、仕入れをしなければならないので、それに見合った金額を頂くのは、当然のことかと」

「効果が保証されていないどころか、そもそも、お前が信じてねぇんだろ。そういうのを、詐欺っていうんだよ」

和心が言い放つと、供花は押し黙った。

彼女は、さっきから言い訳ばかりだ。自分は、何一つ悪くないと思っていやがる。胸くそ悪くなる女だ。

供花が幽霊に殺されるのだとしたら、それは自業自得だと思う部分もあるが、まあ、本当に死なれたりしたら、それはそれで寝覚めが悪い。

「その後、どうなった？」

和心は半ばうんざりしながらも、先を続けるように促した。

「その日から、私の許でも心霊現象が起きるようになったのです」

「具体的に何があった？」

「夜中に妙な囁き声が聞こえるようになりました」

「何と言っていた？」

「己の罪を忘れるな。お前を呪い殺してやる――と」

「空耳じゃないのか？」

「違います！」

供花は、取り乱したように首を左右に振った後、もう一度「違います」と言った。

「その声は、私にははっきりと聞こえたのです」

「姿は見ていないのか？」

和心の問いに、供花がビクッと肩を震わせた。

「最初は声だけでした。でも、しばらくして、街中で青白い顔をした少年が歩いているのを目にしました。変な若者だな――くらいに思っていました。でも――」

「…………」

「次の日も、その次の日も、同じ少年の姿を見たのです」

「…………」

「しかも、その少年は、段々と私に近付いてきているのです。今では、気付くとすぐ後ろに立っているんです」

供花は自分の肩を抱くようにして、背後を振り返る。

だが、そこには本堂の扉があるだけだ。

確かに、少しずつ幽霊が近付いてくるという状況は怖い。そんな日が続けば、冷静ではいられなくなるだろう。下手をしたら、精神が崩壊しかねない。

供花は、しばらく呼吸を荒くしていたが、やがて和心に顔を向けた。

「あの幽霊に追いつかれたとき、きっと私は殺されるんです。それが、恐ろしくて……。だから、本物だと噂の和心和尚に、どうにか助けて頂きたいと思い、こうして足を運んだのです。どうか、私を助けて下さい」

供花の目からぼろっと涙が零《こぼ》れ落ちた。

自分がインチキ霊媒師と明かしてまで助けを求めてきたのだから、相当に恐ろしかったのだろう。

だが――。

「幽霊に人を殺せるとは思えんがな」

幽霊というのは、死んだ人間の想いの塊のようなものだ。故に、電波などに干渉することはあっても、物理的な影響を及ぼすことは出来ない。

これは、和心の理論ではない。実際に幽霊が見える八雲が、常々口にしていることだ。

「本当にそうでしょうか？」

反論を口にした供花の顔からは、表情が抜け落ちていた。

「どういうことだ？」

「今日、私のところに相談に来た青年が――死にました」

供花の声が、本堂に重く響いた。

佇まいだ。

結衣子は、石井とともに明政大学附属病院に足を運んだ――。

川沿いにある病院で、昨年リニューアルを済ませ、外観だけ見ると瀟洒《しょうしゃ》なホテルのような佇まいだ。

この病院の地下二階にいる法医学者の七目《ななめ》に、遠藤の検案・解剖結果について訊くのが、目的だ。

「後路さんは、七目先生と会うのは、初めてですよね?」

病院のエントランスに入ったところで、石井が訊ねてきた。

「はい」

「そんなに緊張しなくても大丈夫です。七目先生は、少々、変わり者ですが、悪い人ではありませんから」

石井は、和ませようと意識しているのか、穏やかな口調で言った。

確かに結衣子は緊張している。だが、それは七目と初対面だからではなく、石井と二人で歩いているからだ。

別にデートをしているわけではない。これは、あくまで職務だ。それは分かっている。分かっているけれど、心臓の鼓動が速くなってしまうのは、自分ではどうにもならない。

何れにしても、石井に気を遣わせてしまっているのは申し訳ない。ここは、気を引き締めなければ。

「大丈夫です」

結衣子は、元気よく言うと、石井とエレベーターに乗り、地下二階に向かう。

地下の廊下には窓がなく、電気が点《つ》いているのに薄暗く感じられた。何より、圧迫感が凄《すご》かった。病院特有の薬品臭のせいもあるかもしれない。

石井が先頭に立ち、廊下の中ほどにあるドアの前に立った。「世田町署の石井です」と告げると、中から「どうぞ——」と綺麗《きれい》な女性の声が返ってきた。

——七目先生は、女性だったの？

結衣子が考えているうちに、石井がドアを開けて中に入って行った。「失礼します」と一声かけてから、その後に続く。

部屋の四方の壁には、背の高いキャビネットが配置されていて、廊下にも増して圧迫感を覚える。

中央には、デスクが向かい合わせで置かれていて、奥の席は空いていたが、手前の席に女性がこちら向きで座っていた。

年齢は、結衣子と同じ二十代後半くらいだろう。丸顔で、黒髪のボブカット。小柄でかわいらしい。清楚《せいそ》で可憐《かれん》という表現のために、生まれてきたような女性だった。

「ご無沙汰してます。こちらは、未解決事件特別捜査室の後路です」

「後路結衣子です。七目先生でいらっしゃいますね」

石井に続いて結衣子が言うと、女性は、生ゴミを鼻先に突き付けられているような顔をした。

「あんな変態セクハラ髭達磨《だるま》と一緒にしないで下さい」

女性が容姿にそぐわない荒い口調で言い放ち、それに合わせて石井が笑った。

「彼女は、研修医の仲村美鶴《なかむらみつる》さんです。七目先生の助手です」

石井が丁寧に紹介をしてくれた。彼女は、白衣のポケットに両手を突っ込みながら「仲村美鶴です。美鶴でいいです」と挨拶をした。

どうやら、人違いをしてしまったようだ。恥ずかしさはあるが、まあ知らなかったのだから仕方ない。

それより、美鶴の外見とのギャップに驚かされる。仮にも自分の上司を『変態セクハラ髭達磨』と称するとは、なかなかの毒舌だ。

「仲村さんの伯父さんは、以前、この病院で、法医学者をやっていたんだよ」

石井が、結衣子の考えを見透かしたように説明してくれた。

「そうだったんですか」

「はい。とても、優秀な方でした。仕事を愛し過ぎているせいで、行き過ぎたところがありましたが……」

「確かに、行き過ぎなところはありましたね。でも、伯父さんには、もっと色々と教えて欲しかったな」

どうやら、美鶴が解剖学を志したのは、伯父の影響があるようだ。

「そうですね。惜しい人を亡くしました」

「本当に素晴らしい人でした。でも……私の指導を、よりにもよって、あんな髭達磨に託すなんて、最後の最後にやってくれたな！　って感じです」

美鶴が憤慨しながら言い放ったところで、部屋のドアが開き、白衣を着た泥棒髭の男が部屋に入って来た。

「どうも。セクハラ髭達磨です」

泥棒髭の男は、両手を広げ、ヘラヘラと笑いながら言う。

どうやら、この男が法医学者の七目のようだ。そして、ドアの外で会話を聞いていたらしい。

「マジでウザい。自己紹介するなら、ちゃんと名乗れば？」

美鶴が吐き捨てるように言う。

「ええ、どうして？　せっかく美鶴ちゃんが付けてくれたニックネームじゃない」

「違います。悪口です」

「またまた。ぼくは分かっているよ。不器用な美鶴ちゃんの愛情表現なんでしょ？」

「だから、そういうとこがウザいんです」

「あの。お久しぶりです」

石井が、七目と美鶴の大人げない口喧嘩《くちげんか》に割って入った。

「ああ。石ちゃん。久しぶり」

七目が手を振ってみせる。

何だか、テンションがいちいち鬱陶しい。美鶴が罵倒したくなる気持ちが少しだけ分かった。

「あ、紹介します。彼女は、未解決事件特別捜査室の後路結衣子です」

石井が紹介すると、七目は結衣子にずいっと近づき、頭の先からつま先まで、文字通り舐《な》め回すように見てくる。

あまりの不快感に、ぞわっと寒気がした。

「あ、あの」

結衣子は、逃げるように七目から後退《あとずさ》る。

「結衣子ちゃんだっけ？　規則正しい生活を心がけた方がいいよ。せっかく、いいものを持っているのに、お肌が荒れちゃってるじゃない」

「セクハラです！」

結衣子より先に、美鶴が声を上げる。

「どうして？　ぼくは、ただ、適切なアドバイスを……」

「それがセクハラだって言ってるんですよ。頭悪いんですか？　常識無いんですか？」

「でもね……」

「黙れカス！」

美鶴に一蹴され、七目は反論を諦めたらしく、ため息を吐きながら席に着いた。

結衣子が言いたいことは全部美鶴が代弁してくれたので、スカッとしたのは事実だが、こんなにギスギスした状態で仕事が出来るのだろうか？　とこっちが不安になってしまう。

なぜか、この状況で笑っている石井の神経も、分からなくなってきた。

「で、石ちゃんが来たのは、例のアパートで発見された遺体の件だよね？」

七目が、ようやく本題に入ってくれた。

「ええ。刑事課は、病死でカタを付けようとしているようですが、遠藤さんの部屋の異様な状況が気になりまして。それと、彼が幽霊に憑依されていたという証言も出てきたので、何かあるのでは――と」

石井が言うと、七目はうんうんと頷く。

「さすが石ちゃん。シスコンの前山田と違って、よく見ている」

それについては、結衣子も七目と同意見だ。

「いや。そんなことありませんよ」

「あるね。あの連中は、結果を求めるあまり、すぐに事件を終わらせようとする。だから間違えるんだよ。事件は、一つ一つ丁寧に取り組まないと、足を掬《すく》われることになる」

「そうかもしれませんね」

「で、結論から言うと、石ちゃんの予感は、当たっているかもしれないね」

「どういうことですか?」

石井が前のめりになる。

「遺体となって発見された遠藤さんは、病死ではないね。絶対に違う」

「その根拠は何ですか?」

石井が訊ねると、七目は「美鶴ちゃん、資料」と声をかける。

七目が言い終わる前に、美鶴が資料を放り投げた。

見事キャッチとはいかず、資料が床に落下し、散乱してしまう。結衣子と石井は、慌てて拾い集めたのだが、投げた張本人である美鶴は、パソコンのモニターに目を向けたまま微動だにしない。

険悪なのも、ここまで来ると逆に面白くなってくる。

「まず、この写真を見て欲しいんだよね」

七目は、何事もなかったかのように、資料の中から一枚の写真を取り出し、デスクの上に置いた。

結衣子は、石井と一緒に写真を覗き込む。

そこに写っていたのは、ビー玉を少し大きくしたような球体だった。ガラスで作られたものではない。多分、紙のようなものを、丸め固めて作ったものだろう。

「これは何ですか？」

「見たまま、紙を丸めて作ったボールみたいなものだね。遠藤さんは、これが喉の奥に詰まったことによる、窒息死だね」

七目の緩んだ表情が、真剣味を帯びた。

こんなものが、独りでに喉に詰まるはずがない。つまり、これは——。

「殺人事件」

結衣子の口から自然と言葉が漏れる。

「そうやって決めつけちゃうと、彼氏とか出来ないよ」

七目が茶化したように言う。

「今、彼氏とか関係ないと思いますけど。それに、勝手にいないと判断するのこそ、決めつけだと思いますけど」

「結衣子ちゃんに、彼氏がいないのは、身体を見れば分かるよ。ホルモンの分泌が……」

「セクハラです！」

結衣子は、堪《たま》らず言い放った。

本当に最低だ。美鶴が、七目を嫌悪している理由が、心の底から分かった。デリカシーの欠片《かけら》もない。

結衣子が、さらなる罵倒を浴びせようとしたところで、石井が「まあまあ」と間に割って入った。

「つまり、七目先生が言いたいのは、自殺の手段としてこれを飲み込んだかもしれないし、何かしらの事故で誤って飲み込んでしまった可能性もある。現段階では、様々な可能性を考慮する必要があるということですよ」

石井の言う通りかもしれない。

毎年、餅を喉に詰まらせて窒息死する人がたくさんいる。喉の奥から紙を丸めたものが出てきたというだけで、殺人と断定するべきではないということだ。

それは分かったけれど、だからといって七目のセクハラ発言が帳消しになったりしない。

「私は……」

鬱積した怒りを七目にぶつけようとしたのだが、やはり石井に制された。

「七目先生。詰まっていた紙の種類など分かりますか？」

石井が、話題を切り替えるように訊ねた。

「まあ、それについては、専門じゃないからね。科捜研に鑑定依頼を出して詳しく調べてもらった方がいいかもね」

「そうですね」

「ただ、紙の種類よりも、気になることがあるんだよね」

「何ですか？」

「この紙を、広げてみたんだけどね――文字が書いてあったんだよ」

そう言って、七目は新たな写真をデスクの上に提示した。

しわくちゃの紙が写っていた。喉に詰まっていた、丸めた紙を広げて引き伸ばしたものだろう。

皺だらけなので、判読し難《にく》いが、紙には赤い文字でひと言だけ記されていた。

「呪い――」

石井が、書いてある文字を読み上げる。

「なぜ、こんな文字が？」

結衣子は、わけが分からず首を傾《かし》げる。

「矢作さんの話を覚えていますか？」

石井が訊ねてきた。

覚えている。矢作は、自分が呪い殺されると怯えていた。まさか、本当に呪いがあるのか？

「何の話？」

七目が訊ねてきた。

石井は、亡くなった遠藤の同級生もまた、呪いに怯えていたという話を、掻《か》い摘《つ》まんで説明した。

それを聞き終えるなり、七目がポンッと手を打った。

「そういうことね。これは、本当に呪いかもしれないね――」

「どういうことですか?」

石井が訊ねると、七目は「紙の裏面には、こんなことが書いてあった」と言いながら、もう一枚の写真を提示した。


【タチバナキヨウカ】

ひと言、そう書かれていた――。

12

五月に入ったけれど、夜は少し冷える。

でも、その冷たい風が、今の蘇芳には心地よかった。

今日は、色々なことがあった。心音の言葉、左眼の赤い青年の言葉が、ぐるぐると頭の中を巡る。

これまで、自分が見ていたものは、幻覚ではないのか? その疑問が、幾度となく浮上したが、その度に「幽霊なんていない」と自分に言い聞かせた。

本音で言えば、見えているものが幻覚なのか、幽霊なのかはどうでも良かった。どちらであったにしても、蘇芳がどうこう出来る問題ではない。

ただ——。

幻覚ではないと認めることで、失われている過去の記憶を呼び覚ますのが怖かった。

自分の記憶の中に、何が眠っているのかは分からないけれど、それが楽しい記憶でないことは明らかだ。

だとしたら、忘れたままの方がいい。

袖を捲《まく》ると、ミミズ腫れのような痕が現れた。

誰かに暴力を振るわれた証《あか》し——。

もし、これをやったのが自分の両親だと知ってしまったら？　そのときの痛みや、絶望を思い出したとしたら？

暴力だけではない。

もしかしたら、もっと酷い記憶が眠っているのかもしれない。

それと向き合ったとき、自我を保てなくなる。蘇芳は、そんな気がしていた。だから——。

「このままでいい」

自分に言い聞かせたところで、ふと誰かの視線を感じて顔を上げた。

多摩川に架かる橋の上に、夕方に見た作業着の男が立っているのが見えた。ちょうど、蘇芳が左眼の赤い青年に出会ったあたりだ。

――幻覚だと思うなら、絶対に近付くな。

左眼の赤い青年の声が脳裏を過った。

このまま、回れ右をして、別のルートから帰るべきなのかもしれない。だけど、それだと、左眼の赤い青年の言っていたことを、肯定することにならないか？

自分の見ているものが、幻覚ではなく別の何かだと認めてしまったら、これまでの日常を守れない気がした。

「幻覚に決まっている」

蘇芳は自らに言い聞かせるように言うと、大きく足を踏み出して、橋を渡り始めた。

近付くほどに、作業着の男の姿が鮮明になってくる。

間違いない。あのときと同じ人物だ。

――だからどうした！

ただの幻覚なのだから、同じだろうと、違おうと、何も問題はない。作業着の男は存在しない。蘇芳の脳が作り出した幻影だ。

作業着の男の横を通り過ぎようとしたところで、一瞬だけ彼と目が合った。

昼間に見たときは、怒っているように見えた。だけど、今は違う。この男の瞳の奥には、形容し難い悲しみが映っているようだった。

――死にたい。

耳許で声がした。

酷く暗く、冷たい声だった。

それを聞いた瞬間、蘇芳の視界がブラックアウトした。

暗闇の中にあっても、『死にたい。死にたい。死にたい』という声が、繰り返し脳に響いてくる。

心が、ガリガリと音を立てて削られていくような気がした。

やがては、何もない空洞になっていく。

そんな感覚だった。

——ああ。ぼくは、生きていてはいけないんだ。

頭の中に、その思いが溢《あふ》れ出した。

気付いたときには、蘇芳は橋の柵の上に立っていた。

ここから飛べば、楽になれる。

そんな気がした。

「止せ！」

誰かが叫ぶ声がした。

蘇芳は、その声を聞きながら、橋から落下していった——。

13

「悪いな。せっかく時間を作ってもらったのに、こんなことに振り回してしまって……」

隣を歩く八雲が、ばつが悪そうに表情を歪めた。

「そんなの気にしないで」

小沢晴香《おざわはるか》は、笑顔で答えた。

お互い忙しい合間を縫って、こうして会っているのに、心霊絡みの事件に時間を取られているのは事実だ。

でも、困っている人を放置して晴香に会いに来たのだとしたら、幻滅してしまう。まあ、八雲に限ってそれはない。嫌そうにしながらも、何だかんだ放っておけない性質なのだ。

それに――。

「こうやって、心霊事件のことを追いかけていると、学生時代を思い出すでしょ」

晴香が八雲と出会ったのは、心霊事件がきっかけだった。

それから、大学在学中は幾度となく心霊事件を一緒に解決してきた。悲しいこともたくさんあったけれど、全てが晴香にとって大切な思い出だ。

社会人になって、一緒に心霊事件を追いかける機会はめっきり減ってしまった。だから、こうして久しぶりに一緒に幽霊を追いかけるのは、出会った頃に戻ったみたいで新鮮だ。

「あの頃は、君のせいで、散々な目に遭った」

八雲が、ぼやくように言ったので、脇腹を突いてやった。

猫が驚いたみたいにビクッと飛び跳ねて、醒《さ》めた視線を送ってきた。

「言っておくけど、全部、私が持ち込んだわけじゃないからね」

「確率的には、五十パーセントを超える」

「御子柴先生に影響され過ぎ。それに、今は八雲君が持ち込んだ事件に私が付き合ってるんだから、おあいこでしょ」

「足手まといにならないといいがな……」

「へぇ。そういうこと言うんだ。じゃあ、帰ろうかな」

「…………」

八雲は、くしゃっと苦い顔をして晴香から視線を逸らした。

——勝った。

最近、口論の勝率が飛躍的に上がっている気がする。ひたすらにいい負かされていた頃が懐かしい。

などと感傷に浸っている場合ではない。

今回の心霊事件について、八雲から簡単に説明は受けている。橋の上に現れ、自殺を誘発している男性の幽霊がいるので、何とかしたいということだった。

確かにそれは放っておけないと思う。橋の上から、何人もの人が飛び降り自殺をするなんてことになったら大変だ。

ただ、晴香には、話を聞いていて、一つ気になることがあった。

「その子は、幽霊が見えるの？」

晴香が訊ねると、隣を歩く八雲は、少し表情を歪めて、ガリガリと寝癖だらけの髪を掻いた。

八雲が幽霊に遭遇したとき、その場にいたもう一人の青年の話をした。

紫がかった赤い眼をしていて、八雲と同じように、幽霊が見えている可能性があるのだという。

「多分な」

「どうして多分なの？」

「他人に何が見えているのかは、あくまで推測でしかない」

それは、確かに八雲の言う通りだと思う。

だけど――。

「その推測は、どれくらいの確率で正解しているの？」

「九十パーセント以上だ。だけど……」

「だけど何？」

「彼は、自分が見えているものを、幻覚だと認識している」

「幽霊だって気付いていないってこと？」

「ああ」

「それって危険じゃないの？」

これまでは良かったとしても、幽霊を幻覚だと認識したまま、不用意に近付いたりしたら、憑依されたりする可能性もある。

「一応、本人には、近付くなと忠告はした。だが、その忠告を受け容れることは、幻覚を幽霊だと認識するのと同義になる……」

「そうだね」

「もしかしたら、ぼくは余計なことを言ったかもしれない」

八雲が、ふと足を止めた。

風に煽《あお》られて、彼の髪がぐしゃぐしゃに掻き回される。

「余計なことなのかな？」

「ぼくの言葉のせいで、彼が自分の見ているものに疑念を抱いてしまったとしたら、ぼくは、彼の人生を大きく変えてしまったことになる」

——相変わらずだな。

そうやって、全てのことを自分の責任として背負い込もうとする。

「八雲君が何を言ったとしても、選択するのは、その人だと思う」

「そうかもしれないが、ぼくはそのきっかけを与えた」

「そう思うなら、助けてあげようよ」

「簡単に言うなよ。何を以て、助けることになるのか、ぼくには分からない。今のままの方が、彼にとって幸せかもしれない」

「知らない方が、幸せってこと？」

「そういう場合もある。真実を知った先に、何が待っているのか、ぼくには分からないし、責任も持てない」

八雲の言い分は一理ある。

幻覚だと思い続けた方が、幸せな場合もあるだろう。だけど——。

「私には、八雲君が納得していないように見えるけど」

「納得？」

「そう。本当は、助けてあげたいんじゃないの？」

「だから、ぼくの行動が助けることになるとは、限らないだろ」

「だったら、八雲君が導いてあげればいいじゃない。たくさん、辛《つら》い経験をして、苦しんだ八雲君だからこそ、伝えられることってあると思う」

「ぼくに伝えられることなんて……」

「あるよ。それに、八雲君が背負いきれない分は、私が引き受けるから――」

晴香は笑顔で言ってから、八雲の手を握った。

この手は、これまでたくさんの人を救ってきた。晴香もその一人だし、きっとこれからもそうなのだろう。

そんな八雲の支えになりたいと思う。

「君は……」

何かを言いかけた八雲だったが、唐突に言葉を切り、橋の中程に目を向けた。

晴香も釣《つ》られて視線を向ける。

「あっ！」

晴香は、視界に飛び込んで来たものを見て、思わず声を上げた。

橋の柵の上に、一人の青年が立っていた。

両手を広げ、真っ直ぐ前を見ていたが、その目は虚ろで、心ここにあらずといった感じだった。

風が一際強く吹く。

その風に煽られて、青年の身体がぐらりと揺れる。

「止せ！」

八雲は、声を上げながら駆け出した。

だが、間に合わなかった――。

14

真っ暗で冷たい水の中にいた――。

どうして自分が水の中にいるのか、蘇芳には分からなかった。

とにかく、何かに捕まって水から這《は》い上がろうとしたのだが、いくら手を振り回しても、摑むものがなかった。

浮上しようと、足をバタバタと動かしてみたけれど、服が水を吸い込んだせいか、どんどんと沈み込んでいくような気がする。

ダメだ。

息が苦しい。

何とか呼吸をしようと、口を開けたが、それがよくなかった。

ごぼっと空気が弾ける音がして、口の中に大量に水が入り込んできた。

意識が遠のく。

――このまま、死んでしまうのだろうか？

意識が薄れゆく中、蘇芳の視界に淡い光が浮かんだ。

春の木漏れ日のような光の中で、蘇芳は、誰かを追いかけて走っていた。

夢を見るときは、いつも追いかけられているのに、死ぬ間際に見るのが、誰かを追いかけている姿だというのが不思議だった。

それに——。

いつものように、怯え、恐怖しているのではなく、なぜか心が躍っていた。

走っていることが楽しくて、柔らかく、温かい空気に包まれているような気がした。冷たい水の中にいるはずなのに、どうしてだろう?

やがて——。

蘇芳の視界に、前を走る少女の姿が見えた。

少女は、楽しそうに笑い声を上げながら、蘇芳の方を振り返った。

その顔は、どこか心音に似ている気がした。

もしかしたら、これは自分の記憶なのかもしれない。そう思いながら、蘇芳は少女の手を摑もうとした。

だけど、蘇芳が触れた瞬間、少女の姿は泡のように弾けて消えた。

それと同時に、現実が戻ってくる。

水の中で溺れているという、どうしようもない現実が——。

蘇芳は、何とか手を伸ばしたが、暗い水の中では、やはり何も摑めなかった。

明確に死という言葉が頭に浮かんだ。

——死ぬって、こんなにも怖いことなのか。

「誰か……」

蘇芳が、最後の力を振り絞って、手を伸ばしたところで、指先に何かが触れた。

それは人の手だった。

少し骨張っていたけれど、柔らかくて、それでいて力強い手──。

その手は、蘇芳の手を握ると力強く引っ張る。蘇芳も、その手を放さないように、強く握り返した。

その手に導かれて、蘇芳は水面から顔を出した。

息が出来る。

「生きてるか？」

誰かが、蘇芳に呼びかけてきた。

「は、はい……」

「こっちだ」

蘇芳は、腕を引っ張られる。それに導かれ、溺れないように必死に手足を動かしながら、無我夢中で進んだ。

そうやって、何とか足の着く場所まで辿り着くことが出来た。

川岸まで上がった蘇芳は、何度も噎《む》せ返し、飲んでしまった水を吐き出す。まだ苦しさはあったけれど、自分が生きていることを実感した。

「大丈夫か？」

左眼の赤い青年が立っていた。

頭の先からつま先までずぶ濡れで、尖った顎の先から、ひたひたと水滴が落ちている。

助けてくれたのは、この人なのだろう。

「あ、ありがとうございます」

「幻覚だと思っているなら、絶対に近付くなと忠告したはずだ」

左眼の赤い青年の言葉が、蘇芳の胸の奥を突き刺す。

「ぼくは……」

「二人とも大丈夫?!」

大きな声を上げながら、ショートカットの女性が駆け寄って来た。

「何とか無事だ」

左眼の赤い青年が答えると、ショートカットの女性が、彼の腹にパンチした。

「もう！　無茶しないで！」

「助けろと言ったのは君だぞ」

「言ったけど、そういうことじゃないから！」

左眼の赤い青年とショートカットの女性は言い争っているが、蘇芳には猫同士がじゃれ合っているようにしか見えなかった。

「とにかく無事で良かった。あなたも大丈夫？」

ショートカットの女性が、左眼の赤い青年の肩を叩いた後、座り込んでいる蘇芳の顔を覗き込んできた。

どちらかというと可愛《かわい》い系のルックスなのだが、何処か知的で、綺麗も同居している美人だった。

凄く真っ直ぐな目をしていて、その瞳を見ているだけで吸い込まれそうになる。

「あ、あの。助けて下さって、ありがとうございます」

「ううん。私は何もしていないよ。ようやく、追いついただけだから。助けたのは八雲君」

「え？」

「そっか。ちゃんと自己紹介してないんだね。えっと、彼が八雲君。斉藤八雲」

女性が、左眼の赤い青年を指差した。

「斉藤八雲――」

「私は晴香。小沢晴香です」

「ぼくは……」

「蘇芳君だよね」

「どうして名前を……」

「八雲君から聞いたから。こんな態度だけど、あなたのことを、凄く心配していたんだよ」

「どうしてですか？」

蘇芳が八雲と会ったのは、数時間前だ。そんなに長い間会話をしたわけではない。そんな人間のことは、すぐに忘れてしまうだろうと思っていた。

「似てるから――だと思う」

「似てる？」

「たくさん苦しんで、悩んで、逃げようとして、でも、逃げられなくて……苦しみながらも、前に進んで来た人だから、同じように苦しんでいる人を見て、放っておけなかったんだと思う」

晴香という女性は懐かしむように目を細めながら言った。

だが、蘇芳はその言葉がピンとこなかった。八雲とは出会ったばかりだが、それでも、その言動には、強い信念が滲んでいる気がする。

今も八雲は凛と立ち、真剣な眼差《まなざ》しを川に向けていた。

その視線の先には、あの作業着の男の姿があった。

項垂《うなだ》れるようにして、川面に立っている。

八雲は、その男に向かって、ゆっくりと歩み寄って行く。

川に足が入ったが、そんなことお構いなしに、歩みを進めていく。やがて、腰の辺りまで浸《つ》かったところで足を止めた。

「あなたは、どうして、そんなにも死にたがっているのですか？」

八雲の問いかけが闇に響いた。

——死にたい。死にたい。死にたい。

男性の声がする。

悲痛な叫びにも似たその声に、蘇芳は思わず両耳を塞いだ。

だけど、その声が聞こえているのは八雲と蘇芳の二人だけらしく、晴香はまったくの無反応だった。

「それは、分かりました。ぼくは、あなたが死にたがっている理由が知りたいんです。教えてもらえますか？」

八雲が改めて訊ねると、作業着の男が顔を上げた。

その目には、涙が浮かんでいた。

それは、とても哀しげな涙だった。

――会いたい。娘に会いたい。死ねば会える。

作業着の男性は、絞り出すように言った。

ああ。だから、この人は死のうとしているのか。死ぬことで、先に逝ってしまった娘に会おうとしている。

「そうですか。亡くなった娘さんに会いたかったんですね」

――久美子《くみこ》。久美子。久美子。

作業着の男性は、繰り返し名前を叫んだ。きっと、それは亡くなった娘の名前なのだろう。

「あなたは、既に亡くなっています。娘さんに会いたいなら、こんなところで死を繰り返しても意味はありません」

八雲が、僅かに目を細めた。

――久美子は何処？

「娘さんは、ずっと死んだ場所に縛られているわけではありません。生きているときに、幸せを感じた思い出の場所があるのではありませんか？　あなたなら、その場所が分かるはずです――」

八雲が言い終わるのと同時に、作業着の男は「ああ……」と声を上げながら、すうっと闇に溶けるように消えた。

気付いたときには、なぜか蘇芳の目から涙が零れていた。これまで、自分が見ているものは、自分の脳が作り出した幻覚だと思っていた。

今の光景は、蘇芳にとって衝撃的なものだった。

だけど、八雲にも同じものが見えているし、聞こえている。

おまけに、八雲の言葉に応じるように、あの作業着の男は、闇の中に姿を消した。幻覚だとしたら、こんなことが起こるはずがない。

今まで、蘇芳が幻覚だと思っていたものは、違う何かなのかもしれない。

そう思った瞬間、蘇芳の思考の根底が大きく揺らいだ。

「どうするかは、君が決めろ」

八雲が静かに言った。

「決めるって何を――ですか？」

「君が見えているものに、どう向き合うかだ。これまでと同じように、幻覚だと切り捨てて生きるのも一つの選択だ」

「…………」

「だけど、もし、真実に向き合う覚悟があるなら、明日、ぼくの部屋に来い」

「部屋って……」

「明政大学の第七研究室だ。ぼくは、御子柴先生のところで助教をやっている」

八雲はそれだけ言い残すと、濡《ぬ》れた身体のまま、スタスタと歩いて行ってしまった。

「選択は、蘇芳君の自由だよ。でも、これだけは分かっておいて」

呆然とする蘇芳に、晴香が声をかけてきた。

「え？」

「不器用な言い方だけど、八雲君は、あなたと向き合う覚悟を決めたのだと思う」

「ぼくと向き合う覚悟……」

「そう。じゃあまたね」

晴香は、笑顔で手を振りながら八雲の背中を追いかけて行った。

「覚悟……」

呟くのと同時に、様々な想いが蘇芳の中に去来した。

これまでずっと自分のことしか考えていなかった。もし、蘇芳が見ていたものが、八雲が言うように、幻覚ではなく、幽霊だとしたら？

八雲は、逃げて目を背けていた蘇芳とは違い、浮かばれない幽霊たちと向き合い続けていたことになる。

さっきの作業着の男の幽霊のように――。

そうやって、どれほどの苦痛と悲しみを背負ってきたのだろう？　想像もつかないが、それでも八雲は、それを受け容れ歩み続けている。

「ぼくは……」

ふと夜空を見上げる。

星が瞬く空に、僅かだが赤みが差しているように見えた――。

第二章　蘇芳

I

蘇芳は【第七研究室】というプレートが貼られたドアの前に立った。

大学の研究室に足を踏み入れるのは初めてのことだし、昨日のことを思い出して、色々と構えてしまう部分もあった。

とはいえ、突っ立っていても始まらない。蘇芳は「失礼します」と声をかけてから、ドアを開けて中に入った。

それなりの広さのある部屋だったが、あちこちに段ボール箱が積み上げられている。その上、ソファーや冷蔵庫などがあり、会議テーブルには、なぜかチェス盤が置いてある。

掃除はされているようだが、何だか雑然とした空間だ。

「来たか」

声に反応して、部屋の中を見回したが、人の姿は見当たらなかった。

――どういうことだ?

困惑していると、ソファーの前にある黒い物体が、むくっと起き上がった。

「わっ!」

あまりのことに、思わず声を上げる。

「寝起きの大声は脳に響く。もう少し、静かにしてくれ」

不機嫌な声が聞こえた。

よくみると、起き上がったのは寝袋にくるまった八雲だった。寝癖だらけの髪を、ガリガリと掻きながら、大口を開けてあくびをする。

「あ、あの……」

困惑している蘇芳をよそに、八雲はもぞもぞと寝袋から抜け出すと、大きく伸びをして、冷蔵庫を開け、中から歯ブラシと歯磨き粉を取り出す。

「そのソファーにでも、適当にかけてくれ」

八雲は、歯ブラシでソファーを指し示した後、それを口の中に放り込み、しゃこしゃこと歯磨きを始めた。

蘇芳は、戸惑いつつもソファーに腰を下ろす。

かなり年季が入っているが、アンティーク調の高級そうなソファーだった。

寝袋といい、冷蔵庫にしまった歯ブラシといい、仕事で徹夜をしたというより、ここで寝泊まりすることが常態化しているような気がする。

昨日は、少し怖そうだという印象があったのだが、今の八雲は、拍子抜けするくらい脱力していて、助教というより、留年を繰り返している自堕落な学生のように見えてしまう。

などと考えているうちに、歯磨きを終えた八雲が、蘇芳の向かいのソファーに腰を下ろした。

ぴょんと撥《は》ねた寝癖はそのままだ。

「あの、もしかして、研究室に住んでいるんですか？」

興味本位で訊ねてみた。

「もしかしなくても住んでいる」

八雲が、さも当然であるかのように答えたが、どう考えてもこの状況は普通ではない。

「御子柴先生の研究室ですよね？　怒られませんか？」

講義を聴く限り、御子柴はもの凄く几帳面《きちょうめん》で、厳格な人物のように思う。そんな人の部屋を、こんな風に雑然とさせた上に、根城にしていると知られたら、めちゃくちゃに怒られそうだ。

「まさか。ここに住むことを条件に、助手になってあげたんだ。怒られるはずがない」

――どういうこと？

教授と助教の間には、明確な上下関係があるはずなのに、そんな我《わ》が儘《まま》が通るなんて信じ難い。

「それに、一応、言っておくが、部屋を散らかしているのはぼくじゃない。むしろ、御子柴先生の方だ」

八雲は舌打ちをしながら言うと、ゆっくりと足を組んだ。

この人は、そんな何気ない仕草がいちいち様になる。

「それで、来いと言われたので来たのですが、これからぼくは、どうすれば？」

蘇芳が訊ねると、八雲は小さくため息を吐いた。

「主体性がないな」

「主体性と言われても、ぼくは、自分がどうすればいいのか分からなくて、それで……」

「ぼくに指示を仰ぎに来た――と？」

「はい」

「ぼくは、真実に向き合う覚悟が出来たら、来いと言ったはずだ」

確かにそう言った。だけど――。

「ぼくは、何も分からないんです。今まで幻覚だと思っていたものが、幽霊だって突然言われて、正直、混乱しているんです」

蘇芳が言うと、八雲が眉間に深い皺を刻んだ。

「君は、本当にこれまで、自分の見ているものが、幻覚だと思い込んでいたのか？　幽霊なのではないかと疑ったことは、一度もないのか？」

「はい。だって、精神科の先生からも、そう言われていました。薬も飲んでいます」

「いつから飲んでいる？」

「多分、十三歳くらいからです」

「その前は？」

「分かりません。ぼくには、その前の記憶がないんです……」

「記憶がない？」

「ＰＴＳＤによる全生活史健忘だと言われました。ぼくが、幻覚を見るのも、そのことが影響している可能性があるって……」

蘇芳が言い終わると、八雲は肩を落として天井を仰ぎ、長いため息を吐いた。

「なるほど。想像以上に複雑な事情を抱えているようだな」

「ぼくは、どうすれば」蘇芳が改めて訊ねると、八雲は姿勢を正してこちらを真っ直ぐに見据えた。

「君は、どうしたいんだ？　このまま、あれを幻覚だと思って目を逸らすのか？　それとも、向き合って真実を知りたいと思っているのか？」

「…………」

「ぼくが教えられるのは、君が持つ特異な体質の扱い方だけだ。君が、どう生きるかは、君が決めるべきことだ」

「ぼくは……」

——分からない。

そう言おうと思ったときに、バンッとけたたましい音とともに、御子柴が部屋の中に入って来た。

口の中で、もごもごと棒付き飴《あめ》を転がしている。

「それは違うぞ！　斉藤八雲！」

御子柴は声高らかに宣言すると、口の中に入っていた棒付き飴で八雲を指した。

「何が違うんですか？　生き方までは強制できないでしょ」

八雲が、うんざりしたように言う。

二人の会話の口ぶりからして、どうやら御子柴は、だいたいの事情を把握しているらしい。

「確かに、生き方を決めるのは彼自身だ」

「だったら、間違ったことは、言っていないと思いますけど……」

「いいや。間違えている。お前は、彼に選択肢を示していないではないか」

「選択肢は提示しました」

「それぞれの選択をしたときの利得とリスクの提示をしていないだろ。それをしないと、フェアなゲームとはいえない」

御子柴の言葉を聞いた八雲は、長いため息を吐きながら、ゆっくりと立ち上がり、御子柴と対峙する。

二人の視線がぶつかり、火花を散らしているようだった。

「御子柴先生。言っておきますが、これはゲームではありません。人生の選択の話なんです」

「そんなことは、ぼくだって知っている」

「だったら……」

「だからこそ──だ。この偏屈変人が！」

御子柴が、八雲の髪をぐしゃぐしゃに搔き回す。

「ちょっと。止めて下さい。偏屈も、変人も、御子柴先生のための言葉じゃないですか」

「そういうところが偏屈だと言っている」

「ぼくは……」

「いいか。彼は、まだ問題の解き方を知らないんだ。その状態で解答だけ求めても、答えようがない。お前は覚悟という言葉を使ったが、そこに、いったいどんな覚悟が必要なのかも分からない」

「……」

「お前は、もう学生ではない。助教という立場がある。仮にも教育者だ。ならば、最低限、彼が選択に必要な条件を提示すべきだ」

「…………」

「分かっているぞ。斉藤八雲。お前は、強制したくないと言いながら、実のところは、彼の人生に責任を負いたくないんだ。違うか？」

「否定はしません」

「その考えが、そもそも間違っている。お前は、あくまで可能性を提示するだけだ。その中から、選択するのは彼自身だ。その結末が何であれ、ただ見届けてやればいい。それだけのことだ」

「……御子柴先生の癖に、あいつみたいなこと言わないで下さい」

八雲が苦い顔をしながらぼやく。

「あいつとは誰のことだ？　――そうか。分かったぞ。熊さん和尚のことだな」

「全然、違います」

「何？　では、あれか、よく転ぶポンコツ刑事のことか？」

「違います。もう、その話はどうでもいいです」

「相変わらずぶつくさうるさい奴《やつ》だな。とにかく、お前は、彼に条件を提示する必要がある。ぼくが見ていてやる。やってみろ」

御子柴が、八雲の額にデコピンを喰らわせる。

八雲は、舌打ちをしたあと、苛立たしげに寝癖だらけの髪をガリガリと掻き回しつつも、改めて蘇芳と向き直った。

「君には、二つの選択肢がある。一つは、このまま部屋を出て行く。もう一つは、ぼくの話を聞く」

「は、はい」

蘇芳は、思わぬ展開に困惑しながらも返事をする。

「このまま部屋を出て行った場合、君は、これまで通りの生活に戻るだけだ。基本的にはリスクはない」

「……………」

「ぼくの話を聞いた場合、君は、これまで自分が見ていた世界を、根本から覆されることになる。その結果、君にどんなリスクがあるのか、正直、ぼくにも分からない。一つだけ分かっていることは、これまでと同じ生活は送れない」

「何も聞かずに、この部屋を出て行った方が、リスクがないということですか？」

蘇芳が訊ねると、八雲は大きく頷いた。

「その通りだ。だから、ぼくは覚悟の話をした。自分が見ているものの正体を知るということは、そういうことだ──」

八雲は話を終えると、これでいいでしょ──と、御子柴に視線を向けた後、ソファーにどかっと座った。

御子柴は、ニヤニヤしながら棒付き飴を口の中で転がしている。

「ぼくは……」

説明されたけれど、それでも、どうすべきなのか蘇芳には判断がつかなかった。

「あの。一つ確認させてください」

「何だ？」

「昨晩のことです。ぼくは、あの橋から飛び降りた自覚がないんです。気付いたら、橋から落ちてしまいました。あれは、いったい……」

「あの橋から飛び降り自殺をした幽霊が、自分が死んだことを自覚できず、あの場所を彷徨っていた。偶々、波長が合う人間が通りかかると、その人間に憑依し、また死のうと試みる」

「じゃあ、あのスーツを着た男性も？」

橋から飛び降りようとした男のことを思い出し、口にすると八雲が頷いた。

「そうだ。彼もまた、幽霊に憑依され、橋から飛び降りようとした」

「もし、八雲さんの言っていることが正しいのだとすると、幻覚だと思い込んで暮らすのは、危険なのではありませんか？」

「そうだな。だから、絶対に近付くなと忠告した」

あの橋での出来事を考えると、八雲の言っていることは正しいように思う。だけど、心が受け容れることを拒否している。多分、怖いのだと思う。自分に見えているのが幽霊だと認めることは、これまで信じてきた世界を全否定するのと同じだ。その結果、何がもたらされるのか、想像すら出来ない。

「判断が出来ないなら、検証をすればいいじゃないか」

御子柴が、棒付き飴を口の中から取り出し、それで蘇芳を指し示した。

「検証――ですか」

「そうだ。赤眼のナイト君がやっている、心霊絡みの事件の解決に立ち会うんだ。その上で、自分が見ているものが、幻覚なのか幽霊なのかを判断し、自分なりの選択をすればいい」

橋での一件だけだと、まだ蘇芳の理解が追いついていない。

他の事例を見た上での判断ということなら、今の状態で選択を迫られるより、いくらか頭も整理出来る気がする。

「ぼくは、それでいいです」

蘇芳が頷くと、御子柴は棒付き飴を八雲に向けた。

「お前はどうだ？」

「簡単に言わないで下さい。心霊事件なんて、そうそう転がっているものじゃないんです。それに――」

八雲の反論を遮るように、ドアをノックする音が響いた。

2

心音がドアをノックすると、中から「入れ――」と御子柴の声が返ってきた。

ドアを開けたところで、心音は思わずたじろいだ。

研究室というから、綺麗にデスクやキャビネットが並び、整理された空間が広がっていると思っていたのだが、部屋の中にはソファーやら冷蔵庫、寝袋などが雑然と置かれていて、まるで秘密基地のようだった。

部屋の中には、御子柴の他に二人の男性の姿があった。一人は、助教の斉藤八雲。前に、聖子が「かっこいい!」と騒いでいたので認識している。そして、もう一人は蘇芳だった。

何だか、場違いなところに足を踏み入れてしまったような気がする。

「紀藤心音か。用件は何だ?」

御子柴が訊ねてくる。

「心霊現象にまつわる件で、友人が除霊が出来るという僧侶に相談を持ちかけたのですが、その僧侶から、第七研究室に直接行くように指示されました——合っていますか?」

心音が事情を簡潔に説明すると、八雲が全てを察したように、頭を抱えて深いため息を吐いた。

「君に、ここに来るように言ったのは、和心という僧侶か?」

八雲の問いに、心音は「はい」と答える。

「まったく。あの人は……丸投げするなら、せめて説明くらいして欲しいものだ」

「何を言っているんだ。お前が、電話に出ないから、こういうことになっているんだろうが」

八雲のぼやきに、御子柴が突っ込む。

詳しいことは分からないが、話の内容からして、二人とも状況は把握出来ているようだ。

「蘇芳君は、どうしてここにいるの?」

心音が訊ねると、蘇芳は「えっと……」と言葉を詰まらせた。

「彼には、臨時で手伝いをしてもらうことになっている」

言ったのは八雲だった。

それが、今ひねり出した方便であることは、蘇芳の顔を見ていれば分かる。それでも、蘇芳は少し迷ったあとに、「あ、はい。そうです」と同意を示した。

「心霊現象の相談に来たんだろ。まずは座れ」

御子柴に促され、心音は取り敢えず蘇芳の隣のソファーに腰を下ろした。

蘇芳が逃げるように、少しだけ腰をずらして心音から離れた。警戒されているのか？　それとも、苦手意識を持たれているのか？

「早速だが、君が体験している心霊現象について話をしてくれ」

場が落ち着いたところで、話を切り出したのは八雲だった。

「あの――話すのは構わないのですが、私は、あまり事情を把握していません。僧侶の方に心霊現象の相談を持ちかけたのに、どうしてこの研究室なのかも、イマイチ分かっていないんです」

心音が疑問を投げかけると、頭を抱える八雲に代わって、御子柴が説明を始めた。

何でも、和心という僧侶には、霊能力の類いは一切ないらしい。彼が解決したとされる案件は、全て助教の八雲の手によるものということだった。

非公式ではあるが、これまで八雲は、幾度となく警察の捜査にも協力しているらしい。

「つまりは、斉藤さんには霊能力があって、除霊が出来るということですか？」

心音は、さらに疑問をぶつける。

「ぼくには、霊能力はない。ただ、見えるだけだ」

八雲が寝癖だらけの髪を、ガリガリと掻きながら言った。

「見えるだけ？」

「そう。幽霊というのは、死者の魂の想いの塊のようなものだと思っている。だから、物体として存在していない。故に、物理的な影響力はない」

「電波みたいなことですか？」

「君は、飲み込みが早い。ぼくは、ただそれが見えてしまうだけだ。おそらく、見えるのは、色温度が関係しているのではないかと思っている」

「可視光線――みたいなことですか？」

可視光線とは、簡単に言ってしまえば、人間が見える範囲のことをいう。

人間の目は、そこにあるもの全てが見えているわけではない。紫外線や赤外線のように、肉眼では捉えることの出来ない光の種類がある。

つまり、八雲は、普通の人間より可視光線の範囲が広いが故に、幽霊という存在が見えてしまう――ということのようだ。

「そうだ。見ての通り、ぼくの左眼は赤い。これが、一種のフィルターの役割を果たしていて、他の人に見えない範囲のものが見えてしまう」

「分かり易《やす》いですし、納得しました」

もっとスピリチュアルな話をするのかと思っていたが、科学的な内容だったので、すんなり頭に入ってきた。

ただ、その説明は心音に向けたものではなさそうだ。

八雲は、心音に説明しているようで、隣にいる蘇芳に向けて話している。蘇芳も、それを分かっているのか、真剣な表情で耳を傾けていた。

きっと八雲は、蘇芳に幽霊とは何かを教えようとしているのだろう。なぜなら、彼も——蘇芳も幽霊が見えるからだ。

心音は、そのことを知っている。

「ここで除霊の話に戻るが、さっきも言ったように、ぼくは幽霊を死んだ人の想いの塊だと定義している。故に、霊能力で消し去るということは出来ないと考えている。そもそも、ぼくは見えるだけだから、やりたくても出来ないが……」

八雲が自嘲気味に笑った。

「では、どうするのですか？」

「幽霊が、彷徨っていたり、誰かに憑いていたりするのには、そうしなければならない理由があるはずだ。それを見つけ出した上で、幽霊を説得する」

「幽霊を説得なんて出来るのですか？」

「生きているか、死んでいるかの違いだけで、幽霊だって人間だ。話くらいは通じるだろ」

理論としては分かる。

だけど、心音は八雲の言う方法論に疑問を抱いてしまう。

「だとしたら、中には説得が通じない相手もいますよね。幽霊を人間だと考えるなら、尚《なお》のことです」

全ての人間が、素直に言うことを聞いてくれるとは限らない。誰もが性善説に沿って生きているわけではない。価値観は人それぞれ違うし、中には純然たる悪意を持って行動している者もいるはずだ。

それに、感情的になった人間は、冷静な判断力を失い、他人の言葉が耳に入らなくもなる。心音の母がそうだった――。

「もちろんそうだ。だから、彷徨っている理由を探すことが重要になってくる」

「なるほど。背景を把握した上で、幽霊との交渉を優位に進めるということですか」

「端的に言ってしまえばそうだ」

「何だか、除霊というより、立てこもり犯を説得する交渉人みたいですね」

「そういう側面もある」

八雲は、あくびを噛み殺しながら言った。

今の会話の中で、八雲が除霊を商売にしているような輩でないことは分かった。理論もしっかりしているし、信頼がおけそうだ。

何より、八雲を上手く利用すれば、心音が長年抱えていた疑問の答えを導き出すことが出来るかもしれない。

「それで、肝心なことをまだお訊きしていなかったのですが――」

心音はわずかに身を乗り出す。

「何だ？」

「私に幽霊は憑いているんですか？」

八雲は、見えていると言った。だとしたら、考えるまでもなく、その答えが分かっているはずだ。

だが、八雲は思案するような間を置いたあと、目を細めて蘇芳を見た。

「蘇芳。君には、何が見えている？」

八雲から、話を振られた蘇芳は、驚いたようにビクッと肩を震わせる。

そして、恐る恐る心音に顔を向けた。

「ぼくには、女の子の姿が見えます」

蘇芳が絞り出すように言った。

隣に座ったとき、蘇芳が心音を避けるようにしたのは、その少女が見えていたからなのかもしれない。

「白いワンピースを着た、血塗れの少女か？」

八雲が訊ねると、蘇芳は大きく頷いた。

昨日、心音の前に現れたのも、白いワンピースを着た血塗れの少女だった。二人に同じものが見えているのだとしたら、間違いないだろう。

話を先に進めようとした心音だったが、蘇芳が頭を抱えるようにして「うっ」と小さく呻《うめ》いた。

「大丈夫？」

心音が、蘇芳の肩に手を置くと、彼は飛び跳ねるようにして立ち上がった。

その顔は、さっきまでとは別人のように真っ青になっていた。

「だ、大丈夫です。ただ……」

「何だ？」

八雲が先を促す。

蘇芳は深呼吸をしてから、ゆっくりと口を開いた。

「少女を知っている気がして……」

そう言った蘇芳を見て、心音は思わず顔を綻ばせた。

もし、彼の言う通りなのだとしたら、やはり私に憑いている幽霊の正体は——。

3

結衣子は、石井に連れられて、明政大学のキャンパスに来ていた。

キャンパス内を歩いていると、学生時代に戻ったように錯覚してしまう。しかも、隣に石井がいるとなると、自然と頬が緩んでしまう。

——結衣子。目を覚ませ。これは職務だ。

自分に言い聞かせる。別に遊びに来たわけではない。アパートで発見された不可解な遺体について、石井の提案で専門家にアドバイスをもらいに行くということになり、こうして足を運んでいるのだ。

てっきり科捜研に行くと思っていただけに、大学のキャンパスというのが意外だった。どの分野の専門家に話を訊くつもりなのかも、まだ教えてもらっていない。

「あの——石井警部。大学で、どなたに話を訊くのですか?」

「ここで助教をやっている友人がいるんです。その人に、今回の事件について、意見を聞こうと思っています」

「助教——ですか」

「はい」

助教は、教授や准教授の下について、学生に対する授業などを行いつつ、自分の研究を進める職員なので、専門家としてのランクが落ちる気がする。

「信頼できる人なんですか？」

「ええ。とても」

「ちなみに、どの分野の専門家なんですか？」

「そうですね。ひと言で言うなら、心霊の専門家です」

「——心霊？」

石井が、あまりにさらっと言うので、理解するのに少々時間がかかった。

「はい。これから会う人物は、心霊現象の専門家です」

「からかっています？」

「いいえ。私は、冗談が言えるタイプではないので」

——それはそうだ。

石井が、気易《きやす》く冗談を言って、部下をからかうような人間でないことは知っている。だからこそ、余計に混乱する。

「警察が心霊現象の相談に行くなんて話は、聞いたことがありません」

「普通に考えれば、そうですね。しかし、これまで公にされてきてはいませんが、彼は、幾度となく警察の捜査に協力してくれていました」

「え？」

「七瀬美雪の事件も、彼なしでは、解決はあり得なかったでしょうね」

石井が、昔を懐かしむように目を細めた。

「七瀬美雪は、石井警部が追い詰めたと聞きましたが……」

「公に出来ないことがあるので、そうなっているだけです。彼がいなければ、彼女は未だに犯行を繰り返していたかもしれません」

「何を仰《おっしゃ》っているんですか？」

「真実です」

――どういうことだ？

石井が何を考えているのか、段々と分からなくなってきた。

「昔のことは知りませんが、少なくとも、今回の事件に心霊は関係ないと思います」

結衣子が反論すると、石井はすっと目を細めた。

「本当にそうでしょうか？」

「…………」

「亡くなった遠藤さんが、幽霊に怯えていたのは事実です。そして、矢作さんの証言もあります。何より、遺体から発見された、犯行予告とも取れる内容の紙――これは、明らかに呪いであると私は考えています」

結衣子は、呆気に取られるばかりだった。

石井は、もっと理知的な人物だと思っていたのに、まさか幽霊肯定派だとは。しかも、今回の事件が、呪いによるものだと本気で考えているらしい。

いや、だからといって石井への好意が急激に冷めるようなことはないのだが、何だか釈然としない思いが残る。

などと考えているうちに、目的地に着いたらしく、石井が足を止めた。A棟の八階にある【第七研究室】というプレートの貼られたドアの前だった。

石井が、ドアをノックし、「失礼します」と声をかけてからドアを開け、研究室の中に足を踏み入れた。

その後に続いた結衣子だったが、あまりに雑然とした室内の惨状に、思わず足を止めた。

——何これ？

散らかっていて、やたらと生活感がある。研究室というより、刑事の大部屋だと言われた方が納得する。

おまけに、積み上げられた段ボール箱のせいで圧迫感がある。

「誰かと思えば、ポンコツずっこけ刑事じゃないか」

部屋の奥まったところにあるデスクにいる白衣の男が、口の中で棒付き飴を転がしながら言った。

端正な顔立ちではあるが、髪がボサボサな上に、態度が横柄で、石井のようなスマートさは微塵《みじん》もない。

「御子柴先生、お久しぶりです」

石井が丁寧に頭を下げているというのに、御子柴と呼ばれた白衣の男は、椅子にふんぞり返ったままだ。

「彼は、明政大学の数学の教授で、御子柴岳人先生だ」

石井が小声で説明してくれた。

実年齢は分からないが、ぱっと見、三十代に見える。仮に若く見えるタイプだったとしても、四十代前半くらいだろう。何れにしても若い。それで、教授なのだから、優秀なのは間違いないだろう。

御子柴の態度の傲慢さは、優秀であるが故のものかもしれない。

「で、そっちの目つきの悪い女は、お前の助手か何かか？」

御子柴が、口の中から棒付き飴を取り出し、結衣子を指し示した。

「彼女は、未解決事件特別捜査室の刑事で、後路結衣子といいます。とても優秀な刑事です。以後お見知りおきを――」

おだてているだけかもしれないが、石井に優秀だと表現されるのは悪くない。一応、「後路です」と御子柴に頭を下げておいた。

「で、ポンコツずっこけ刑事が来たということは、心霊絡みの事件で、赤眼のナイトに用があるということだな」

「あの――ちょっと待って下さい」

結衣子は、思わず御子柴の言葉を遮った。

さっきから変な呼称がたくさん出てきて、誰を指すのか分からず、混乱してしまう。

「何だ？」

「ポンコツずっこけ刑事とは、誰のことですか？」

「お前は、何を言っている。隣に立っているだろうが」

御子柴が、棒付き飴を石井に向けた。

何となく分かっていたが、まさか、本当に石井のことだったとは――。

「石井警部は立派な方です。訂正して下さい」

結衣子が主張すると、御子柴は不思議そうに首を傾げた。

「なぜだ？」

――なぜって。

「ですから、石井警部は優秀な刑事ですし、ずっこけたりしません」

「いや。こいつは、よく転ぶぞ。通常の人間の約七倍ほど転ぶ。特に、慌てて走り出したときの転倒率は、実に八十パーセントを超える」

「は？　そんなのいちいち数えているんですか？」

「もちろんだ」

「暇なんですか？」

「アホか。ぼくはもの凄く忙しい。いいか。間違えないように言っておくが、これも立派な研究だ。心理的な動揺が行動に与える影響について……」

「御子柴先生。もうその辺にしてもらえますでしょうか？　後路さんも、少し落ち着いて」

石井が会話に割って入り、双方を宥めた。

結衣子は、釈然としない思いを抱えながらも、石井から言われたら、矛を収めるしかない。

御子柴の方も、一応は大人しくなってくれた。

「それで――八雲氏は、今はいらっしゃいますでしょうか？」

石井が、改まった口調で御子柴に訊ねる。

「ああ。赤眼のナイトは、別の心霊現象を追いかけるために、現場検証に行っている」

御子柴は、棒付き飴を口の中でモゴモゴさせながら答える。

「御子柴先生は、一緒に行かなかったんですか？」

「ふむ。赤眼のナイトを教育者として促すために、敢えて同行しないという選択をした。もちろん、裏目に出る可能性もあるが、それについては、別の策で予防線を張ってあるので問題ない」

――この人は、さっきから何を言っているのだろう？

理解していないのは、石井も同じらしく、苦笑いを浮かべていた。

「分かりました。出直すとします。失礼しました」

石井が頭を下げ、部屋を出ようとしたのだが、御子柴がそれを呼び止めた。

「お前たちは、心霊絡みの事件の相談に来たのだろう？」

「はい」

「だったら、帰る必要はない」

「え？」

「天才数学者のぼくがいるじゃないか！　ぼくがその事件を解決してやろう――」

御子柴は、そう言うと胸を張って立ち上がった。

「本当に大丈夫なんですか？」

結衣子は、小声で石井に訊ねた。

目の前のデスクに座る御子柴という教授は、事件を解決してやると豪語した。

いちいち上から目線なのも腹が立つし、話を聞く前から、事件を解決出来ると断言している慢心ぶりも信頼出来ない。

「大丈夫です。御子柴先生は、これまでも警察の捜査に協力していますから」

「え？　そうなんですか？」

「はい。特殊取調対策班では、アドバイザーも務めていました」

「嘘っ」

思わず声が漏れた。

特殊取調対策班は、公正かつ正確な取り調べを行うために、数年前に試験的に世田町署に導入された部署で、独自の視点から、様々な事件を解決してきた。その功績が認められ、創設メンバーの権野《ごんの》と新妻《にいづま》両名は、部署ごと本庁に引き揚げられた。

大学の准教授をアドバイザーとして招聘《しょうへい》したことが同部署の実績に大きく貢献していると聞いていたが、それが目の前にいる御子柴だとは、想像だにしなかった。

「特殊取調対策班は、御子柴先生がいたからこそ、実績を上げたと言っても過言ではありません」

石井が、そう言い添えると、御子柴は「そうだろ。そうだろ。ぼくのお陰だ」とご満悦の様子だった。

だが、それは石井がおだてているだけに過ぎないはずだ。なぜなら――。

「特殊取調対策班は、先生がいらっしゃらなくても、現在、本庁で実績を積み重ねています」

結衣子の指摘に、間違いはないはずだ。

特殊取調対策班は、本庁に移ってからも、変わらずに実績を上げている。それこそが、御子柴があまり役に立っていなかったことの証明な気がする。

「当たり前だ」

御子柴が、また棒付き飴で結衣子を指し示す。

「は？」

「今は、ぼくの教え子である矢口《やぐち》君が、アドバイザーとして出向いている。必要なことは、全部教えておいたのだから、変わらず実績を上げられるのは、当然だと言ったんだ」

御子柴が、自分の代わりを送り込んでいるので、問題ないということらしいが、別の考え方も出来る。

「教え子の方が、先生より優秀だったんじゃないんですか？」

「黙れ！　陰険バイアス脳筋女が！」

御子柴が立ち上がった。

「その言い方、セクハラですよ」

――というか、ずっとネーミングセンスが壊滅的に悪い。

「どうしてセクハラになる。ぼくは、ただ事実を並べたに過ぎない」

「事実かどうかではありません。相手が不快だと感じたら、それはセクハラになるんです」

「警察は、いつもそうやって感情論だけで物事を進めるから、ミスを犯すんだ。今のぼくの発言が、本当にセクハラに当たるかどうか、数字で検証しようじゃないか」

御子柴は、マーカーを取り出し、ホワイトボードの前に立った。

「その必要はありません。セクハラは、感情の話ですから」

反論した結衣子を、石井が「まあまあ」と宥める。

まだ、言いたいことはたくさんあるが、石井にこう言われては、結衣子は黙るしかない。

「御子柴先生。その検証は、また今度の機会にお伺いします。本題に入りませんか？」

石井が提案したことで、御子柴も「まあ、いいだろう」と椅子に座り直した。

「それでですね――」

話を始めようとした石井だったが、御子柴が手を翳《かざ》してそれを制した。

「残念だが、今回の一件は、お前たちでどうにかしろ」

「さっき、ご自分で解決すると言いませんでしたか？」

結衣子が嫌みを込めて訊ねると、御子柴は平然と「言った」と頷く。

「だったら……」

「どんな事件か知らないが、ぼくの手にかかれば、立ち所に解決するだろう」

「そ、そうなんですか？」

「だが、残念ながら、ぼくはこの後、学会に参加しなければならない。君たちの相手をしている余裕はない」

――だったら、最初からそれを言えよ！

文句を言ってやろうとしたが、結衣子の心情を察したらしい石井に制された。

4

和心は、目の前に座る供花を見て、深いため息を吐いた――。

昨晩は供花が和心の寺に来たのだが、今日はこちらから、彼女が事務所兼住居にしている部屋を訪れている。

多摩川近くにある、築年数の古い八階建てのマンションの最上階だ。２ＬＤＫの間取りで、リビング部分を霊視の為《ため》の部屋にしてある。部屋は薄暗くなっていて、それっぽいお札やらオブジェが並んでいる。

少し、息苦しく感じるのは、部屋に充満したお香のせいだろう。

「すまないな。ここに連れてくるはずだったんだが、連絡が取れない状態だ」

和心は、まずそのことを詫びた。

本当なら供花を除霊するために、八雲を連れてくる予定だったのだが、昨晩から、何度も連絡しているのに、一向に電話に出ようとしない。

一応、今朝の段階で晴香の方にもメッセージを送ってみたのだが、勤務中らしく既読もつかなかった。

そうこうしているうちに供花との約束の時間が来てしまい、仕方なく、こうして一人で顔を出したというわけだ。

「いえ。無理を言っているのは、私の方ですから……」

掠れた声で言った供花は、昨日会ったときより、憔悴《しょうすい》しているように見える。

「昨晩も、幽霊は現れたのか？」

「はい。一晩中、部屋のドアを叩いていました」

供花は、そう言って玄関のドアの方を指差した。

今はリビングの戸は閉じられているので、振り返ったところで、ドアの様子を確認することは出来ない。

「一晩中って、一晩中か？」

和心は、我ながらアホな訊き方をしたと思う。

「ええ。私、もう頭がおかしくなりそうで……」

供花は蹲《うずくま》るような姿勢になり、両手で顔を覆った。その手が小刻みに震えている。

夜通しドアを叩き続けられたら、それが幽霊でなかったとしても恐《こわ》い。それこそ、一睡も出来なかっただろう。

「幽霊は、ドアを叩くだけなのか？　何か言ったりしていなかったか？」

和心が訊ねると、供花はゆっくりと顔を上げた。

光の加減かもしれないが、彼女の顔のほうれい線の陰影が増し、十歳は老けたように見える。

「許さない——繰り返し、そう言っていました」

「許さない？」

「はい。いったい何を許さないのか、私には分かりません。でも、その声には、強烈な憎しみが込められているような気がするのです」

「憎しみ――か」

「昨晩は、ドアを叩くだけで終わりましたが、今夜には部屋の中に入ってくるかもしれない。そう思うと、もう恐ろしくて……」

供花が真っ青な顔で、身体をぶるっと震わせた。

幽霊がどんな憎しみを抱いているのか、和心には想像もつかない。しかし、少なくとも、それをぶつける相手は、供花ではないように思う。

確かに彼女は、偽物の霊媒師で小悪党ではあるが、誰かの命を奪うような極悪人とは思えない。

「一つ訊いていいか？」

和心の中に、不意に疑問が浮かんだ。

「何でしょう？」

「霊能力もないのに、どうして霊媒師なんて始めたんだ？」

和心が訊ねると、供花は目を伏せてしばらく黙っていた。が、やがて口を開いた。

「罪滅ぼしなのだと思います」

「罪滅ぼし？」

「はい。私は、以前は保険の外交員をしていました。成績もよくて、会社でよく表彰されていました。その結果、家庭を蔑《ないがし》ろにして、全てを失いました……」

「それで？」

「そんなときに、ある霊媒師の方に救われました。私は、その方のようになりたいと思い、色々と修行をしたのですが、残念ながら才能がありませんでした」

「本物になりたかったが、なれなかったってことか？」

「単純に言えば、そういうことです」

供花が自嘲気味に笑った。

やっていることは、褒められたことではないが、最初から誰かを騙そうと足を突っ込んだわけではないだけマシなのかもしれない。

「あんたは……」

和心が口を開きかけたところで、スマホに電話がかかってきた。八雲だった。和心は供花に断りを入れ、部屋を出てから電話に出た。

「遅い。電話してんだから、さっさと折り返し連絡しろ。そんなことも出来ねぇのか？」

和心がまくしたてるように言うと、電話の向こうから、聞こえよがしのため息が聞こえた。

〈いつから、そんなに偉そうになったんですか？〉

八雲の口調は、いつもに増して怒っている。

「は？」

〈自分勝手にも程があります〉

「何の話だ？」

〈昨日の心霊現象の件です。こちらに丸投げしたでしょ〉

——ああ。そのことか。

昨日、聖子に除霊の真似事《まねごと》をしたあと、友人にも幽霊が憑いている可能性があることを忠告した。いちいち、仲介するのが面倒だったので、直接、明政大学の第七研究室に行くように伝えておいたのだ。

聖子も、その友人も明政大学の学生のようだったし、その方が手っ取り早いと思った。それに——。

「お前が、電話に出ないのが悪いんだろうが！」

無断で丸投げしたのは、和心の怠慢ではあるが、それもこれも、何度連絡しても通じない八雲のせいだ。

〈責任転嫁も甚だしいですね。お陰で、ぼくは、これから余計なトラブルを抱えることになったんです。この件に関して、追加費用を頂くので、そのつもりでいてください〉

「追加費用だと？　バカなことを言うんじゃねぇ」

〈バカなことではありませんよ。臨時かつ緊急で対応する場合に、追加料金が発生するのは当然だと思います〉

相変わらず口だけは達者だ。

実際に払うかどうかは別として、これ以上、八雲と言い合っても埒《らち》があかない。

「分かったよ。おれが悪かった。払えばいいんだろ」

〈当然です。何れにしても、今後、同じようなことがあった場合、後藤《ごとう》さんとは縁を切らせて

頂きます〉

――何が縁を切るだ！

罵倒してやりたかったが、そんなことをすれば、余計に機嫌を損ねてややこしいことになる。そもそも、和心が八雲と連絡を取ろうとしていたのは、供花のことを話したかったからだ。

「そんなことより……」

〈お断りします〉

「は？　まだ何も言ってねぇだろ！」

〈言わなくても分かります。どうせ、また新たなトラブルを抱え込んでいるんでしょ〉

――正解。

「実は、呪いをかけられたという……」

〈聞きたくありません〉

「そう言うなよ。かなりヤバいことになっているんだ」

〈そうですか。それは、ご苦労様です〉

電話を切ろうとした八雲を「待て！」と慌てて呼び止めた。

「おれでは、どうにもならん。頼む。何とかしてくれ」

〈無理ですよ。これから、どっかの誰かさんに丸投げされた心霊現象について、調べに行かなければならないんですから〉

「いや、それは……」

〈では〉

八雲は、呼び止める和心の言葉に応じることなく、電話を切ってしまった。

――参ったな。

聖子の友人の一件を丸投げしたことで、八雲は完全にへそを曲げてしまったらしい。いや、待てよ。今、八雲が聖子の友人の一件を解決するために動いているのだとすると、直接捕まえる方法がある。

和心は、にやっと笑みを浮かべた。

5

蘇芳は、八雲と一緒に心音が住むマンションに足を運んだ――。

心音に憑いている幽霊は、彼女自身に問題があるのか、それとも、事故物件だという、心音の部屋自体に問題があるのかを確かめるというのが、その目的だった。

心音の案内でエントランスを抜け、エレベーターで三階に上がり、外廊下を歩く。奥から二番目の303号室が心音の部屋だった。

「ここが、私の部屋です」

心音はドアを解錠して、大きく開け放つと中に入るように促した。

中に入ろうとした蘇芳だったが、肝心の八雲が、部屋に入ろうとはせず、隣の304号室の方に視線を向けている。

その理由はすぐに分かった。３０４号室のドアの前に、心音の背後に立っていた血塗れの少女の姿があったからだ。口を動かし、何かを言っているようだったが、聞き取ることが出来なかった。

「部屋を見るんじゃなかったんですか」

心音が声をかけると、八雲がこちらに向き直った。

「隣は、誰か住んでいるのか？」

八雲が３０４号室のドアを指さしながら訊ねる。

「今は空室だと聞いています」

「ずっとか？」

「さあ？　少なくとも、私が引っ越して来てからは誰も──」

心音の答えを聞き、納得したのか、八雲は、３０４号室に背を向け、心音の部屋の中に入って行った。

蘇芳も、おずおずとしながらも、その後に続いた。

造りが古いせいもあって、段差が多いが、改装されていて、床や壁は綺麗だった。

ミニマリストなのか、部屋の中にはほとんど物がなく、ショールームのように生活感がなかった。

とはいえ、蘇芳はこれまで女性の部屋に入ったことがないので、これが普通なのかどうかは判断出来ない。

この場所に来る道すがら、心音は自分が住んでいる物件について、色々と説明をしてくれた。それによると、心音の住んでいる部屋は、心理的瑕疵物件――つまり、事故物件らしい。

騙されたとかではなく、心音もそれを承知で住んでいるのだという。

理由を訊ねると、「安いから」とさも当然であるかのように即答された。もしかしたら、心音は経済的に困窮しているのかもしれない。

何れにしても、不動産会社によると、個人情報保護の観点から、詳細については伏せられているが、心音の住んでいる部屋の浴槽で、溺死した人がいるとのことだった。

部屋に入った八雲は、キッチンやユニットバス、それから居住スペースと、丹念に観察していく。

蘇芳はどうしていいのか分からず、その様子を眺めているだけだった。

「斉藤さん。一つ訊いていいですか？」

心音は、険しい表情で部屋の中を見回している八雲に声をかけた。

「何だ？」

「私に憑いている幽霊って、この部屋で死んだ人なんですか？」

「そうかもしれないし、そうじゃないかもしれない」

「はっきりしないんですね」

「今は、曖昧にしておく必要がある」

「どうしてですか？」

「この部屋で亡くなった人がいるというのは、あくまで情報の一つに過ぎない。君に憑いている幽霊と、この部屋で亡くなった人を安直に=《イコール》で結び付けると、思考にバイアスをかけることになる」

八雲は、淡々と告げる。

「でも、他に考えられなくないですか？　私、心霊スポットに行ったわけでもないですし」

「別に心霊スポットに行ったからといって、幽霊に憑かれるというわけじゃない」

「まあ、そうかもしれないですけど……」

「それに、この部屋で亡くなった人は、浴槽で溺死したんだろ？」

「そう聞いています」

「だが、今、君に憑いている幽霊は血塗れだ」

八雲が、心音の背後に立つ血塗れの少女を指さした。

「じゃあ別の誰かが憑いているってことですか？」

「その結論を出すのも、まだ早い」

「どうしてですか？」

「君は溺死と聞いているようだが、実際はそうではないかもしれない。はっきりしたことが分かるまでは、結論を出すべきではない」

「慎重派なんですね」

「慎重にならなければ、真実を見誤る。たくさん失敗してきたからこそ、結論を急ぐことはしない」

八雲の言葉には、重みがあった。

元々の気質もあるのだろうが、八雲は、これまで様々な事例を扱ってきたのだろう。その中で、試行錯誤しながら、今のやり方を見出した。そんな風に思える。

「こちらからも、訊いていいか？」

八雲が咳払《せきばら》いをしてから、心音に目を向けた。

「はい」

「この部屋で幽霊の姿を見たこと以外に、不可解な事象は起きているか？」

「例えば、どんなことですか？」

「そうだな。インターネットが異常に遅いとか、テレビにノイズが走るとか、物音がするとか、そういうことだ」

八雲が訊ねると、心音は思い当たる節があるらしく、「ああ」と声を上げた。

「今、斉藤さんが言ったことは、一通り全部起きています」

けろっとした調子で心音が言う。

「全部？」

「はい。急にネットが重くなることもあるし、テレビにノイズとかしょっちゅうだし、ガタガタと変な物音がすることもありました」

「音は、何処から聞こえてきた？」

「そこまでは分かりません。でも、配管が鳴っているんだと思ってました。改装はされてますけど建物自体は古いですから」

心音の説明を受け、八雲は改めてユニットバスに足を運ぶと、配管を辿るように、視線を這わせる。

だが、何も見つけられなかったらしく、ガリガリと寝癖だらけの髪を掻いた。

「もしかしたら、想像以上に厄介なことになっているかもしれないな」

「厄介って、どういうことですか？」

心音の質問に答えることなく、八雲が今度は蘇芳に向き直った。

「蘇芳。君は何を感じた？」

「ぼ、ぼくですか？」

「そうだ。幻覚なのか、幽霊なのかは、一旦置いておいて、彼女の側に立っている血塗れの少女から、何を感じた」

そんなことを急に言われても困る。

「わ、分かりません」

「正解を出せと言っているわけではない。君が感じたままを話してくれればいい」

「そう言われても……」

今まで、自分に見えているものを幻覚だと認識していたから、出来るだけ見ないようにしてきた。今もそうだ。心音の側に立つ少女が、目に入る度に視線を逸らしている。

「これまでは、目を背けてきたのかもしれないが、それでは何も解決しない。見えているものと、向き合う必要がある」

八雲が蘇芳の心を見透かしたように言った。

彼の言う通りかもしれない。これまでの蘇芳は、見えているのに、見ないようにしてきた。どんな表情をして、何を訴えかけようとしているかなんて、想像すらしたことがない。

だが、それでは何も解決しない。

見ているものが幻覚なのか、それとも、幽霊なのかを確かめるためにも、しっかりと向き合う必要があるのかもしれない。

でも――怖いというのが本音だ。

直視したら、何かが変わってしまいそうで、心音の方をまともに見られない。

「前は私のこと、ちゃんと見てくれてたじゃない」

心音が呟くように言った。

「ぼくが？」

「そうだよ。私は、真っ直ぐ見つめてくれる蘇芳君の目が好きだった」

今、心音が言った「好き」の意味が、恋愛感情の入ったそれでないことくらい、さすがに分かる。

それでも、女性に慣れていない蘇芳は、耳まで真っ赤になる。

本当に過去の自分は、心音を見つめるなんて大それたことをしていたのだろうか？　分からないけれど、それでも、彼女の言葉で、少しだけ踏ん切りがついた。

蘇芳は、大きく息を吸い込んでから、心音に顔を向けた。

水墨画のように、流麗で綺麗な輪郭をしていた。髪の間からは、少し立った耳が覗いている。

細められた目は、少し眠そうに見えるけれど、その瞳は、吸い込まれそうになるほど綺麗だった。

――知っている。

心音の顔を改めて見たことで、急に既視感を覚えた。

前にも、こんな風に心音の顔を見つめたことがあるような気がした。

いや、今はそれを考えるのは止めよう。心音の側にいる少女に目を向けなければならない。

一度瞼を閉じ、気持ちを切り替えてから、心音の背後に目を向けた。

顔にべったりと血を付けた少女が、蘇芳を見て笑っていた。

――どうして？

血塗れの少女なのだから、てっきり苦悶《くもん》の表情を浮かべていると思っていたのに、彼女はまるで、旧友に再会したときのような、穏やかな笑みを浮かべていた。

だが、それもわずかな時間だけだった。

少女は、さっきまでの笑みが嘘のように、険しい表情になり、口を動かして何かを言った。

音として耳には届かなかったけれど、蘇芳には「逃げて――」と言っているように見えた。

「何が見えた？」

混乱している蘇芳に、八雲が改めて訊ねてきた。

「少女は、笑っていました。でも、急に表情が険しくなって、それから――声は聞こえませんでしたけど、『逃げて』と口を動かしているように見えました」

蘇芳が見たままのことを答えると、八雲は小さく顎を引いて頷いた。

「ぼくにも、だいたい同じものが見えた」

「いったいどういう意味なんですか？」

「それについては、これから考える。だけど、ぼくの勘が正しいとするなら、彼女は今、非常に危険な状態にある」

八雲は、そう言うとチラッと心音に目をやった。

「危険って、幽霊に呪い殺されるってことですか？」

「いや、逆だな」

「逆？」

蘇芳は聞き返したのだが、八雲はそれに答えることなく、部屋を出て行ってしまった。

——急にどうしたのだろう？

困惑していると、部屋の外廊下から、八雲が手招きをする。

蘇芳は、心音と顔を見合わせつつも部屋を出て外廊下に向かった。

「これから色々と調査をする。状況が分かるまで、君はこの部屋に戻らない方がいい」

蘇芳と心音が、部屋から出るのを待ってから、八雲が言った。

「戻るなって言われても……何処で寝泊まりすればいいんですか？」

心音の抗議はもっともだ。

「友だちを頼るなり、方法はあるだろ」

「どうして、そこまでする必要があるんですか？」

「君を守るためだ」

「幽霊は私に憑いているんですよね？　だったら、何処にいても同じだと思いますけど」

心音が理路整然と反論すると、八雲は左の眉を吊り上げた。

「君は、いちいち面倒臭いな」

「ちゃんと理由を説明してくれなきゃ、面倒臭くもなります」

「説明出来ない事情がある」

「どんな事情ですか？」

「臆測は口にしたくない。今は、ぼくを信じて言う通りにして欲しい」

心音は、しばらく八雲と睨み合っていた。

だが、八雲が絶対に折れないと悟ったのか、「分かりました」とため息交じりに応じた。

6

和心が聖子に、心霊現象の起きたマンション名を確認すると、何と供花が住んでいるマンションと同じだったのだ。

――これは都合がいい。

わざわざ探しに行かなくても、待っていればそのうち八雲がやって来るということだ。

和心がエントランスの前で待っていると、しばらくしてエレベーターが降りて来て、中から八雲が出て来た。

八雲の他に、学生らしき男女の姿もある。女の方が、聖子の友だちの心音なのだろう。男の方は知らない。

「おい。八雲」

和心が車を降りて声をかけると、八雲がこれ見よがしに、肩を落として深いため息を吐いた。

まさか、直接、突撃されるとは思わなかったのだろう。

「何の用ですか?」

八雲は、つっけんどんに言いつつも足を止めた。逃げ回っても無駄だと観念したのかもしれない。

「何の用ですか――じゃねぇよ。用件は電話で伝えただろう。こっちはこっちで、厄介なことになっているんだ。手を貸してくれ」

「勝手なこと言わないで下さい。ぼくは、どっかの誰かさんに丸投げされた案件で、手一杯なんですけど」

やっぱり、心音を、直接、八雲のところに行かせたことが、お気に召さないらしい。

「ごちゃごちゃうるせぇよ。解決するためには、どうせお前のとこに行くんだから、手間が省けただろうが」

「ずいぶん、横柄なもの言いですね。そもそも、ぼくが引き受けた依頼ではないはずですけど」

――うっ。

それを言われると痛い。

「その上、まだぼくに何かやらせようというんですか?」

「いや、悪かったよ。だが、仕方ねぇじゃねぇか」

「仕方ないで済ませないで下さい。こっちは多大な迷惑を被っているんです」

「悪かったよ。すまん」

「まったく、誠意が感じられませんね」

八雲が、目を細めて和心を見据える。

言い方は腹が立つが、八雲の言っていることは正論だし、和心が迷惑をかけたことは間違いない。

「も、申し訳ありませんでした——」

和心は、悔しさを噛み締めながらも、腰を折って頭を下げた。

「これに懲りたら、もう二度と、こんな真似《まね》はしないで下さいね。では——」

八雲が、そのまま立ち去ろうとしたので、和心は慌ててその腕を摑んだ。

「待て待て」

「何ですか?」

「何ですか——じゃねぇよ。こっちの案件にも手を貸せ。呪いで人が死んでいるんだ。放置したら手遅れになるかもしれない」

和心も、ただ幽霊を見た——というだけの依頼なら、こんなに焦ったりしない。供花の話では、既に関係者の一人が死んでいるのだ。新たな犠牲者が出てからでは遅い。

「人が死んでいる?」

八雲の表情が変わった。

さすがに八雲も、人の生き死ににかかわることとなれば、見過ごせないだろう。

「ああ。そうだ。詳しくは知らないが、そういう話だ」

「確認は取ったのですか？」

「いや……」

「相変わらずのアホですね」

「何とでも言え。とにかく、手を貸してもらうからな」

「特別報酬を頂くことになりますが」

しばらく沈黙した後に、八雲が言った。

こんなときまで、金にがめついのは頂けないが、引き受けてくれるなら贅沢《ぜいたく》は言っていられない。和心は「分かった」と応じた。

「何があったのか、詳しく話をして下さい」

八雲に促され、和心は供花から聞いた話を、出来るだけ正確に伝えることになった。

といっても、供花から聞いた話を伝えるだけなのでそれほど時間はかからなかった。

「結局、何も進んでいないってことですね」

話を聞き終えるなり、八雲が小バカにしたような口調で言った。

まあ、その通りなのだが……。

「仕方ねぇだろ。おれは、幽霊が見えるわけじゃねぇんだ」

「言い訳が多いですね」

「言い訳じゃねぇ。事実を言っているだけだろ！」

和心が苛立ちで声を荒らげると、八雲は耳に指を突っ込んで「うるさい」とアピールする。

少しは大人になったかと思っていたが、こういうところは少しも変わっていない。

「まあ、いいでしょう。このマンションに住んでいるなら、すぐですし、これからその霊媒師に会いに行きます」

渋々といった感じではあるが、八雲が了承の返事をした。

「そうと決まれば、さっさと行くぞ」

早速、八雲を連れてエレベーターに乗ろうとした和心だったが、すぐに八雲に呼び止められた。

「行くのは、ぼくと彼です」

八雲は、そう言って斜め後ろから傍観していた青年を指差した。

予想外だったのは、和心だけではなかったらしく、指名された青年も「え？」と驚きの声を上げる。

「別に、連れて行くのは構わんが、そいつは誰だ？」

「深水蘇芳。それから、彼女は紀藤心音。二人とも、ぼくの大学の学生です」

蘇芳と心音の二人が会釈をする。

和心は、今さらながら「見ての通り、僧侶の和心だ」と簡単に自己紹介しておいた。

「素性は分かったが、なぜ大学生を二人も連れて行くんだ？」

和心が訊ねると、八雲が頭を抱えた。

「本当に人の話を聞かない人ですね。連れて行くのは蘇芳だけです。彼女は帰ります」

――いやいや。そういうことじゃない。

「おれは、理由を訊いてるんだよ」

「必要だからです」

「説明になってねぇだろ！」

「説明する必要がありません」

——このガキ！

このまま言い合いをしていたら、怒りで八雲を殴ってしまいそうだ。分からない点は多々あるが、一旦は矛を収めることにした。

「まあいい。連れて行くなら勝手にしろ。とにかく行くぞ」

「ですから、話はちゃんと聞いて下さい」

「あん？」

「行くのは、ぼくと彼です。後藤さんは要りません」

「何だそりゃ？」

——訳が分からない。

「だから、交換条件ですよ。後藤さんの案件を拾う代わりに、幾つか調べて欲しいことがあります」

「調べる？」

「ええ。彼女の部屋で起きている心霊現象を解決する為には、情報が少し足りません。それを補って欲しいんです」

八雲が心音を指差した。

心音の一件も、元はといえば和心が持ち込んだのだから、協力することはやぶさかではない。ただ――。

「言っておくが、おれはもう警察官じゃねぇ。調べられることには限界がある」

「そんなことはいちいち言われなくても分かってます。バカなんですか？」

――ひと言余計だ！

「ああ。どうせ、おれはバカだよ」

「自覚してるなら、直して下さい」

「直し方を知らねぇんだよ！」

「今の返しは、面白かったですよ」

八雲が、ニヤッと笑った。

本当にむかつく野郎だ。だが、まあ、八雲がこういう奴だということは、最初から分かっている。

「それで、何を調べればいいんだ？」

「後藤さんの小さい脳でも忘れないように、メモをメールします」

「クソが」

「何か言いましたか？」

「いや。何も」

「もし、後藤さんの手に負えなかった場合は、石井さんにも協力してもらって下さい」

「分かってるよ」

言われるまでもなく、最初からそのつもりだ。

残念ながら、和心は警察官だった頃から、何かを考えたり、調べたりするより、身体を動かす方が得意だった。逆に、かつて和心の相棒だった石井は、気弱で運動神経に難ありで、すぐに転ぶヘタレだったが、地道な捜査を得意としていた。

当時は、石井のことを鬱陶しく思うことが多々あったが、今になってみれば、いいパートナーだったのかもしれない。

久しぶりに、石井の面を拝むのも悪くない。和心は、僅かに顔を綻ばせた。

7

「あの御子柴って人、マジで何なんですか?!」

結衣子は憤慨していた。

第七研究室を出た後も、結衣子の怒りは一向に収まらなかった。アンガーマネジメントにおいて、怒りのピークは六秒と言われているが、時間が経つほどに、怒りの熱量が上がっていく気がした。

意味不明なことを口走り、「ぼくが解決する」と断言した癖に、学会があるからと放り出す。理不尽の権化みたいな人だった。

何より許せないのは、石井をポンコツ扱いしたことだ。

石井がポンコツなどではないことは、誰よりも結衣子が知っている。確かに、部下として彼の許に来たのは、ごく最近だが、結衣子は警察官になるより前に、石井と出会っている。

高校時代の結衣子は、家庭の中が色々とごたついていたこともあり、素行不良だった。学校にはほとんど行かなかったし、派出な恰好をして、悪い仲間とつるんでいた。今になってみれば、そんなことをしたところで意味はないと分かるのだが、当時の結衣子は、そうすることでしか、自分の鬱憤を晴らす術を知らなかった。

そんなある日、結衣子は街中でひったくりをしている女子高生の二人組を見つけた。

結衣子は、見てくれこそヤンキーだったが、それなりに信念を持って行動していた。他人に迷惑をかけるような奴は、断じて許せなかった。

だから、そのひったくりを捕まえて、その場に捻じ伏せた。

すぐに警察官も駆けつけたのだが、外見だけで結衣子を犯人だと決めつけたのだ。

説明しても分かってもらえなかったばかりか、結衣子が警察と押し問答しているうちに、ひったくり犯の二人組は逃亡してしまった。

結局、世の中はこんなものだと諦めかけたとき、颯爽《さっそう》と現れたのが石井だった。

彼だけは、結衣子の言葉に耳を傾けてくれた。見た目で判断するのではなく、紳士的な態度で結衣子を一人の人間として扱ってくれた。それが嬉しくて、彼のようにありたいと思い、結衣子は自分の素行を改め、警察官になったのだ。

もし、石井に出会っていなかったら、今頃、何の目標もなく、世の中を斜めに見て、自堕落な大人になっていただろう。

本人に、その自覚はないかもしれないが、結衣子にとって石井は恩人なのだ。

その恩人をバカにされたのだから腹も立つ。だが、当の石井は、御子柴に言われたことなど、まるで気にしていないらしく「あの人は、ああいう人ですから」などと笑みを浮かべている。

まあ、こういう懐の深さが石井の魅力の一つでもある。

「それで、今は何処に向かっているんですか?」

結衣子は、気持ちを切り替えて訊ねた。

大学を出てから、ただ石井の背中を追いかけるようについて来たが、何処に向かっているのかは把握していなかった。

「遠藤さんたちが、願掛けをしたという神社に行ってみようと思います。ここから、割と近いようですしね」

石井の言葉には迷いがなかった。

だからこそ、結衣子の方が戸惑ってしまう。

「行ったところで、あまり意味はないと思いますが……」

「意味がないかどうかを確かめるためにも、足を運んでみるべきだと思います」

石井は、にこやかに言うと、スタスタと軽快な足取りで歩いて行ってしまった。こうなると、結衣子は付き従うしかない。

程なくして、多摩川沿いに古い鳥居が見えてきた。

廃神社になってからずいぶん時間が経過しているのか、鳥居の塗料は剝げ、境内は腰の高さほどあるススキが群生していて、何とも不気味な場所だった。

願掛けをするのに、深夜にこんな神社に足を運ぶなんてどうかしている。

「こうやって神社を見ていると、色々と思い出します」

石井は、ススキを掻き分けるようにして、神社の境内に足を踏み入れながら言った。

「何を思い出すのですか？」

結衣子は、後に続きながら訊ねる。

「かつて、私がかかった呪いです」

「呪い？」

「ええ。ある神社に、嘘を吐くと呪われるという樹《き》がありましてね。私は、そこで呪いにかかったんです」

「呪いなんて……」

――存在しません。

石井を振り返りながら、そう言おうとした矢先、ぬかるんだ地面に足を取られた。

「あっ！」

声を上げたときには、もう遅かった。

何とか体勢を立て直そうと手を伸ばしたが、摑むものなど何もなかった。そのまま、仰向けに身体が倒れかかる。

が――結衣子の身体は転倒する前に、仰け反《のぞ》った体勢で止まった。

「大丈夫ですか？」

石井だった――。

結衣子の身体を、石井が受け止めてくれたのだ。

ただでさえ、好みど真ん中な上に、こんな風に助けられたら、もうどうしたって本気で好きになってしまう。

おまけに、今、石井と身体が密着している。

顔が火照る。

心臓が早鐘を打ち、意識が遠のいていくような気がした。

「あ、ありがとうございます」

結衣子は、何とかそれだけを絞り出した。

「気を付けて下さい」

微笑《ほほえ》みかけてきた石井の顔が眩《まぶ》し過ぎて、結衣子は慌てて彼から顔を逸らし、身体を起こして自分の足で立った。

——ああ。ヤバい。

石井の婚約相手が、何処の誰かは知らないが、これは、もう全力で奪いに行くしかない。

結衣子は、モラルに反した決意を固めた。

「では、早速、確認するとしましょう」

石井は、神社の社に向かって歩を進めて行く。

結衣子も、その後に続く。

石井は、躊躇うことなく社の格子戸を開けた。ぎっと鳴る蝶番《ちょうつがい》の音が不気味に響く。

社の中は、がらんとしていた。長い間放置されていたらしく、あちこち埃《ほこり》を被《かぶ》っているが、床にはたくさんの足跡が確認出来る。

噂になっている願掛けをするために、何人もの人がこの場所を訪れたのかもしれない。

社の奥には、祭壇のようなものがあり、そこに古びた丸い鏡が置かれていた。

「あれが、噂にあった鏡のようですね――」

石井は社の中に足を踏み入れ、鏡の前まで移動して覗き込んだ。

表面が曇っているせいで、石井の端正な顔立ちが、ぼんやりとしてしまっている。

「何か見つかりましたか？」

結衣子の問いに、石井は「いえ」と短く答えると、鏡の裏側を確認し始める。

次に、角度を変えながら祭壇を確認すると、床に這いつくばるようにして、じっと何かを見ている。

――いったい何を確かめようとしているのだろう？

訊ねようとしたところで、石井がすっと立ち上がり、ズレたメガネを指先で直した。

「妙だとは思いませんか？」

「何がですか？」

「噂になっていたくらいなので、この場所には、幾人もの人が願掛けに訪れています。それなのに、どうして、呪われたのは、遠藤さんたちだったのでしょうか？」

確かにそれは疑問として残る。

他にも、遠藤たちと同じことをした人間がいるのだとしたら、その人たちも呪われて然《しか》るべきだが、そうした話は今のところ入って来ていない。遠藤たちだけが呪われる、何か特別な理由があったとも考えられる。

だが――。

それは、あくまで呪いが本当にあったらの話だ。前提条件が違う。

結衣子がそのことを主張しようとしたところで、石井のスマホが鳴った。誰かから電話がかかってきたようだ。

石井は、社を出てから電話に出た。

「はい。石井雄太郎でありますーーご、後藤刑事ではありませんか！　あ、はい。すみません。そうですね。今は違いました。はい――はい」

電話の相手の声は聞こえないが、石井の反応からして、かつての上司、または先輩に当たる人物からの電話のようだ。

何れにしても、石井が、こんな風に興奮気味に喋る姿を初めてみた。それはそれで何だか新鮮だ。

「どなたですか？」

石井が電話を終えたタイミングで、結衣子は訊ねてみた。

「ああ。私のかつての上司です」

石井が嬉しそうに目を細める。結衣子の予想通りだった。

「どんな方なんですか？」

「未解決事件特別捜査室の初代責任者で、私に刑事のイロハを教えてくれた人です。後藤刑事――いや、和心さんがいなければ、私はとうに警察を辞めていましたよ」

口ぶりや表情からして、石井がその人物に対して、心の底から敬意を払っているのが分かる。

きっと、石井に負けず劣らず、クールで懐が広い人なのだろう。

「石井警部に、そこまで言わせる方なら、是非、一度会ってみたいです」

結衣子が何気なく言うと、石井は「会えますよ」と、笑みを浮かべてみせた。

「どういうことですか?」

「これから、合流することになっています。一緒に行きますか?」

「も、もちろんです」

結衣子は、元気よく答えた。

8

蘇芳は、八雲と一緒にエレベーターで、マンションの八階に上がることになった。

もう一つの心霊事件について、詳しい話を聞くためだ。

和心という僧侶が、心霊現象について語っていた。それによると、廃神社に足を運んだ四人の若者が、願掛けだと勘違いし、呪いの儀式を行ってしまったことで、幽霊に憑かれてしまったらしい。

それだけでなく、除霊をした霊媒師の前にも幽霊が現れるようになった。さらに、願掛けに行ったメンバーのうち一人が亡くなってしまったのだという。

別に機嫌が悪いのではなく、こういう態度が、彼の常なのだということは、何となく分かってきた。

「あの——一つ訊いていいですか?」

蘇芳が訊ねると、八雲が「何だ?」と気怠げな声で応じた。

「幽霊って、誰かを呪い殺したりするものなんですか?」

蘇芳が訊ねると、八雲がしかめっ面をした。

「もし、君が超能力のような特別な力によって、人を死に至らしめるということを想像しているのだとしたら、答えはノーだ」

「良かった」

蘇芳たちは、これから霊媒師と面会しようとしている。

不用意に近付き、蘇芳たちが呪い殺されるなんてことになりかねないと思っていたので、少しだけほっとする。

「ただ——別の方法で死に至らしめることはあり得る」

「別の方法?」

「そうだ。例えば憑依現象だ。幽霊が、生きている人間の身体を乗っ取って、自殺すれば、その人は死ぬことになる」

「橋でぼくが体験したみたいなことですか?」

蘇芳が聞き返すと、八雲は頷いた。

あのとき、八雲たちが助けてくれたから無事だったが、一歩間違えば、蘇芳は死んでいたかもしれない。

「それからもう一つ。自ら命を絶つように、仕向けられることもある」

「自殺しろって命じるってことですか？」

「少し違う。例えば、君がずっと誰かに付き纏われ、呪詛《じゅそ》の言葉を投げかけられ続けたらどうなると思う？」

相手が幽霊だとしても、生きた人間だったとしても、四六時中、誰かに付き纏われたりしたら、精神を病んでしまいそうだ。

「まともではいられませんね」

「そういうことだ。そうやって、追い込まれることで、自ら命を絶つというケースもある」

八雲の説明を受け、背筋がぞわっと震えた。

と、同時に引っかかりを覚えた。

「心音さんに憑いている幽霊についてなんですけど……」

「ああ」

「あのまま、放っておいて大丈夫なんでしょうか？」

八雲は、心音に部屋に戻らないように指示はしたものの、それ以外はほとんど何もやっていない。いわば、放置している状態だ。

何かしらの危害を加えられる可能性は、充分に考えられる。それこそ、蘇芳のときのように、無意識のうちに橋から飛び降りてしまう可能性もある。

「君は、あの幽霊から敵意を感じたか？」

蘇芳は、心音の側にいた少女を思い返してみる。血塗れなせいで、不気味に見えたのは確かだが、あの少女は敵意を持っているようには見えなかった。もっと、無邪気で真っ直ぐな感情があるような気がする。

蘇芳がそのことを説明すると、八雲は「ぼくも同感だ」と頷いた。

「でも、それって感覚じゃないんですか？」

「そうだ。感覚だ。御子柴先生に言ったら、怒られそうだが、幽霊に限らず、その感覚というのは大事だと思う」

「そういうものですか？」

「ああ。ただ、やはり感覚だけに頼るのは危険だ。読み間違えることがあるからな」

「読み間違える？」

「そうだ。これは、人間関係においてもそうだが、そのときの自分の感情や状況によって、同じ表情や言葉であったとしても、違う意味に受け取ることは多々ある」

「そうかもしれません」

八雲の言う通り、同じ内容であったとしても、状況などで受け取り方が違ってしまうことはある。それが、大きな誤解を生んでしまうことも——。

「常に冷静でいることは難しい。だから、自分の受け取り方が合っているかどうかを検証するために、情報が必要になってくる」

「なるほど」

「今は、その情報を集めている段階だ。最初の印象をきちんと胸に留《とど》めながら、それに固執しないように注意しておけばいい。それに、彼女の場合は、憑いている幽霊よりも、部屋の方がマズい」

――それって、どういう意味ですか？

訊ねようとしたのだが、八雲は「無駄話はここまでだ」と話を打ち切り、エレベーターに乗り込んだ。

そのまま八階に上がり、霊媒師の女性がいる部屋の前に立つと、ドア脇のインターホンを押した。

〈はい。どちらさまでしょう〉

すぐに、スピーカーを通して女性の声が返ってきた。

「和心和尚の紹介で伺いました。斉藤八雲といいます。心霊現象の件で、お困りだとか――」

八雲が告げると、すぐにドアが開き、中年の女性が顔を出した。彼女が霊媒師の橘供花だろう。

「お待ちしておりました。どうぞ中に――」

供花に促されて中に入る。

玄関でスリッパに履き替え、廊下を進み、突き当たりにある部屋に通された。

応接室で使うようなソファーセットが置いてあって、棚や壁には、開運グッズのようなものが、ずらりと並んでいる。

カーテンは閉め切られていて、室内は間接照明によって照らされている。

「初めまして。斉藤八雲といいます。彼は、深水蘇芳。助手のようなものです」

八雲が、自己紹介ついでに、蘇芳のことも紹介してくれた。

どう立ち振る舞うか迷っていたところがあるので、助手という立ち位置を与えてくれたのは助かる。

「橘供花と申します」

供花は、丁寧に腰を折って頭を下げた後、「どうぞ」とソファーに座るように促した。蘇芳が八雲と並んで腰を下ろすと、向かいに供花も座った。

「和心和尚さんは?」

供花は、まずそのことを訊ねてきた。

「別件で動いてもらっています。そもそも、あの人は何の役にも立たないので、いても、いなくても同じですよ」

八雲は、さらりと酷いことを言う。

和心は八雲より明らかに年上だというのに、まるで後輩であるかのような言いよう。エントランスの前でも、罵るような言葉の応酬だったし、二人の力関係がよく分からない。

「いえ。和心和尚さんには、親身になって話を聞いて頂きました」

「そういうふりをしているだけで、どうせ何も考えてはいませんよ」

「いえ。そんな……」

「あの人は、声の大きさ以外は、何の取り柄もありませんから」

八雲の辛辣な言いように、供花は困惑したのか、「は、はあ」と気の抜けた返事をした。

「何れにしても、だいたいのことは聞いています」

八雲が話を本筋に戻した。

「そうですか。では、早速、お伺いしたいのですが、私に幽霊は憑いているのでしょうか？」

供花が、青白い顔で訊ねると、八雲が「憑いていますね」と即答した。

「いったい、どのような幽霊が憑いているのですか？」

「そうですね。見たところ、中学生くらいの少年です。ブレザーの学生服を着ています。凄く痩せていて、右の頬に特徴的な黒子《ほくろ》があります。あと、顎の下に古い傷があります」

「わ、私が見た幽霊と同じです」

供花が震える声で言った。

恐怖に心を揺さぶられているように、蘇芳には見えた。

「蘇芳。君には、何が見えた？」

八雲が、視線を投げて寄越した。

蘇芳には、さっき八雲が言ったのと同じ、右の頬に黒子のある少年の姿が見えていた。だが、今の供花には、それが見えていないらしい。

これまで懐疑的ではあったが、ここまでくると蘇芳は認めざるを得ない。——ぼくに見えているのは幻覚ではなく幽霊なのだ。

「同じです。右の頬に黒子がある少年がいます」

蘇芳が答えると、八雲は満足そうに頷いた。

「君は、彼から何を受け取った？」

八雲に問われて、改めて供花の背後に立つ少年の幽霊に目を向ける。

少し俯《うつむ》き加減の状態で、睨むような視線を供花に向けながら、ぶつぶつと何事かを呟いている。

そこにある感情は――。

「怒り」

一番、しっくり当て嵌《は》まるのは、その言葉だった。

それを認識するのと同時に、少年が何と言っているのかを理解した。

「彼は、許さないと繰り返し呟いているような気がします」

蘇芳が言うと、供花は息を呑んだ。

そのまま、しばらく放心していたのだが、やがて両手で顔を覆い、呻くように言葉を漏らした。

「や、やっぱりそうなのですね。私に憑いている幽霊は、怒っているのですね。私は、その幽霊に呪い殺される……」

「今のところ大丈夫だと思います」

八雲が表情を変えることなく言った。

「で、でも……既に一人亡くなっています」

「それは、確かな情報ですか？」

「はい。遠藤健作さんという方です。昨日、彼の家に行ったところ警察の人がたくさんいたんです。それで、事情を聞いたら、亡くなっているのが発見された――と」

「あなたは、なぜ遠藤さんの許に行ったのですか？」

「助けて欲しいとメッセージを受け取ったんです」

そう言って、供花はスマホのメッセージアプリの画面を見せてきた。

確かにそこには、〈ヤバいです！〉、〈あいつが入ってくる！〉、〈助けて下さい！〉といったメッセージが複数並んでいた。

「なるほど」

八雲は、メッセージを凝視しながら、尖った顎を撫でる。

「私は、これからどうすればいいのでしょう？」

供花が身を乗り出し、視線を泳がせながら訊ねてきた。

「あなたに幽霊が憑いていることは、間違いありませんが、今すぐどうこうということは、ないと思います」

「本当に、大丈夫なのでしょうか？」

供花はすがるようにして訴えてくる。

それが、幽霊の仕業なのか、偶然なのかは分からないが、既に一人死んでいるのだとしたら、狼狽《ろうばい》するのも無理はない。蘇芳なら、正気を失っていそうだ。

「保証は出来ません」

「そんな……」

「ぼく自身、まだ詳しいことが分かったわけではないので、手の打ちようがないというのが本音です。取り敢えず、あなたに憑いている幽霊が、何者かを特定する必要があります」

「私には、皆目見当がつきませんが、幽霊について相談して来た人たちなら、何か知っているかもしれません」

「その人たちの連絡先は分かりますか？」

供花は、「はい」と返事をすると、一冊のノートを取り出し、それを開いてみせた。

心霊現象の相談に来た人たちの名前と住所、電話番号を書き留めた台帳のようなものだった。

「この人たちです」

供花が指差した名前を見て、蘇芳は「あっ」と声を上げた。

「知っているのか？」

八雲が訊ねてくる。

「はい。大学の友人です。……そういえば、肝試しに行ったとか、そんな話をしていました」

蘇芳は、早口で説明する。

まさかこんな形で、友人の名前を目にするとは思いもよらなかった。驚くのと同時に、恐ろしさもこみ上げてくる。

一緒に願掛けに行ったメンバーが、本当に死んだのだとすると、蘇芳の友人たちにも危険が迫っているということになる。

9

石井が指定された喫茶店に足を運ぶと、法衣を纏った後藤——いや、和心が窓際の席に座っていた。

和心という名も、法衣の姿も、なかなか慣れない。スーツ姿で駆け回っているときが、一番かっこよかったと思うが、石井が惜しんだからといって、どうなるものでもない。

「遅くなりました」

石井が、和心の許に駆け寄ると、「元気そうじゃねぇか」と、腹にパンチされた。もちろん、本気ではないのだが、石井は大げさに痛がってみせる。

「そういえば、お前、昇進したんだってな」

「ええ。お陰様で」

「まさか、お前みたいなヘタレが、警部様とはな」

和心が昔を懐かしむように、目を細めて笑った。

「石井警部は、ヘタレではありません。撤回して下さい。それから、先ほどの暴行も見逃せません」

声を上げたのは結衣子だった。

「いきなり何だ？　ってか、お前は誰だ？」

和心は結衣子を睨《ね》め付けたが、そんなことでたじろぐ彼女ではない。ずいっと一歩前に出て、和心を睨み返す。

一触即発の空気だ。このままでは、殴り合いの喧嘩が始まりかねない。

「まあまあ。こちらは、先ほど話した、私の元上司で、後藤さん。今は、僧侶なので和心和尚ですね。で、彼女は、私の部下で後路結衣子さんです」

石井は、各々を紹介することで、ギスギスした空気を緩めることに努めた。

「お前なんかに部下が出来るとはね」

石井と結衣子が席に着いたところで、和心がしみじみと言う。

それに関しては、石井も同感だった。和心と一緒に事件を追いかけていた頃は、一人では何も出来ずに、常に和心の背中を追いかけていた。そんな自分が、指示を出す立場になるなんて、思いもよらなかった。

「あの――」

結衣子が手を挙げて発言を求める。

「どうしました？」

「本当に、この人は、元警察官なんですか？　逮捕される側にしか見えません」

「うるせぇよ。いちいち、突っかかってくるんじゃねぇ。お前も、部下の教育くらい、ちゃんとしておけ」

和心に頭を引っ叩かれた。

久しぶりで、心構えが出来ていなかったせいで、脳がぐらぐらと揺れて、そのままテーブルにつんのめりそうになる。

「いい加減にして下さい。元上司だか何だか知りませんが、これ以上の狼藉《ろうぜき》は許しません！」

結衣子が和心に向かって吠《ほ》える。

「狼藉？　お前、何言ってんだ？」

「元上司とか関係ありません。石井警部への無礼を詫びて下さい」

「ぎゃんぎゃんうるせぇよ！　石井がいいって言ってんだから、いいだろうが！」

「石井警部がよくても、私が許しません！」

このままだと、結衣子は拳銃を抜きかねない。

何れにしても話が前に進まない。石井は、彼女に外で待っているように指示をした。かなり渋っているようだったが、最終的には喫茶店を出て行った。

「何だかすみません。いつもは、あんな感じじゃないのですが……」

石井は和心に詫びを入れる。

和心に会うことは、結衣子にとってもいい経験になると思ったのだが、想像していたよりも相性が悪いようだ。

「いいじゃねぇか。彼女は、お前のことを心底、尊敬しているんだよ」

「尊敬？　私を——ですか？　それはないですよ」

「それを決めるのは、お前じゃねぇだろ」

「それは、そうかもしれませんが、私などが誰かに尊敬されるなんて、あり得ませんよ」

言った瞬間、石井の脳天に拳骨《げんこつ》が落ちた。

「痛っ」

「つまんねぇ謙遜をしている暇があったら、さっきの女刑事の期待に応えられる、立派な刑事になれ」

「はい」

背筋が伸びる思いだった。

やはり、和心の言葉は一つ一つ胸に響く。

「ただ、あれだな……ブン屋の姉ちゃんには、絶対に会わせない方がいいと思うぞ」

和心の言う「ブン屋の姉ちゃん」とは、石井の婚約者である土方《ひじかた》真琴《まこと》のことだ。今は、退職してフリーのライターをやっているが、以前は新聞社の記者だった。和心は、そのときの呼称が抜けないのだ。

ただ、真琴と結衣子を会わせない方がいいという理由が分からない。感覚に過ぎないが、二人は、意外と気が合うかもしれないと石井は思っている。

「どうしてですか？」

「修羅場になるからだよ」

「修羅場？」

石井が聞き返すと、もう一発拳骨が落ちた。

「分かれよ。鈍感にも程があるだろ。あの姉ちゃんも、大変なこった」

「はあ……」

結局、和心が何を言わんとしているのか、石井には分からなかった。

「まあいい。それより、お前に頼みたいことがあったんだ」

和心が、気を取り直すようにして言った。

「はい。心霊事件に関するものでしたよね？　ということは、やっぱり八雲氏も絡んでいるのですか？」

「ああ」

「実は、私たちが追っている事件で、八雲氏に相談したいことがあったんですが、不在にしていて、御子柴先生に捕まってしまって……」

「おい。おれの前でその名前を出すな。吐き気がする」

和心が、おえっと嘔吐《えず》くふりをした。

そうだった。和心と御子柴は、考え方が百八十度違う。水と油。決して、相容《あいい》れない関係だった。いや、少し違う。和心が、一方的に御子柴に苦手意識を持っている。

「すみません」

「それで、お前は、どんな事件を追っているんだ？」

石井はアパートで発見された遠藤の遺体にまつわる、不可解な状況を和心に説明した。和心は黙って話を聞いていたものの、先に進むにつれて表情が険しいものに変わっていく。

「おれのところに舞い込んだのと、同じ案件かもしれんな」

石井が全てを話し終えると、和心が苦虫を噛み潰したような顔で言った。

「同じ――ですか？」

「ああ。霊媒師ってのは、橘供花という名前じゃないか？」

「ええ。そうです。亡くなった遠藤さんの喉の奥から出てきた紙にも、その人の名前が書いてありました。彼女の経歴は簡単にではありますが、調べておいたので、これから話を訊きに行こうと思っていたんです」

「それなら、今、八雲が話を訊きに行っている」

「そうでしたか。それは良かった」

本当は、今回の事件について、供花に真っ先に話を訊きに行くべきなのだが、霊媒師という職業から敬遠してしまっていた。

そもそも、本物か偽物かも判断がつかない。八雲に同行してもらうことを前提にしていたので、既に行ってくれているのであれば助かる。

「供花の経歴について調べたって言ってたな。それについて、詳しく教えろ」

「はい。橘供花は、霊媒師としての名前で、本名は古田順子《ふるたじゅんこ》さんというそうです。年齢は、四十九歳。元々は保険の外交員をしていたそうです」

「確か、彼女がそんな話をしていたな」

和心が呟くように言った。

「彼女には、息子と夫がいましたが、五年前に息子とは死別。夫とは、その一年後に離婚しています」

「死別?」

「はい。詳しいことは、まだ調べがついていませんが、首吊り自殺だったそうです……」

「そうか……」

供花が霊媒師になった動機は、罪滅ぼしだと言っていた。あのときは、その意味が分からなかったが、息子が自殺していたとなると腑《ふ》に落ちる。

仕事に追われて家庭を顧みなかった結果、息子が自殺をした。そのことを、深く後悔しているのだろう。

「これが、当時の資料です」

和心は石井が差し出した資料を受け取った。後で、八雲に伝えておこう。

「八雲氏は、他に何を調べるように言っていたんですか？」

「まあ、色々だよ」

「色々？」

「ああ。供花の他に、素性を洗って欲しい人物がいる。それから、事故物件に関しても調べなきゃならん」

「事故物件――ですか」

石井は反芻《はんすう》した。

かつて人が亡くなった部屋。いわゆる心理的瑕疵物件。想像しただけで、背筋がぞくっと震えた。

「まあ、何れにしても、数が多いので手分けして調べを進めたいんだが大丈夫か？」

「もちろんです」

石井は、勢いよく返事をした。

八雲に頼まれて、心霊絡みの事件を和心と手分けして捜査するなんて、昔に戻ったみたいで自然と心が躍る。

「お前じゃねぇよ」

和心が、ため息交じりに言った。

「へ？」

「へ？　じゃねぇ。お前の部下の姉ちゃんのことを言ってんだよ」

和心は、喫茶店の窓の外に目を向ける。

その視線の先には、店の外から、じっとこちらを睨んでいる結衣子の姿が見えた。

「心配には及びません。彼女は、とても優秀です」

「そういう話じゃねぇよ。頭が硬そうだからな。すんなり捜査に協力するとは思えないって話をしてんだ」

和心が何を案じているのか、石井には、皆目見当がつかなかった。

10

「石井警部。さっきの人、本当に元警察官なんですか?」

結衣子は、前を歩く石井に声をかけた。

石井のかつての上司で、尊敬している人に会うということで、もの凄く期待していたのだが、現れたのは横柄で、粗野な、熊みたいな男だった。おまけに、石井を殴りつけるという暴挙にまで出たのだ。

許されるなら、その場で殺処分したいくらいだ。

なぜ、石井が、あのような男を尊敬しているのかが理解出来ない。

「ええ。とても優秀な方です。私は、後藤刑事の背中を追い続けていました。私にとって、憧れの存在です」

暴言を浴びせられ、殴られたというのに、石井は嬉しそうだ。

「そんな凄い人には見えません」

結衣子が主張すると、石井ははははっと声を上げて笑った。

「まあ、人によってはそう見えるかもしれませんね。でも、後路さんと後藤刑事は、よく似ていますよ」

あんな熊みたいな男と同類として扱われるのは心外だ。

色々と言いたいことはあるが、今、それを口に出しても始まらない。結衣子は、もう一つの疑問を石井にぶつけることにした。

「これから、どうするのですか？」

「まずは、不動産会社に、顔を出します」

「不動産会社？　なぜですか？」

「事故物件について、情報を集めるんです」

「それって、今回の事件に関係あるんですか？」

「いいえ。関係ありません」

石井が、さらりと言うので、益々意味が分からなくなる。

「関係ないなら、どうして？」

「交換条件です。遠藤さんの事件に関して、情報を集めてもらう代わりに、こちらは事故物件に関して調べるんです」

——どうしてそうなるのか、結衣子にはさっぱり分からない。

さらに質問を重ねようとしたのだが、その前に、目的地である駅前の不動産会社の前まで来てしまった。

石井は、迷うことなく「こんにちは」と中に入って行く。こうなると、結衣子もそれに従うしかない。

石井は、受付で警察だと身分を名乗った上で、マンション名を告げ、担当営業に取り次いで欲しい旨を伝える。

いきなり警察を名乗る人間が押しかけて来たことで、受付の女性は面食らったようだったが、すぐにパーテーションで仕切られた商談ブースに案内された。

そこで、待っていると、ほどなくして、五十代と思われる恰幅《かっぷく》のいい男性が現れた。

「お待たせしました。店長の中沢《なかざわ》と申します。実際の担当は隈井なのですが、出先にいるので……」

中沢と名乗った男性が、名刺を出しながら挨拶をする。

「世田町署未解決事件特別捜査室の石井です」

石井は、警察手帳を提示しながらそれに応じる。結衣子も「同じく後路です」と名乗りながら、警察手帳を提示した。

「桜坂《さくらざか》マンションについて、訊きたいということでしたね」

お互いに自己紹介を終えて、向かい合って座ったところで、中沢が切り出して来た。

「ええ。あのマンションの303号室についてです。何でもあの部屋は、事故物件だそうですね」

石井が言うと、中沢は「ああ」と呻くような声を上げた。

「仰る通りですが、どうして警察が事故物件など気になさるのですか？」

中沢の疑問はもっともだ。

正直、結衣子だって分かっていない。そもそも、こんなことをしていて、事件が解決出来るはずがない。

「すみません。捜査情報なので、お伝えすることは出来ないんです」

「そうですか……」

「あの部屋で、何が起きたのか詳しく教えて頂けますか？」

石井は、笑みを浮かべたまま訊ねる。

中沢は釈然としていない様子だったが、警察に言われては、仕方ないと判断したのか、３０３号室について語り出した。

「実は、半年くらい前に、あの部屋に住んでいた二十代の女性が、浴槽で溺死されたんです」

「溺死――ですか」

「はい。足を滑らせたのではないかという話でした。発見されたときは、かなり腐敗が進んでいて、特殊清掃を入れることになったんです。綺麗な方だったんですが、面影がなかったですね。かわいそうで、見ていられなかったですね」

中沢が、眉間に皺を寄せながら目頭を揉《も》んだ。

口ぶりからして、中沢は遺体を目にしているのだろう。

「そうでしたか。今、お住まいになっている方には、当然、告知はしているのですよね」

「もちろんです。内見を案内したのは、担当の隈井なのですが、そのときに告知しています。

もちろん、契約書にも書いてありますしね」

「それでも契約した理由は何ですか？」

「家賃だと思います。やはり、格安になりますから……」

「なるほど――。それから、もう一つお伺いしてもよろしいですか？」

石井は、指先でメガネのフレームを押し上げる。眼光が一際鋭くなったような気がした。

「な、何でしょう？」

「問題の物件――改装して二部屋に別けていますよね？」

「え？　よくお分かりで」

「実際に、物件に足を運んだ人が気付いて、教えてくれたんですよ。二つに別《わ》けた理由を訊いてもいいですか？」

中沢は、しばらく唖然《あぜん》としていたが、やがて観念したように、深いため息を吐いてから、話を始めた。

「仰る通り、あの部屋は、隣と合わせて元々一つの部屋でした。２ＬＤＫでファミリー向けの部屋だったんですよ」

「やはり、そうでしたか」

「夫婦と息子さんの三人家族が住んでいたんですが、五年くらい前だったかな。中学生の息子さんが、苛めを苦にしたらしく、首吊り自殺をしてしまったんですよ」

「酷い……」

石井が絞り出すように言った。

その声には、深い悲しみと怒りが込められているようだった。気持ちは、結衣子も同じだ。どんな理由があろうと、苛めをやる連中は心底許せない。

特に昨今の苛めは、その内容を見ると、もはや苛めではなく、傷害事件、暴行事件、恐喝など刑事事件として扱っていいようなものも多い。

第三者委員会による調査なんて、生温《なまぬる》い方法ではなく、警察の強制捜査を入れればいいのに──と本気で思っているくらいだ。

「その後、別の家族が入居したのですが、幽霊が出て、おかしな現象が起きるということで、すぐに退去されてしまって、なかなか借り手がつかなかったんです」

「それで、分割した──ということですか？」

石井が訊ねると、中沢は「はい」と頷いた。

「つまり、遺体は、304号室の側で発見されたんですね」

「ええ。不動産では、よくあることですよ。分割することで、303号室は事故物件ではない、クリーンな部屋ということにしたのですが、結局、そっちでも人が亡くなってしまったというわけです」

「なるほど。つまり、あの場所では、二人の人間が亡くなっている──ということなんですね」

石井が改まった口調で言った。

その言葉を聞き、幽霊を信じていない結衣子でも、背筋がぞくっと寒くなった。五年の間に、同じ部屋で二人の人間が死ぬ。これは、単なる偶然なのだろうか？

それとも——。

「出来れば、担当の隈井さんからも話を聞きたいのですが」

「それは構わないんですけど……」

中沢が口籠もった。

「何か問題が？」

「いえ。問題ってほど問題じゃないんですけどね、隈井はサボり癖があって、内見と称してふらふらと出歩くことが多くて、なかなか連絡が取れないんですよ」

中沢の口調には、嫌悪感が覗いていた。

サボり癖の他にも、色々と問題を起こしていそうだ。

「なぜ解雇しないんですか？」

結衣子が訊ねると、中沢は表情を歪めた。

「そうしたいんですけどね……。隈井は、この辺りの地主の息子なんですよ。あのマンションのオーナーも、隈井の親でしてね」

——ああ。そういうことか。

辞めさせたいのは山々だが、大手でない地元の不動産からしてみると、息子を通じて地主との関係は維持しておきたいということだろう。

「ありがとうございます。参考になりました」

石井は、中沢に礼を言うと席を立ち、店舗を出て行った。結衣子も、その後に続く。

「あれだけでいいんですか？」

外に出たところで結衣子が訊ねると、石井は振り返り、指先でメガネを押し上げた。

「ええ。八雲氏が、何を疑問視しているのかが分かりましたから」

「八雲氏って——最初に、相談に行く予定だった人ですか?」

確か、心霊現象の専門家だったはずだ。これは、その人物からの依頼案件ということだろうか?

「そうです。部屋が分割されていることも、八雲氏が看破したんです。何れにしても、もう少し別の角度から調べる必要があります」

「次は、何を調べるつもりですか?」

「調べることが多いので、ここからは手分けして進めましょう。後路さんは、さっき話に出た、半年前にあのマンションで亡くなった女性について調べて下さい」

「それは構いませんが、石井警部は、何を調べるんですか?」

「ある人物の素性を調べるんです」

「ある人物?」

「普通の大学生です。今のところ——」

「はい?」

結衣子は、余計に訳が分からなくなり、思わず首を傾げた。

蘇芳が大学の学食に行くと、いつもの窓際の席に、裕太と伸介の二人が座っていた——。

向こうも蘇芳に気付き、裕太が「よう」と手を振る。クールな伸介は、僅かに顎を引いて頷く。

だが、蘇芳が近付くほどに、二人の表情が曇るのが分かった。

蘇芳が一人ではなく、八雲と一緒に近付いて行ったので、不審に思ったのだ。

霊媒師の供花の台帳に載っていたのは、裕太と伸介の名前だった。八雲の指示で、心霊現象についてということには触れず、ただ会って話したいと、二人を呼び出した。

「誰?」

裕太が八雲を見て首を傾げる。

「おれ知ってる。助教の斉藤さんでしょ。御子柴先生のところの——」

言ったのは伸介だった。

「助教の斉藤八雲だ。君たちに訊きたいことがあって、蘇芳君に頼んでここに来てもらった」

八雲は、そう言いながら裕太の向かいの席に座った。

何だか騙したみたいで申し訳ない気分になりつつも、蘇芳も八雲の隣に腰を下ろした。

「あ、助教の斉藤さんって聞いたことあるわ。御子柴先生と人気を二分する、イケメンだって女子が噂してた」

裕太がポンッと手を打ちながら言った。

蘇芳なら、赤面してしまうような噂話《うわさばなし》をされているにもかかわらず、八雲は一切動じることがなかった。

「ってか、オッドアイはカラコンですか?」

裕太が、持ち前の人懐こさで八雲に訊ねる。八雲は「生まれつきだ」と、険しい表情で返す。

「へぇ。マジっすか。赤い眼とか、めっちゃかっこいいですね」

「……………」

八雲は、眉間に皺を寄せ、裕太との距離感に不快の意思表示をしている。

蘇芳も、最初はズケズケと他人の領域に入り込んでくる裕太に、戸惑ったことを思い出す。

でも、今になってみれば、それに感謝している。過去の記憶がないせいで、他人との距離を測りかねていた蘇芳にとっては、気にかけてくれる存在がいるというのは、本当にありがたい。

一部の人にはウザがられるだろうけど、蘇芳のように助けられた人も多いはずだ。

「それで、助教の先生がおれたちに訊きたいことって何ですか?」

言ったのは伸介だった。いつもと変わらずクールな表情だが、口調から警戒しているのが分かる。

大学の助教から、訊きたいことがある――などと言われたら、誰だって身構えてしまう。

「君たちは、大学の近くの、多摩川沿いにある廃神社に、願掛けに行ったそうだね」

八雲が切り出すと、裕太と伸介が顔を見合わせた。口に出さずとも、なぜ、そのことを知っているのか疑問視しているのが分かる。

「さっき、橘供花という霊媒師に会ってきた。彼女から聞いたんだ」

八雲が説明を加えると、裕太は「そういうことっすか」と納得の声を上げた。

「あのおばさん、怪しいっていうか、インチキっぽくなかったですか？」

「否定はしない。それで、君たちがやったという願掛けについて、詳しく話を聞きたいと思っている」

「なぜ、助教の先生が、そんなことに興味を示すんですか？」

伸介が冷ややかに問う。

「御子柴先生が興味を示したんだ。願掛けの噂がどのように広まったのかを分析することで、情報により人間をどの程度コントロールできるか検証したいらしい」

——完全な嘘だ。

だが、心霊現象を調査していると言うより、八雲の嘘の方が話がややこしくならなそうだ。

その証拠に、裕太も伸介も納得しているようだった。

「それで、君たちは、その噂を何処で聞いたんだ？」

八雲が訊ねると、裕太と伸介は顔を見合わせ、お互いに探り合っているようだった。やがて、口を開いたのは裕太の方だった。

「覚えてないっすね。何か、前からだった気がするんですけど、いつからかは、はっきりしません」

「願掛けに行こうと言い出したのは、誰だったんだ？」

「うーん。覚えてないっすね。中学のときのメンバーで、ファミレスに集まったときに、何となくそういう話になったんです」

「いつも同じメンバーなのか？」

「元々は、伸介が中学の柔道部のメンバー三人で集まってたんですよ。おれ、中学の途中で引っ越しちゃったんですけど、大学で伸介と再会して、交ぜてもらったって感じです」

「そうか。君たちは、願掛けとして社の中にある鏡を撮影したらしいが、その写真を見せてもらえるか？」

八雲が訊ねる。

「これです」

迷った素振りを見せつつも、伸介がスマホに写真を表示させ、八雲に見えるようにテーブルに置いた。

そこには古びた鏡が写っていて、鏡には〈金が欲しい〉と書かれていた。それが、伸介の願いだったのだろう。何とも彼らしい。

目を凝らすと、鏡の中に人の顔のようなものが写り込んでいるのに気付いた。明らかに伸介とは違う別の誰かだ。

「最初は、こんなの写ってなかったはずなんですけど、いつの間にか……」

伸介がそう言い添える。

「ここに写っている顔に見覚えは？」

か？」

「そうか。では、質問を変えよう。神社に足を運んだとき、おかしなことは起きなかった

「ないっすね」

八雲がスマホを返しながら訊ねると、裕太と伸介は考え込むような顔をする。しばらく沈黙していたが、伸介が口を開いた。

「おれが社に入ったとき、何か変な声が聞こえました」

「声？」

「呻いているみたいな声で、忘れるな――とか、罪がどうたら――とか、そんな感じでしたね。聞き間違いかもしれないですけど」

伸介が苦笑いを浮かべた。

彼の話を聞きながら、蘇芳は思わず悲鳴を上げそうになった。だが、八雲がそれを敏感に察して視線で制する。

今は、余計なことを言うな――ということだろう。蘇芳は顎を引いて頷き口を閉ざす。

「その声は、今も聞こえるか？」

「一人でいるときとか、聞こえることがあります」

「君はどうだ？」

八雲が、裕太に話を振る。裕太は、「おれは、全然っす」と明るく応じた。

「二人は、幽霊の姿自体は見ているか？」

八雲が別の質問を投げる。

これに関しては、伸介も裕太も「見ていない」と答えが一致していた。

「おれたちは、幽霊は見ていないっすけど、他の二人は見たって言ってました。それで、念の為ってことで、霊媒師のとこに行ったんです」

裕太の口調は明るかった。実際、何も起きていないのだとしたら、これといった危機感がないのも当然だ。

だが――。

蘇芳には、裕太と伸介の間に立っている幽霊の姿が見えている。

さっき、蘇芳が悲鳴を上げそうになったのは、幽霊の姿が見えてしまったからだ。

供花のところにいたのと同じ、右の頬に黒子のある少年の幽霊で、俯き加減に二人を睨みつけながら、ぶつぶつと何事かを呟いている。

不思議だった。睨んでいるのに、その目は悲しみに満ちているように見えた。

「君は、怖くないのか？」

八雲が訊ねると、裕太がキョトンとした顔で首を傾げた。

「別に怖くはないっすね。実際、見ていないものに驚いても、仕方ないじゃないですか」

「友だちの一人が死んだのに？」

八雲が、ひと言付け加えると、裕太が眉を顰《ひそ》めた。

「は？　どういうことですか？」

「君たちと一緒に願掛けに行った遠藤健作という人物が亡くなった。知らなかったのか？」

八雲が言うと、裕太は「遠藤が？」と信じられない様子で声を漏らした。伸介も血の気の引いた顔で「嘘だろ……」と呟く。

「遠藤は、何で死んだんですか？　霊媒師の言っていた呪いって、マジなんすか？」

しばらくの沈黙の後、普段クールな伸介が上擦った声で言った。

「悪いが死因については、まだ詳しいことは分かっていない。だが、遠藤健作という青年が亡くなったのは事実だ」

「そうっすか……」

「それから、もう一つ」

八雲が、ぐっと目に力を入れながら人差し指を立てた。

「何ですか？」

「さっき、オッドアイは生まれつきだという話をしたが、ぼくの赤い左眼には、死者の魂——つまり幽霊が見える」

八雲が声のトーンを落として言う。

裕太と伸介は、呆気に取られたのか、目をぱちくりさせている。困惑する二人を嘲るように、八雲は話を続ける。

「今、君たちの背後に幽霊がいる——」

八雲の言葉に反応して、裕太と伸介が背後を振り返る。だが、二人の目には、何も映らなかったらしく、益々困惑した表情を浮かべる。

「嘘ですよね？」

「そうっすよ。そういう冗談止めて下さい」

裕太と伸介が、口々に声を上げる。

それを見て、八雲はにっと口角を上げた。それは、途轍《とてつ》もなく不気味な笑いに見えた。

蘇芳は、その表情を見て、八雲の意図を悟った。

さっきは、幽霊のことに言及しないよう蘇芳を制したのに、このタイミングでそれを明かしたのは、二人がもっとも恐怖を感じる瞬間を狙ったのだ。

多分、そうやって動揺させることで、より多くの情報を得ようとしている。

「本当のことだ。年齢は、学生服を着ているから、多分、中学生だ。十三歳くらいかな。痩せ型で右の頬に黒子がある——心当たりはあるか？」

八雲が訊ねると、裕太と伸介はお互いに顔を見合わせた。

「覚えがないですね」

伸介が答える。

「おれも、ちょっと分からないです」

続けて裕太が言った。

「そうか。何か思い出したら、蘇芳に連絡してくれ」

八雲は、それだけ言うと、蘇芳に目配せをして、さっさと歩いて行ってしまった。

それと同時に、裕太と伸介の間に立っていた少年の幽霊も、すうっと風景に溶けるように消えた。

あの少年の幽霊は、八雲を追いかけているのではないか——と思ってしまった。

「てか、あの人何？　いきなり幽霊がどうしたとか、マジで頭おかしいんじゃねぇの？」

八雲が食堂を出て行くのを見届けたあと、伸介がぼやくように言った。

「でも、頬に黒子がある少年って……」

「そんなわけねぇって！」

言いかけた裕太の言葉を、伸介が掻き消した。

「だけどさ、遠藤が死んじゃったんだろ。だったら、これってやっぱり、呪いなんじゃないのか？」

そう言った裕太の声は、微《かす》かに震えていた。

「呪いなんてねぇよ。てか、蘇芳も、あんま変なことに関わらない方がいいぞ。あの助教、マジで怪しい」

「分かった。気を付けるよ」

蘇芳は、苦笑いとともに返事をすると、「また連絡する」と告げ、席を立った。

「どうだった？」

食堂を出たところで、八雲に声をかけられた。

やはり八雲は、敢えて自分が席を外すことで、裕太と伸介が、どういう反応をするのか蘇芳に確かめさせようとしたのだろう。

「確証があるわけじゃないですけど、二人は、幽霊の少年のことを、知っているかもしれません」

論拠を示せと言われると困るが、蘇芳はそう感じた。

「なるほど。やはり、これは呪いなのかもしれないな――」

「呪いなんて、本当にあるんですか？」

幽霊の存在は受け容れたが、呪いとなるとまた話は別だ。アニメじゃあるまいし、呪いが実在するなんて話は信じられない。

「呪いというのは、言葉だとぼくは思っている」

「言葉？」

「そう。言葉というのは、人を縛る効力がある。何気ないひと言が、誰かのトラウマになり、追い詰めてしまうことだってある。場合によっては、自ら命を絶つほどの効力を持つ――」

「それが呪い？」

「ぼくは、不用意に蘇芳に対して、見えているものが幽霊だと言ってしまった。そのせいで、蘇芳は、自分の見ているものに対して疑いを抱いてしまった。そうやって、人の人生を変えてしまう力を持っている」

「斉藤さんは、ぼくに呪いをかけた――ということですか？」

「ある意味ではそうだ」

八雲が言わんとしていることは、何となく分かる。

些細なひと言が、場合によっては相手の人生を大きく歪めてしまうことがある。それを知っているからこそ、八雲は初めて会ったとき、蘇芳に幽霊のことを口にしたことを後悔しているのだ。

あの言葉がきっかけで、蘇芳は自分の見ているものに疑問を抱いた。そして、今は、それが幽霊だということを認識してしまった。

あの言葉が蘇芳の人生を変える呪いになったのだと考えているのだ。でも――。

「斉藤さんは、呪いのつもりで言ったんですか？」

蘇芳が疑問を呈すると、八雲が驚いたように眉を吊り上げた。

「いや……」

「だとしたら、あのときの言葉を、呪いにするのか、救いにするのかは、ぼく次第ということですよね？」

「面白いことを言うな」

八雲が、ふっと笑みを浮かべた。

彼が笑うところを見るのは、初めてだったかもしれない。

「別に、笑わそうと思ったわけでは……」

「分かっている。蘇芳の言う通り、受け取る側の問題というのはもっともだ。だが同時に、発した者の責任として、呪いに辿り着かないように導かないとな」

「……」

蘇芳は、どう返答していいのか分からず、押し黙るしかなかった。

最初は、八雲のことを、ぶっきらぼうで、何を考えているのか分からず、飄々《ひょうひょう》とした人物だと思っていた。

だが、今は、違う印象を持っている。彼は、繊細すぎるくらい繊細で、潔癖で、他人に対してだけでなく、自分に厳しいのだ。

そして――優しい。

和心はマンションの縁石に腰掛けて、ふうっと長いため息を吐いた——。

「まったく。面倒なことを押し付けやがって」

自然と愚痴が零れる。

八雲からは、このマンションの住人に聞き込みをしておくように言われた。訊ねる内容は二つ。

一つは、夜中に不自然な物音を聞いたことがあるか？　もしあるのだとしたら、何処から聞こえてくるのか？

そしてもう一つは、スマホやテレビの電波が乱れるようなことがあるのか？

しかも、集めた情報を部屋番号別に分類しておけ——という、何ともややこしい内容のものだった。

この質問が、何を意味するのかは分からない。まあ、何れにしても、和心は警察官時代から、こうした地道な聞き込み捜査が大嫌いだった。性に合わないのだ。

ただでさえ面倒だというのに、今の和心は警察官ではないから、当然、警察手帳を持っていない。制服の代わりに法衣という姿だ。

行く先々で怪訝な顔をされ、信頼してもらうのに苦心した。中には、警察に通報しようとする奴までいて、本当に散々な目に遭った。

不在にしている家も多かったが、一通りの情報収集は終わったので、八雲に報告するか――と立ち上がったところで、三十代くらいの男に声をかけられた。

体つきががっしりしていて、耳が潰れている。柔道耳というやつだ。

「無断で敷地に入らないで下さい」

いやに高圧的な態度だ。

「あんた誰だ？」

「誰って、この物件を管理する、不動産会社の者です」

男は、そう言って首から下げた顔写真付きの社員証を見せてきた。

会社名と隈井陸也《りくや》という名前が確認出来た。

――ここで直接顔を合わせることになるなら、わざわざ石井に不動産会社のところに行ってもらう必要はなかったかもしれないな。

「で、何の用だ？」

和心が訊ねると、隈井は呆れたようにため息を吐いた。

「何の用だ――はこちらの台詞《せりふ》です。お坊さんの恰好をした、不審な人物がうろついていると連絡があったのですが、あなたのことですよね？」

警察への通報は回避していたが、不動産会社には、連絡が行っていたようだ。

「おれが不審者に見えるか？」

「見えますね」

――はっきり言ってくれるじゃねぇか！

「別に、おれは怪しいもんじゃねぇよ。このマンションで起きている心霊現象を解決するように依頼されて、わざわざ調査をしてやってんだから、感謝して欲しいもんだ」

和心が主張すると、隈井は怪訝な表情を浮かべる。

「誰が、そんな依頼をしたんですか？」

「事故物件に住んでいる住人だよ」

「紀藤心音さんから、頼まれたんですか？」

確か、そんな名前だった気がする。和心は、「そうだよ」と吐き捨てるように言った。

「それは、本当ですか？　この前、話を聞いたときは、そんなことを言っていませんでしたけど」

「お前に、どう答えたかなんて、おれは知らん」

「紀藤さんは、どんな心霊現象に悩まされていると言っていましたか？」

「幽霊を見たとか、物音がするとか、電波が乱れるとか、そんな感じだったはずだ」

「そんなことが……」

隈井が苦い顔をした。

「とにかく、そういうわけで、おれは心霊現象を調査しているってわけだ」

「今すぐ止めて下さい」

「どうして？」

「どうしても、こうしてもありません。もし、心霊現象が起きているのであれば、管理会社であるうちを通して下さい。こちらから、然るべき人に頼んで対応します。あなたのような、怪しい人に出入りされるのは迷惑です」

隈井がまくし立てるように言った。

自社物件で妙な噂が立つのは望ましくないという隈井の気持ちは、分からんでもないが、言い方が気に入らない。

「ごちゃごちゃうるせぇよ。出て行けばいいんだろ。出て行けば」

「それから、金輪際、紀藤さんにも近付かないで下さいね」

隈井が睨み付けるような視線を向けてきた。

単に管理会社の人間だからというだけでなく、隈井は心音に個人的に好意を持っているのかもしれない。

何れにしても、うるせぇ野郎だ。

和心が、マンションの敷地を出ようとすると、真っ青な顔をした金髪の青年とすれ違った。

何となく、その青年を目で追うと、さっきの隈井と知り合いらしく、何やら話をしていた。

あの金髪も、このマンションの住人かもしれないな。

マンションの敷地を出て、幾つか角を曲がったところで、和心はスマホを取り出し、八雲に電話をかけた。

いつもなら、コール音が鳴り響くばかりで、電話に出ようとしないのだが、さすがに今は、調査中の案件があるからか、すぐに電話に出た。

〈何の用ですか?〉

——相変わらずの電話応対だ。

「何の用――じゃねぇよ。お前に頼まれた件の報告だろうが！」

〈いちいちデカい声を出さないで下さい〉

「うるせぇ！　こっちは、大変な目に遭ったんだぞ！」

〈はいはい。それは良かったですね〉

小バカにしたような八雲の言いように、腸《はらわた》が煮えくり返る思いだったが、反論したところで、百倍になって返ってくるだけだ。

「まあいい。それより、頼まれていた件だが、一応、情報は集めたぞ」

〈後藤さんにしては、早かったですね〉

「ひと言余計だ。とにかく、今から言うぞ」

〈あ、それなんですが、この後、情報を整理するために、一度、第七研究室に集まることになっているので、そのときにお願いします〉

「は？　集まる？　聞いてねぇぞ」

〈そりゃそうでしょ。言ってませんもん〉

――コイツは！

目の前にいたら、ぶん殴っているところだ。

〈では、そういうことで〉

八雲が電話を切ろうとしたので、和心は慌ててそれを引き留めた。

「ちょっと待て。例の橘供花って霊媒師には会ったのか？」

〈ええ。会いました〉

「で、どうだった？　呪われているのか？」

和心が訊ねると、八雲は聞こえよがしにため息を吐いた。

〈相変わらずアホですね〉

「は？　何がだ？」

〈何度言わせるんですか。ぼくは、幽霊が見えるだけなんです。呪いの有無なんて、知りませんよ〉

――まあ、それはそうか。

確かに、今のは和心の質問の仕方が悪かった。

「あの霊媒師は、幽霊にとり憑かれているのか？」

〈ええ。彼女には幽霊が憑いています〉

「そうか……」

実際に、呪われているかどうかは分からないが、幽霊が憑いているとしたら、このままにしておくことは出来ないな。

「それで、あの霊媒師は、どうするんだ？」

訊ねてみたが、返答はなかった。それもそのはず、電話はとっくに切れていた。

13

蘇芳が、第七研究室のドアを開けると、「お帰り」という女性の声が迎えた――。

「え？」

目を向けると、ソファーに座った心音が、紙パックのカフェオレにストローを挿して飲んでいた。

「君は、ここで何をやっているんだ？」

一緒に部屋に入った八雲が、嫌悪感の籠もった声を上げる。

「何って言われても、家に帰るなって言ったのは、斉藤助教ですよね？」

心音は、相手が八雲であっても、まるで物怖《ものお》じしない。

「そうだが、ここは研究室だ」

「知ってます」

心音のストローから、じゅじゅっと音がした。

「だったら、今すぐ出て行ってくれ」

「よく平気でそんなことが言えますね。斉藤助教は、ここを自宅代わりにしているらしいじゃないですか」

「ぼくは、御子柴先生に許可を得ている」

「私だって、ちゃんと許可を取りましたよ。鍵も借りてますし」

心音は、キーホルダーの付いた鍵を、指先でぐるぐると回してみせた。

どうやら、彼女は避難先として第七研究室に目を付け、事前に御子柴に根回しをしたようだ。

「まったく。あの人は、何を考えているんだ。助教と女子学生が、同じ部屋で生活するわけにはいかないだろ」

八雲が、苛立たしげにガリガリと髪を掻いた。

「え？　御子柴先生が言ってましたよ。斉藤助教は、特定の女性にしか興味がないので、人畜無害だって」

「そういう問題じゃない。周囲の目があるだろ。妙な誤解を招く」

八雲の言い分はもっともだ。

たとえ、本人たちが同意していて、実際に何も無かったとしても、勝手に一人歩きするのが噂というものだ。

「その点も、心配ないって御子柴先生が言ってました」

「は？」

「斉藤助教は、彼女の家に行けばいいって。っていうか、斉藤さん彼女いるんですね。あんまりそういうイメージなかったです」

「余計なお世話だ」

八雲が、苦々しい顔で舌打ちをした。

「というわけで、斉藤助教から帰宅の許可が出るまで、私はここで生活します。斉藤助教が、どうするかはご自由に。私は、別に一緒に寝てもいいですけど」

「そんなことするわけないだろ」

憤慨したように言ったあと、八雲はスマホを持って一度部屋の外に出て行った。もしかしたら、今話題に出た彼女に連絡をしているのかもしれない。

「ねぇ。蘇芳君は、斉藤助教の彼女って知ってる？」

心音が空になった紙パックを、バスケットのシュートの要領でゴミ箱に放りながら訊ねてくる。

放物線を描いた紙パックは、綺麗にゴミ箱の中に入った。

「確認はしていないけど、多分、会ったことはあると思う」

明言こそしていないが、川で溺れたとき、一緒にいたショートカットの女性が、そうだと思う。

「どんな人？」

「綺麗で優しそうな人だった。春みたいな感じ」

「春？　表現が独特で分かんない。もっと何かないの」

「うーん。包容力がある感じかな」

「それは分かるかも。斉藤助教の彼女なんだから、相当に心が広くないと無理だろうしね」

心音が笑いながら言ったところで、八雲が部屋に戻って来た。

「他人の噂話をするときは、もう少し声を落とした方がいい」

八雲に睨まれた。

どうやら、聞こえていたらしい。

「す、すみません」

「君が、部屋に戻れるようになるまで、ここで生活することは、仕方がないので了承することにした。だが、これからここに客を呼んでいる。その人たちが帰るまで、別の場所で時間を潰してきてくれ」

「嫌です」

八雲の指示に、心音が即答した。

「我が儘を言うな」

八雲が睨みを利かせるが、心音はやはり動じない。

「別に我が儘じゃありません。これからここに集まって話すのって、心霊事件に関することですよね。だったら、私も当事者です。ここで、一緒に参加させてもらいます」

「ダメだ」

「どうしてですか？」

「警察の捜査情報に関わるものもある。不特定多数の人間に、話を聞かせるわけにはいかない」

「蘇芳君はいいのに？」

「彼には、助手として手伝ってもらっている」

「だったら、私も今から助手として手伝います」

「断る」

八雲が、強い口調で拒絶を示す。

それを見て、なぜか心音が勝ち誇ったような笑みを浮かべてみせた。

「別に斉藤助教に断られても、全く問題ありません」

「どういう意味だ？」

「私、御子柴先生から許可を貰っていますから。ぼくの代わりに、話を聞いておくように——と仰せつかっています」

「御子柴先生が、そんな話を許可するはずがない」

「それがあるんですよ。証拠です」

心音は、スマホを取り出し、予め録音しておいた音声を再生させた。

〈彼女に、第七研究室の使用を許可する。それから、ぼくの代わりに、今やっている心霊事件の調査に参加させるように——〉

流れてきたのは、紛れもない御子柴の声だった。口調からして、無理矢理喋らせたというわけでも無さそうだ。

第七研究室を使うことだけでなく、そこまで根回ししていたとは驚きだ。つまり、八雲が、どう反論したところで、意味が無かったということだ。

「これで分かりました?」

「なぜ、御子柴先生が、君にそんな特権を与える?」

「さあ?　私が優秀だからじゃないですか?」

他の学生が言ったら、傲慢ともいえる言葉だが、心音に関しては事実だ。

「彼女、首席なんですよ」

蘇芳が言い添えると、八雲が深いため息を吐いた。

「納得して頂けましたか?」

にっこり笑いながら言う心音に、八雲は「好きにしろ」と吐き捨てた。

八雲は心底嫌そうだが、蘇芳は心音の行動力に感嘆させられた。蘇芳のように、ただ待っているだけではない。目的を達成するために行動し、自分で運命を引き寄せる。そういう強さを持っている。

「何?」

心音が、蘇芳の視線に気付いたのか、こちらに目を向けた。

「いや。別に……」

慌てて目を逸らした蘇芳の耳に、ふふふっという少女の笑い声が聞こえた。

改めて心音に目を向けると、彼女のすぐ傍らに、例の少女の幽霊が立っていた。血塗れだというのに、その少女の幽霊は、本当に楽しそうに笑っている。

——君は、なぜ笑っているの?

心の内で問いかけるのと同時に、蘇芳の視界が白い光に包まれる。

その光の向こうに、走っている少女の背中が見えた。一人ではない。二人だった。彼女たちは、ちらっと蘇芳を振り返ると、早くおいで——という風に手招きをした。

——君たちは誰?

訊ねてみたけれど、答えは返ってこなかった。だが、蘇芳は、その二人の少女を知っているような気がした。

もしかしたら、蘇芳が失っている記憶の一部なのかもしれない。

「大丈夫か？」

八雲に声をかけられ、はっと我に返る。

「す、すみません。大丈夫です。ちょっと目眩《めまい》が……」

「そうか」

八雲が答えたところで、「邪魔するぜ」という声とともにドアが開き、法衣を纏った僧侶が部屋に入って来た。

心音のマンションのエントランスの前で顔を合わせた、和心という名の僧侶だ。

「邪魔だと分かっているなら、今すぐ帰って下さい」

八雲が、ドアを指差しながら言う。

「てめぇが呼んだんだろうが！」

「そうでしたか？　記憶にありませんね」

「いい加減にしねぇと、ぶち殺すぞ！」

和心は、八雲の胸倉を摑み上げる。八雲は、抵抗するでもなく、黙って和心を見ている。心音も、止めるでもなく、ニヤニヤしながら二人のやり取りを傍観していた。

このままでは収拾がつかなくなりそうだったので、仕方なく蘇芳は「暴力はよくないと思います」と、間に割って入ることにした。

「もっと早く止めろってんだ！」

せっかく仲裁に入ったのに、蘇芳は和心から理不尽な責めを受けることになった——。

14

和心は、八雲と並んでソファーに座り、その向かいには、蘇芳と心音が座った。

マンションで顔を合わせたときは、二人のことを、単なる心霊現象の解決を頼んだ依頼者として認識していたが、話を聞いてみると、色々と事情がありそうだった。

特に、蘇芳の方だ――。

言われてみれば、彼の眼は、わずかに赤みがかっているように見える。

何でも、蘇芳は八雲と同じように、幽霊が見えているらしい。しかも、つい最近まで、それを幻覚だと認識して生きてきたそうだ。

八雲と出会い、自分が見ているものが、幽霊なのだとようやく認識した。

おまけに、中学に入学する前の記憶が一切なく、自分の両親がどういう人物だったのかすら覚えていないらしい。保護者である叔父に何度か訊ねたことがあるようだが、「思い出さなくていいこともある」と、何も教えてもらっていないという。

おそらく、叔父は蘇芳に何があったのかを知った上で、過去のことを封印したままでいようとしている。

そうする理由は、一つしか考えられない。

蘇芳が抱えている過去は、決して楽しいものではないということだ。もしかしたら、彼が見えることと、何か関係があるのかもしれない。そうだとすると、この先、蘇芳が幽霊と向き合っていくことで、自分の過去と対峙する瞬間が訪れるだろう。

それは、想像を絶する苦難の連続となるかもしれない。だが。

――大丈夫だ。お前には八雲がいる。

和心は、蘇芳に目を向けながら内心で呟いた。

きっと八雲は、蘇芳にかつての自分を重ねたのだろう。だから、自分の近くに置くという選択をした。

「自己紹介は、これくらいにして、そろそろ本題に入りましょう」

八雲が、そう切り出した。

そうだった。今後のこともあるが、まずは、目先の心霊事件をどう解決するか――だ。

「そうしよう」

「それで。何処まで情報が集まったんですか？」

八雲があくびを嚙み殺しながら、和心に訊ねてきた。

「偉そうに言うな。こっちは、マンションの不動産会社だか何だかの男に絡まれて、大変だったんだよ」

和心がぼやくのを聞き、心音が「それって隈井さんですか？」と口を挟んできた。

「ああ。確か、そんな名前だった」

「親切ではあるんですけど、恩着せがましくて、苦手なんですよね」

和心の印象と、心音が抱いたそれは違っている。

まあ、それもそうか。たいがいの男は、容姿のいい女性の前で、いい格好をするものだ。

「ぼくは、集めた情報について、説明して欲しいと言っているんです。関係ない人の話は止めて下さい」

八雲が、ぴしゃりと言う。

「分かってるよ。せっかちな野郎だ」

「後藤さんに言われたくないです」

——まあ、それはそうだ。

和心も、どちらかと言えばせっかちな方だ。さっさと説明してしまおう。

「マンションの他の住民に話を聞いたところ、幾つかの部屋で、お前が指摘したような、物音や電波のノイズがあったと証言している。一応、証言が取れた部屋は、ここに纏めてある」

和心は、懐から折り畳んだ紙を取り出し、テーブルの上に広げた。

「字が汚いですね。これじゃ読めませんよ」

八雲が文句を言いながらも、メモを確認する。

——うるせぇよ！

反論したいところだが、字が汚いのは事実だから仕方ない。和心は、口頭での説明に切り替えた。

「物音とノイズの両方が確認出来たのは、真上の４０３、横の３０２の二部屋。物音はないが、ノイズだけということになると、４０２、４０１、２０３、２０２の四部屋が加わる」

「４０３の住人は、物音は床下から聞こえると言っていませんでしたか？」

八雲が質問してくる。

「ああ。そう言っていた」

「で、隣の302の人は、天井から音がすると言っていた。違いますか？」

「よく分かったな。お前は、何か摑んだのか？」

「そのうち分かりますよ。それともう一つ。霊障が発生した時期は、何時頃《いつ》からだと言っていましたか？」

八雲は、和心の質問をスルーして別の質問を投げかけてくる。

「結構、前かららしい。一年以上前だって言ってる住人もいた」

「分かりました。あと、石井さんが調べた情報もバックして下さい」

ここに来る前に、石井とは電話で話をして、分かっている情報も共有している。

「不動産会社の話だと、303号室は、元々大きな部屋だったんだが、それを二つに別けたらしい」

「やはり、隣の304は後付けってことですね」

「そうだ。別けた理由についてだが、五年前に住んでた家族の息子が、首吊り自殺をして、事故物件になったことで、借り手がつかなくなったらしい」

「分割することで、片方は事故物件ではないと主張したわけですね。不動産ではよくやる手です」

「らしいな。分割したことで、304号室は事故物件扱いになったが、303号室は、事故物件としては扱わなかった。ところが、半年ほど前に、そこに住んでいた一人暮らしの女性が、風呂場で溺死し特殊清掃が入った。結局、304号室も303号室も事故物件になっちまったってわけだ」

心音の部屋では、二人の人間が亡くなっていたということになる。それは、もう――。

「呪いですね」

蘇芳が、掠れた声で言った。

和心も同じことを考えていた。ここまで来ると、呪いとしか言いようがない。

幽霊に物理的な影響力はない。だが、憑依したりして、その言動を操ってしまうことはある。

或《あ》るいは、あの部屋に住み続けることで、精神に何らかの影響を受けた借り主が、自殺や溺死を引き起こしたという可能性も、充分に考えられる。

「その結論を出すのは、まだ早いです」

「だけど……」

「石井さんには、他にも頼んでいることがありましたよね。そっちは、どうなりましたか？」

八雲が和心の言葉を遮って、訊ねてくる。

棘のある言い方に腹は立つが、ここであだこうだ言っても始まらない。和心は、咳払いをしてから、メモした内容を伝えることにした。

「霊媒師の橘供花だが、本名は、古田順子というらしい。年齢は四十九歳。保険の外交員として働いていたが、五年前に退職している。その一年後に、夫とも離婚しているようだ」

「子どもはいなかったのですか？」

「いたらしいが、戸籍上は死別ということになっている。詳しいことは、今、石井が確認中だが、彼女は離婚前に、あのマンションに住んでいたことが判明した。しかも、部屋番号は３０３だ」

和心が告げると、八雲の表情が一変した。

「五年前に自殺した息子というのは、供花さんの子どもだった……」

「ああ。その可能性が極めて高い」

「供花さんは、敢えてあのマンションを事務所兼住居にしているのでしょうね」

「だろうな」

かつて、家族で時間を過ごしたマンションに、彼女はなぜ舞い戻って来たのか？　その理由にこそ、今回の事件の肝がある気がする。

「彼女が、引っ越して来たのは、何時頃《いつ》なんですか？」

「一年ほど前だそうだ」

「その頃は、３０３号室にはまだ別の住人が住んでいたのか……だから、仕方なく空いていた八階に居を構えた……」

八雲が顎をさすりながら、ぶつぶつと呟く。

「状況から考えて、供花や学生たちが体験した心霊現象と、事故物件は繋がっているはずだ」

和心が言うと、八雲はガリガリと寝癖だらけの髪を掻いた。

「それを確かめるためにも、まずは、彼女の部屋で起きている問題を片付けた方が良さそうですね」

八雲が心音に目を向けた。

「私の除霊をするってことですか？」

心音が驚いたように声を上げる。

「完全ではないが、問題の一つを片付けることで、精査することは可能だ。いつまでも、君にここにいられるのも迷惑だしな」

「どういう意味ですか？」

「言葉のままだ。さっさと、この部屋から出て行って欲しいと言っているんだ」

「ええ？　私、ここ結構、気に入ってるんですけど」

心音が不貞腐《ふてくさ》れたように口を尖らせたが、八雲はそれを無視して立ち上がった。

15

「どうぞ——」

心音に招かれるかたちで、蘇芳は再び彼女の部屋に足を踏み入れた。

部屋の配置は、何も変わっていないのだが、夜になったせいか、やけに室内が暗く感じる。

後から、八雲と和心の二人も部屋に入って来た。

物がほとんどないとはいえ、四人もの人間が入れば、密度が上がって圧迫感がある。

「さて——始めますか」

八雲は、気怠げに言いながら、寝癖だらけの髪をガリガリと掻いた。

除霊をするというのに、まるで散歩に行くような気軽さだ。

「あの。ぼくは、何をすればいいんですか？」

蘇芳は不安と共に訊ねた。

「今回は、何もしなくていい」

「え？」

「さっき、除霊と言ったが、幽霊を祓うわけじゃない。いわば、鼠《ねずみ》を追い出す作業だな」

「鼠？」

――何のことだか、さっぱり分からない。

さらに説明を求めようとしたのだが、八雲は和心の許に歩み寄り、彼に何やら耳打ちをした。

和心は、心得たという風に頷くと、黙って部屋を出て行ってしまった。

――どういうことだ？

「では、始めるとしよう。まず、この部屋で起きている心霊現象だが、物音が聞こえたり、テレビにノイズが走ったりする、いわゆる霊障と呼ばれるものと、彼女に憑いている血塗れの少女の幽霊の二つだ」

八雲が、指を二本立てながら言う。

心音が「そうですね」と頷くのを待ってから、八雲はさらに話を続ける。

「さっき調べてもらって分かったことだが、霊障については、この部屋以外でも確認されている。だが、幽霊の目撃証言については、この部屋だけだ。ここまでは分かるな？」

八雲に視線を向けられたので、蘇芳は頷いて答えた。

「さらに、調査をしたところ、この部屋――正確には隣の部屋も含まれるが、とにかく、ここで亡くなっているのが確認されているのは二人。一人は、中学生の少年。もう一人は、二十代の女性」

「そうでしたね」

「ここで、蘇芳に質問だ。彼女に憑いている幽霊は、この二人に該当するか？」

「いえ。ぼくに見えているのは、十二、三歳くらいの血塗れの少女です」

蘇芳は、答えながら心音に目を向けた。

彼女の傍らには、今も十二、三歳くらいの血塗れの少女が立ち、小さく笑みを浮かべている。

「ぼくにも、同じ人物が見えている。君が見たのも、同じ少女なんだろ？」

八雲が心音に目を向ける。

心音は、「そうですね」と頷いてみせる。

「ということは、この物件で亡くなった人と、彼女に憑いている幽霊は、一切関係がないということになる。少女の幽霊は、物件ではなく、君自身に憑いているということだ」

「まあ、そうなりますね」

心音が口を尖らせるように言った。

「君は、最初からそのことを、分かっていたんだろ？」

八雲が、目を細めて心音を見据える。

「ノーコメントで」

心音は、おどけたように、顔の横で手を振った。

最初から知っていたとは、いったいどういうことなのか？　訊ねようとしたのだが、それを遮るように八雲が話を進めてしまう。

「まあ、そのことはいいだろう。次に、霊障について、他の部屋でも確認されているが、さらに分類することが出来る」

「分類ですか？」

蘇芳が聞き返すと、八雲は「そうだ」と応じる。

「まず、電波障害を引き起こしている霊障だが、これは、多くの部屋で確認されている。４０１、４０２、４０３、３０２、２０２、２０３の六部屋だ」

「そうですね」

「だが、物音ということになると、真上の４０３と隣の３０２の二部屋に絞られる」

「それが、何か関係があるんですか？」

「大いに関係ある。幽霊によって、電波干渉が引き起こされることはあるが、ぼくの経験上、それは微弱なものであり、影響を及ぼすのは、せいぜいこの部屋の中くらいだ」

「でも、今回は、広範囲に広がっていますよね？」

「そうだ。なぜだと思う？」

「例えば、幽霊が動き回っていて、色んな部屋で電波干渉を引き起こしたとか？」

蘇芳が思い付いた可能性を口にすると、八雲は小さく笑みを浮かべた。

「考え方としては悪くない。だが、そうだとした場合、辻褄《つじつま》が合わないことが出てくる」

「何ですか?」

「幽霊は、このマンションに思い入れがあるのではなく、彼女自身に憑いているんだ」

八雲が心音を指さした。

そうだった。最初に、心音に憑いている幽霊は、このマンションで亡くなった人ではないと定義したばかりだった。

「心音さんが、足を運んでいない部屋に、頻繁に現れるのはおかしい——ということですね」

「そうだ。次に、物音についてだが、真上の403の住人は、床下から音がすると証言している」

八雲が、天井を指差しながら言った。

「そうですね」

「で、隣の302の住人は、天井からだと答えている。君は、何処から音が聞こえる?」

八雲が訊ねると、心音がすっと天井を指さした。

「聞こえるのは、あのあたりです」

心音の答えに満足したのか、八雲はにっと笑みを浮かべた。

「これらの事象を組み合わせると、一つの可能性が浮かび上がる」

「それは、何ですか?」

蘇芳が勢い込んで聞き返すと、八雲は笑顔を引っ込めて目を細めた。

「電波干渉が、幽霊の仕業ではなく、盗聴器や盗撮カメラの電波の影響だったとしたらどうだ? 聞こえてくる物音が、誰かが実際に天井裏を這い回っている音だとしたら?」

「この部屋は、ずっと監視されてたってことですか？」

冷静な心音も、さすがにぞっとしたのか、自分の肩を抱くようにして震えていた。

「そうだ。この部屋が事故物件であることと、君自身に実際に幽霊が憑いていたことで、混乱させられたが、少なくとも、電波干渉や物音については、生きた人間の仕業だ」

電波式のカメラを仕掛け、盗撮していただけでなく、天井裏を動き回り、実際に心音の生活を盗み見ていたとしたら、それは許されざる行為だ。

「最低だ……」

「それをやったのは、このマンションの住人ってことですよね？」

心音が怒りに満ちた声で言った。

確かにその通りだ。盗撮だけなら、電波を飛ばして遠隔から実行できるが、天井裏を動き回るためには、実際に建物の中に入らなければならない。

上の階から床を剝がして侵入するのは、現実的とはいえない。そうなると、同じ階の住人が容疑者ということになる。

「同じ階の住人に話を聞けば、犯人を見つけられるかもしれません」

蘇芳が提案すると、八雲は「その必要はない」と一蹴した。

「どうしてですか？」

「考えてもみろ。マンションタイプの建物の構造で、天井裏が繫がっているはずがないだろ」

「確かにそうですね」

防音や断熱の観点から、マンションの部屋同士の天井裏は、繫がっていないのが普通だ。でも、だとしたら——。

「但し、この階で天井裏が繋がっている場所があるだろ」

八雲は、そう言って３０４号室側の天井を指さした。

——ああ。そうか。

３０３と３０４は、元々は一つの部屋だった。それが、事故物件になってしまったので、後付けで分割したのだ。

つまり、他の部屋と違い、天井裏が繋がっているということだ。

「でも、３０４号室は空室なんですよね？」

「だから、身を潜めるのに都合が良かったんだ。事故物件ということもあって、誰も近付かないしな。そこに身を潜めながら、ずっと彼女の生活を監視していたんだ」

八雲の説明を聞き、心音の顔からすっかり血の気が引いていた。

自分の生活が、誰かに監視されていたなんて、そんな恐ろしいことはない。心音の心情は察するに余りある。

「でも、いったい誰が？」

蘇芳には、そこが分からなかった。

空室になっている事故物件なら、確かに部屋の前には、誰も近付かないかもしれない。だが、このマンションのエントランスはオートロックになっている。部外者が出入りしていれば問題になる。

それに、そもそも部屋の鍵はどうしたのだろう？　事故物件とはいえ、ドアの鍵を開けっぱなしにしているはずがないのだ。

「別に、難しい話じゃない。あの部屋の鍵を自由に持ち出すことが出来て、マンションに出入りしていても、不審に思われない人物がいるじゃないか――」

八雲が言い終わるやいなや、「どけ！　殺すぞ！」という凄《すさ》まじい怒声が外から聞こえてきた。

16

「304号室のドアを見張っておいてください――」

それが、和心が八雲から受けた指示だった。

どうして、空き室になっているはずの304号室を見張る必要があるのか？　和心にはその理由が分かっていない。説明を求めたところで無駄だろう。八雲は、和心に対してちゃんと事情を説明したことなどない。

いつだって、訳が分からないまま利用されてしまう。だが、それでも、和心が大人しく言うことを聞くのは、八雲を信頼しているからだ。

などと考えていると、突然、304号室のドアが開いた。

中から出て来たのは不動産会社の隈井だった。額にびっしょりと汗を浮かべ、ボストンバッグのようなものを抱えている。

和心と目が合うと、ぎょっとした顔をして動きを止めた。

「おい。お前――」

和心が近付こうとすると、隈井はボストンバッグを捨て、ポケットの中からナイフを取り出した。

刃渡り十センチほどのサバイバルナイフだ。体格にも恵まれているし、柔道をやっていただろうに、武器に頼るなんて情けない。

「どけ！　殺すぞ！」

隈井が叫ぶ。

何があったか知らないが、隈井をここから逃がしてはいけないということだけは分かる。おそらく、八雲はこうなることを予期して和心を外廊下に待たせ、３０４号室を監視させたのだ。

「どくわけねぇだろ。さっさと持ってるナイフを捨てろ」

言ってみたが無駄だった。

隈井は、血走った目を和心に向けると、「どけと言ってるだろ！」と叫びながら、ナイフを構えて突進してきた。

狭い通路なので、逃げ道はない。だが、動きが単調なので対処は容易《たやす》い。

和心は、身体を捻ってナイフを躱《かわ》し、そのまま隈井の腕を取り、一本背負いの要領で投げ飛ばした。

隈井は、どすんっと音を響かせながら、外廊下に仰向けに叩き付けられる。

腰を強く打ち付けたらしく、腰を押さえて「ううっ」と呻いたまま、動けなくなっていた。

「後藤さんにしては、上出来です」

303号室のドアが開き、八雲が顔を出した。

後から蘇芳と心音も出て来た。二人とも、隈井を心配する様子はなく、汚物でも見るような目で見下ろしている。

「何が上出来だ。隈井は、何だっていきなり襲ってきたんだ？」

和心が訊ねると、八雲は「何も知らずに、投げ飛ばしたんですか？」などと呆れ顔で言う。

「は？　てめぇが説明しなかったんだろうが！」

「てっきり、もう分かっているのかと思っていました」

八雲がニヤニヤしながら言う。本当にむかつく野郎だ——。

「分からねぇから訊いてるんだよ」

和心が詰め寄ると、ようやく八雲は、隈井が不動産業者の立場を利用し、304号室を不正に使い、隣に住んでいる心音を監視していたのだということを説明した。

八雲が、隈井の落としたボストンバッグを開けると、中から撮影機材と思われるものが、大量に出てきた。

——最低な野郎だ。

蘇芳や心音が、蔑んだ視線を向けるのも当然だ。

「救いようのねぇクズだな」

和心が吐き捨てるように言うと、隈井が腰を押さえながらも顔を上げた。

「おれは、何も悪いことはしていない。お前のことを、訴えてやる」

――こいつは、何を言っているんだ？

「盗撮は、悪いことなんだよ。お前には、そんなことも分からねぇのか？」

「違う！　おれは、心音ちゃんを守るために、彼女を監視していただけだ！　心音ちゃん。君なら分かってくれるよね？」

隈井は、心音の足にすがりつこうとしたが、彼女は素早く身を引いた。

「キモい」

――そりゃそうだ。

「後藤さん。とにかく、警察を呼んで彼を引き渡して下さい。おそらく、余罪が出てくるはずですから」

八雲の意見に賛成だ。だが――。

「余罪ってのは何だ？」

「303号室で、半年前に溺死した女性がいますよね」

「ああ。そういう話だった」

「彼は、その女性のことも、監視していたはずです」

「何だって？」

和心が驚きの声を上げると、八雲が呆れたようにため息を吐いた。

「気付いていなかったんですか？」

「気付くって何に？」

「霊障が確認された時期ですよ。彼女が引っ越してくる前から、周辺住民は、霊障を確認しています」

――そうだった。

周辺住民への聞き込みで、霊障はかなり前から発生していることが確認出来ている。霊障が、隈井の監視行動によって発生していたのだとすると、心音だけを狙った行動ではないということになる。

「つまり、こいつは、前の住民も監視していたってわけか？」

「でしょうね。３０３号室は、以前は事故物件ではありませんでした。不動産業者という立場を利用して、好みの女性を誘導したのでしょうね」

「おいおい。とんでもねぇカスだな」

和心は、座り込んでいる隈井を見下ろした。

「ついでに言えば、前の住民は溺死――ということでしたが、調べ直した方がいいと思います」

八雲が、しれっと恐ろしいことを言った。

「おいおい。そりゃ、どういう意味だ？」

「あくまで推測ですが、前の住民に自分の行いがバレた、或いは、想いを告げたのに、受け容れてもらえなかったからなのかは分かりませんが、歪んだ愛情が殺意に変わり、事故に見せかけて殺したという可能性があります」

「そう思う根拠は何だ？」

「簡単な話です。前の住民が亡くなったとき、発見が遅れて腐敗していたんですよね。ずっと監視していたなら、彼は気付いていたはずです」

「なるほど。殺人である可能性が出てくるってわけだ」

「な、何を言っているんだ！　おれが、そんなことするわけないだろ！　いい加減なことを言うな！　だいたい証拠がない！」

隈井が自分の髪を掻き毟りながら、喚《わめ》くように言った。

「証拠ならありますよ」

八雲が、鋭い眼光で隈井を見下ろしながら言う。

「え？」

「彼の持っている撮影機材の中に、データがあるはず。もしかしたら、前の住民を溺死させている様子が、映っているかもしれません――」

八雲が言い終わるや否や、隈井はボストンバッグに飛びつくと、それを抱えて再び逃亡を図った。

どうやら、八雲の推理は図星らしい。

機材を持って逃げようとしているのが何よりの証拠だ。だが簡単に逃げられると思ったら、大間違いだ。

和心は、すぐに隈井の身体を捕まえ、大外刈りで廊下に叩き付けた。

17

隈井は、駆けつけた警察官によって確保連行されていった――。

既に観念しているのか、抵抗することはなかったが、じっと心音を見つめていたのが、何とも不気味だった。

彼の罪状が何になるか分からないが、心音のためにも、出来るだけ長く刑務所で過ごして欲しいと思う。

「あの。一つ確認させて下さい」

蘇芳は、マンションの外に出たところで、隣にいる八雲に声をかけた。

「何だ？」

「心音さんに、部屋に戻らないように指示したのは、盗撮の可能性を視野に入れていたからですか？」

「そうだ」

八雲が即答した。

「だったら、そうだと最初に言って欲しかったです」

不満を口にしたのは心音だった。

確かに、彼女の言い分はもっともだ。可能性があると分かっていたなら、あの場でそれを伝えれば良かった。

「確証がなかった。あの段階で、盗撮の可能性を指摘し、それが隈井に気付かれれば、証拠隠滅をして逃亡するだろう。逃げ道を塞いでからでないと意味はない」

八雲は、そう言ったあと、ふあっとあくびをした。

気怠げに振る舞っているが、その言動はとことんまで計算されているようだ。凄いと感心すると同時に、蘇芳には、それが恐くもあった。

「何か釈然としないけど、まあ、逮捕されたのだから、それでいいです。これで、私の心霊現象は終わりってことですよね」

心音の言葉に、八雲が苦笑いを浮かべた後、「終わっていない」と呟いた。

それは、蘇芳も分かっていた。

心音の側には、今もなお、血塗れの少女が立っている。

「君には、まだ幽霊が憑いている」

「そうなんですか」

八雲の指摘に、心音は驚く素振りも見せずに応じた。

この態度が、蘇芳にはずっと引っかかっていた。心音は、最初から幽霊の存在を怖《おそ》れていない。

「ただ、君に危害を加えようとしているわけでは無さそうなので、放っておいても問題ないだろう」

八雲が、事もなげに言うので、蘇芳は驚いてしまう。

「本当に大丈夫なんですか？」

「ああ。むしろ、その幽霊は、彼女を助けようとしていたんだ」

八雲が、心音の側に立つ少女の幽霊を指さした。

「もしかして、心音さんに憑いていた幽霊が、『逃げて』と言っていたのは……」

「そうだ。盗撮されていることを知っていたからこそ、この部屋から逃げるように訴えていたんだ。隈井が盗撮以上の行動を起こす可能性もあったしな」

――そうだったんだ。

少女が血塗れなことで、恐ろしいものだと思い込んでいたが、外見の第一印象だけで判断してはいけないということだ。

ただ、そうなると、少し引っかかることがある。

「だとしたら、心音さんに憑いている幽霊は、いったい……」

蘇芳が質問しようとしたところで、和心がこちらに向かって歩いて来た。細身でメガネをかけたスーツ姿の男性も一緒だ。

スーツ姿の男性は、丁寧に世田町署の刑事の石井だと自己紹介した。蘇芳と心音も自己紹介をしつつ挨拶をする。

石井は、八雲たちと旧知の仲らしく、今回の一件について、簡単に事情を聞いた後、足早に制服警官たちがいる方に戻って行った。

「石井さんも、厄介なことを押し付けられて大変ですね」

八雲が、石井の背中に目を向けながらポツリと言った。

「押し付けたのはお前だろうが」

「よくそんなことが言えますね。元々、依頼を受けたのは後藤さんのはずです」

八雲の言いように腹が立ったのか、和心は舌打ちをしたが、すぐに表情を緩めて大きく伸びをした。

「何とでも言え。とにかく、これで一件落着だな」

「相変わらず呑気《のんき》ですね」

「は？」

「まだ、橘供花さんの一件が、片付いていないでしょう」

「あ、そうだったな……」

「まったく。いつまで冬眠しているつもりですか？」

「何だとてめぇ！」

八雲の胸倉を摑み上げた和心だったが、スマホに電話がかかってきた。舌打ちをしつつ手を離し、「誰だ？」と、ぶっきらぼうに電話に出た。

「あん？　何を言ってる？　一旦、落ち着け！　入ってくるってのは、どういうことだ？」

和心の態度が、さっきまでとは一変し、緊張感に満ちたものに変わる。

何を言っているかまでは判然としないが、電話の向こうから、取り乱した女性の声が漏れ聞こえてくる。

やがて、〈止めて！〉という一際大きな悲鳴が聞こえた。

「おい。どうした？　返事をしろ！」

和心は、必死にスマホに呼びかけるが、既に電話が切れているらしく、何の応答もなかった。

「何があったんですか？」

八雲も深刻な事態を察したようで、その表情から、いつもの気怠さが消えていた。

「供花って霊媒師からだ。幽霊が、部屋に入ってくるって騒いでいた。何かあったのかもしれない」

和心の説明を受けながら、蘇芳はマンションの最上階である八階に目を向けた。

ここからでは、外廊下が見えるだけで、部屋の中で何が起きているのかは分からない。ただ、建物自体が、異様な瘴気《しょうき》を帯びているように見えた。

「行きましょう」

八雲が言うなり、マンションのエントランスに向かって駆け出した。和心がその後に続く。

蘇芳も、心音と顔を見合わせてから後に続いた。

エントランスに到着したところで、心音がオートロックを開けてくれた。

中に入っていく八雲と和心に続こうとしたのだが、「君たちは、外で待て」と八雲に制されてしまった。

「で、でも……」

「嫌な予感がする。とにかく、ここにいるんだ」

八雲は、蘇芳を押しのけるようにして、中に入り、和心と一緒にエレベーターに乗り込んだ。

「表に回ってみよう」

呆然と見送っている蘇芳に、心音が声をかけてきた。

「あ、うん」

ベランダに面した道路に回ってみれば、何か分かるかもしれない。

蘇芳は、心音と一緒に駆け出した。

ベランダが見える正面の道路に出た蘇芳は、改めてマンションの八階を見上げる。

「何処なの？」

心音が訊ねてきたので、蘇芳は供花の部屋の窓を指差した。

電気が消えていて、真っ暗になっていた。

「あれ？　蘇芳に心音ちゃん」

急に声をかけられ、驚きつつ振り返ると、そこには三人の男性が立っていた。裕太と仲介。もう一人は知らない人物だ。年齢は同じくらいで、派手な金髪をしていた。

「裕太に仲介。どうしてここに？」

「いや、何か霊媒師のおばさんに、メッセージで呼び出されたんだよね。話したいことがあるって……」

「見せたいもの？」

蘇芳が聞き返したところで、急に、パリンッと何かが割れるような音が、夜の闇に響いた。

顔を上げると、供花の部屋のベランダの窓が割れていて、そこに女性らしき人が立っているのが見えた。暗くて、はっきりしないけれど、あそこに立っているのは、おそらく供花だろう。

「橘さん！」

蘇芳は声を上げる。

だが、彼女はこちらの声には反応しなかった。

風もないのに、ゆらゆらと身体を揺らしながら、そこに佇んでいる。

――八雲さんたちは、まだ到着しないのだろうか？

焦りで掌にじっとりとした汗が滲む。

やがて、供花らしき女性は、のろのろとした動きで、ベランダの柵を登り始めた。

もしかしたら、彼女は幽霊に憑依されているのかもしれない。蘇芳のときと同じように、我を失い、あそこから飛び降りようとしている。

「何しているんですか！　止めて下さい！」

蘇芳は、必死に叫ぶ。

「危ないから戻って！」

心音も、一緒になって声を上げる。

だが、供花にはその声は届いていないようだった。

彼女は、緩慢な動きでベランダの柵によじ登り、その上に立った。

「ダメだ！」

蘇芳が叫ぶと、一瞬だけ供花の動きが止まった。

そして――。

下にいる蘇芳たちを見下ろした。

彼女は、一人ではなかった。その脇には、あのときに見た、少年の幽霊も一緒に立っていた。

「ごめんなさい！　ごめんなさい！　ごめんなさい！」

供花は叫ぶように言ったかと思うと、そのままベランダから身を投げた。

バチンッと何かが弾けるような凄まじい音とともに、蘇芳のすぐ目の前に、供花の身体が落下した。衝撃で飛び散った血が、蘇芳の頬を濡らす。

その生温い感触を肌に感じながら、蘇芳は、封印されていた記憶の一端が紐解《ひもと》かれるのを感じた——。

第三章　呪縛

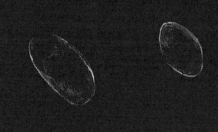

1

結衣子は、女性が遺体収納袋に入れられ、搬送されていく姿を黙って見ていた——。

何が起きているのか、結衣子自身あまり把握出来ていない。

ただ、石井に「ついて来て下さい」と指示され、訳も分からず足を運んだ結果、盗撮をしていた隈井という男を逮捕することになった。

いったいどういうことなのか？　石井に確認しようとしたのだが、そうこうしているうちに、今度は、ベランダから女の人が転落してきたのだ。

「また、あなたたち未解決事件特別捜査室ですか——」

嫌みったらしい口調で、声をかけてきたのは、前山田だった。隣には、腰巾着のように左近字の姿もある。

「お疲れさまです」

結衣子は、一応、挨拶を返しておく。

「飛び降りの通報をしたのは、あなたたち未解決事件特別捜査室だと聞きましたが、それは本当ですか？」

「はい。そうです」

結衣子が答えると、前山田が顎を突き出すようにして、睨め付けてくる。その目には、ありありと疑念が浮かんでいた。

「盗撮の容疑で、隈井という男を逮捕したのも、あなたたちなのですよね」

「ええ、まあ……」

「いったいどういう経緯で、逮捕に至ったのですか？　そもそも、こんなところで、何をしていたのですか？」

「詳しいことは、石井警部に聞いて下さい」

そう答えるしかなかった。

結衣子も、何がどうなっているのか、正確に把握していないのだ。

「その石井の姿が見えないので、あなたに訊いているんですよね」

前山田も、石井を見ていないのか。実は、結衣子も同じだった。女性の転落を通報した後、石井は何処かに姿を消してしまった。

まるで、何かから逃げるように――。

「答えた方が身のためですよ」

前山田に便乗して、左近字が挑発してきた。

誰かの陰に隠れていないと、文句も言えない肝の小ささに腹が立つ。

「黙れマザコン」

「だから、ママの悪口を言うな」

「けなしてるのは、ママじゃなくて、あんた自身よ。そんなことも分からないの？」

結衣子が突き放すように言うと、左近字が涙目になった。

こんなのが同期かと思うと、結衣子まで情けなくなってくる。

「そう感情的にならないで下さい。私はただ、何があったのかを知りたいだけなんですよ」

前山田が仲裁に入りつつも、結衣子に詰問してくる。

「現段階で、私からお答え出来ることは、何もありません」

逃げるように、その場から立ち去ろうとしたのだが、それを阻止するように、左近字が立ち塞がった。

前山田と挟み撃ちにされた恰好だ。これでは、容易に逃げ出せない。

「亡くなった女性は、先日、亡くなった遠藤さんと関係があったそうですね」

前山田が、質問を重ねてくる。

「そのようですね」

「あなたたちは、遠藤さんの件に執心のご様子でした。今回の件で、何か隠しごとをしているのではありませんか？」

「別に、何も隠していません」

結衣子は、きっぱりと言った。

嘘は吐いていない。本当に何も隠してはいない。ただ、思考が追いついていないだけだ。いや、それも違う。本当は、受け容れたくないのだ。

遠藤は心霊現象に悩まされていた。友人の矢作の証言では、そのことについて、橘供花に相談を持ちかけていた。

だが、除霊の甲斐《かい》なく遠藤は死んだ。当然だ。幽霊なんて存在しない。遠藤の死は、幽霊とはまったく無関係だ。

――本当にそうか？

遠藤の遺体からは、【タチバナキョウカ】と書かれた紙が発見されている。そして、それが犯行予告であったかのように、橘供花がマンションの自室から転落死した。

部屋の鍵はかかったままだった。第三者は介入していない。

正真正銘、供花は自殺だ。

疑うようなことではない。偶然が重なったに過ぎない。そう思おうとしているのに、どうしても心が揺らぐ。

もしかしたら、矢作が言っていたように、これは呪いなのではないだろうか？

「それから、亡くなった女性が妙なものを持っていました」

前山田が改まった口調で言う。

「妙なもの？」

「これを握り締めていたそうです」

そう言って、前山田が証拠品を入れるビニール袋を二つ取り出した。

それぞれ紙が一枚ずつ入っていた。くしゃくしゃになっていたものを引き伸ばした形跡がある。

所々、供花のものと思われる血が付着していた。それだけではなく、紙の中央には、赤い文字で「呪」と書かれていた。

「これは……遠藤さんの喉の奥から見つかったのと、同じものですね……」

結衣子が震える声で言うと、前山田が大きく頷いた。

「その通りです」

「もしかして、裏面には名前が書いてあるのですか？」

結衣子が訊ねると、前山田は持っていたビニール袋の裏面を見せた。それぞれの紙に、一人ずつ名前が記載されていた。


【ヤハギキヨウスケ】

【タカノシンスケ】


「嘘でしょ……」

結衣子は、思わず声を漏らした。

こんなのあり得ない。次の犠牲者を示しているとでもいうのか？　石井が繰り返し言っていた通り、この事件は呪いによるものなのか？

「前回、喉に詰まっていた紙に引き続き、こんな物が出てきた以上、これは単なる自殺として扱うことは出来ません」

「…………」

連続殺人だとでもいうのか？　だが、いったい、誰がどんな方法で？　分からないことが多過ぎて、頭がパンクしそうだ。

「一応、確認しておきますが、まさか、あなたたちが事件に関与している――なんてことはありませんよね？」

前山田は、嫌みを込めた口調でそう言い添えた。

「当たり前です！　いい加減なことを言わないで下さい！」

結衣子は大声で言うと、左近字を押しのけて、その場から立ち去った。

彼らから離れれば、少しは怒りが収まるかと思ったが、むしろ熱が上昇していくのを感じた。

前山田は、遠藤の遺体が発見されたときには、ろくに捜査もせずに病死か事故死と決めつけ、早々に引き揚げていった癖に、関連すると思われる二人目の遺体が見つかった途端に、急に態度を変えた。

事件の捜査を、自分の評価を上げるためのタスクくらいにしか思っていない輩には、心底腹が立つ。左近字にしてもそうだ。前山田の腰巾着に徹するのは勝手だが、自分の意思がないのかと思う。

だが、結衣子を苛立たせているのは、そこではないような気がする。

おそらく、結衣子は怖れているのだ。これまでの自分の価値観が、根底から覆されることを──。

2

「大変なことになったな……」

和心は、病院のベンチに座る八雲の隣に腰掛けながら言った。

供花から電話を受けた後、すぐに彼女の部屋に向かった。心音にエントランスのオートロックを開けてもらい、エレベーターで彼女の部屋がある八階まで上がったまでは良かったが、ドアに鍵がかかっていて中に入ることが出来なかった。

ドア越しに、「助けて」とか「ごめんなさい」「許して」と、繰り返し叫んでいる供花の声が聞こえてきた。かなり錯乱しているらしく、部屋の中をドタドタと走り回る足音や、壁などに何かがぶつかる音もした。

和心は、インターホンを何度も押し、ドアを叩き、鍵を開けるように伝えたが、結局、開かれることはなかった。

やがて——。

ガラスが割れるような音がした。

嫌な予感がした。

そして、それは的中した。

しばらくして、ドアの前にいる和心たちに聞こえてきたのは、何か大きなものが地面にぶつかった音だった。

慌てて一階に戻ると、供花がアスファルトの上にうつ伏せに倒れていた。

おまけに、蘇芳がその現場を見たショックで気を失ってしまっていた。通報などは石井に任せ、和心は、八雲や心音と一緒に蘇芳を病院に担ぎ込み、今に至るというわけだ。

八雲は、和心の言葉には何も応えず、ただ両手で顔を覆い項垂れている。

昼間、八雲は供花に会った段階で、彼女に幽霊が憑いていることを確認していた。だが、緊急で対処する必要はないと判断し、その場を離れた。

その結果が――これだ。

潔癖な八雲のことだ。自分を責めているに違いない。

――お前のせいじゃない。

和心は、出かかった言葉を呑み込んだ。

慰めの言葉をかけたところで、八雲は、それを素直に受け取るようなタイプではない。やすい慰めは、余計に八雲を追い詰めるだけだ。

――本当に損な性格だよ。

「供花は、幽霊に憑依されて、あのマンションから飛び降りたのか？」

代わりに、和心は事件のことに触れた。

後悔なら後で出来る。今は、何が起きたのかを突き止め、心霊事件を解決することこそが最優先だ。

「分かりません。ぼくらは、ドアの向こうにいたんですから」

八雲が、ポツリと言った。

「そりゃそうか……」

「ただ、そうであった可能性は極めて高いです」

八雲の言葉が重く響く。

ドアの鍵は、連絡して駆けつけた不動産会社がスペアキーを持ってくるまで、施錠された状態のままだった。ベランダを伝って、誰かが侵入、あるいは逃亡した形跡もない。仮に、誰かがベランダ伝いに部屋に出入りしたのであれば、外にいた蘇芳と心音が気付いているはずだ。

つまり、部屋の中にいたのは、供花だけだったのだ。

第三者の介在がないという前提なら、消去法で幽霊に憑依されて、飛び降りた――という線が濃厚になる。

自分が死んだことに気付かない幽霊が、生きている人間に憑依して、死のうとするというケースは、これまでにもあった。

「供花に憑いていた幽霊は、彼女を殺したがっていたのか？」

「ぼくには、そうは見えませんでした」

「じゃあ、どうして彷徨っていたんだ？」

「そこまでは分かりません。ただ、『許さない』と繰り返し呟いていました」

「それこそ、彼女を恨んでいたんじゃねぇのか？　だから、憑依して、身体の自由を奪って飛び降りた……」

「確かに、そういう考え方も出来ます。でも、少し違うような気がするんです」

「曖昧だな」

「そうですね。何れにしても、ぼくの失態です。あの時点で危害を加えることはないと判断したのが間違いでした。読み違えたんです」

八雲の拳が小刻みに震えている。

後悔、無力感、そして怒りがない交ぜになっているのだろう。そして、それらの感情は、全て自分自身に向けられている。

何もかもを、一人で背負い込もうとする。八雲らしいのだが、見ていて痛々しい。

「八雲……」

「冷静に判断しろなんて言っておきながら、ぼく自身がバイアスをかけていたんです」

八雲が苦笑いとともに言った。

おそらく、蘇芳との間で、そうしたやり取りがあったのだろう。

蘇芳に注意を促したことを、自分自身でやってしまったことを、深く後悔しているようだ。

だが――。

そんなことは、別に珍しいことじゃない。和心にだってある。娘の奈緒《なお》に注意しておきながら、自分で同じミスをするなんてことは、日常茶飯事だ。いちいち、落ち込んでいたらキリがない。

とはいえ、それを八雲に言ったところで、簡単に切り替えられる性格じゃないことは知っている。

「で、どうするつもりだ？　このまま、尻尾を巻いて逃げるか？」

怒りと軽蔑とが入り交じった視線で睨まれた。

八雲に発破をかけるために、敢えて挑発的な言い方をしたのが、度を越していたかもしれない。

「誰が逃げると言いましたか？」

「そ、そうだな」

八雲の目に力が戻ったところで、「ご、後藤刑事！」と、こちらに向かって走ってくる石井の姿が見えた。

――転んだ。

相変わらずだな。あんなみっともない姿を、部下の女刑事に見られなくて良かったと思う。いや、むしろ見られて幻滅された方が、後々、トラブルがなさそうな気もする。

立ち上がった石井は、へらへらとした表情を浮かべながら、和心と八雲の許に駆け寄った。

「お前は、何をそんなに慌ててやがるんだ」

「実は、どうしてもお見せしたいものがあるんです」

「見せたいもの？」

「はい。亡くなった橘供花さんが、こんなものを握っていたんです」

石井が、スマホの画面に写真を表示させて見せてきた。

ぐしゃぐしゃになった二枚の紙が写っている。二枚とも、赤い文字で『呪』と書かれている。

「これは……」

「最初に亡くなった、遠藤さんも、喉の奥から同様の紙が発見されています」

「そういえば、そんなことを言っていたな」

「ええ」

「ということは、その紙の裏面には、誰かの名前が書いてある――ということですか？」

八雲が口を挟むと、石井が大きく頷き、画面をスワイプして、次の写真を表示させる。表示された二枚の紙には、それぞれ別の名前が記されていた。【ヤハギキヨウスケ】【タカノシンスケ】。

「この二人が、次の犠牲者になるかもしれないってことか？」

「これまでの流れを考えると、その可能性が極めて高いです。何せ、この二人は、遠藤さんと一緒に願掛けに行ったメンバーなんです」

――また人が死ぬのか？

石井が、慌てふためいていた理由も納得だ。和心の心の底で、ざわざわと得体の知れない何かが蠢《うごめ》いている。それは、おそらく恐怖なのだろう。

「それから、今さらなのかもしれませんが、橘供花さんの息子さんについて、色々と分かったことがあります」

石井が切り出すと、八雲は「お願いします」と先を促した。

「供花さんの息子の宏樹《ひろき》君が自殺した理由について正確なことは、分かっていません。遺書も残されていなかったようです。ただ、自殺する約一ヵ月前に補導された経歴がありました」

「補導？」

「はい。記録によると、学校の女子更衣室を盗撮していたことが、発覚したそうです。それから、学校内で苛めに遭うようになり、不登校になっていたそうです」

盗撮行為は許されざる行為なのだが、だからといって、自ら命を絶つなんてことはして欲しくなかった。

やり直すチャンスは、いくらでもあったはずなのに――。何れにしても石井の話を聞いて色々と腑に落ちた。

「そういうことだったのか……」

和心が噛み締めるように呟くと、「何か心当たりが？」と八雲が訊ねてきた。

仕事に夢中になり、全てを失ったことから、霊媒師を始めたという供花の話を説明した。彼女は、霊媒師になることが罪滅ぼしだとも言っていた。

あのときは、その意味が分からなかったが、今なら理解出来る。

供花は、息子の自殺を止められなかったことを悔いていたのだ。だから、霊媒師になることで、自殺した息子に会いたかったのではないだろうか？　だが、彼女にはその才能がなかった。

「まあ、死んじまったら、どうにもならねぇな……」

和心は話の最後を、そう締め括《くく》った。

しばらく重い沈黙が流れたが、それを打ち破ったのは八雲だった。

「石井さん。供花さんの息子さんの写真は、ありますか？」

「はい。供花さんが所持していたものがあります」

石井は、そう言って写真を取り出した。

川沿いの桜の樹の下で撮影されたもので、少年が笑顔でピースサインをしていて、彼を挟むように供花と、その夫らしき人物が写っていた。

右の頬に特徴的な黒子がある。

「間違い無さそうですね。供花さんに憑いていた幽霊は、彼女の息子さんです」

八雲が、写真を石井に戻しながら言った。

「ということは、やっぱり、息子の宏樹が、自分を蔑ろにした母親の供花を恨んでいて、彼女を死に至らしめたんじゃないのか？」

和心が言うと、八雲は苛立たしげに、寝癖だらけの髪をガリガリと掻いた。

「まだ、断定するのは早いです。もう少し情報が欲しい……」

「あの──」

石井が、小さく手を挙げながら発言を求めた。

八雲が「何ですか？」と聞き返すと、石井は深刻そうな表情を浮かべつつ話を切り出した。

「言われた通り、深水蘇芳君のことについて、調べてみたのですが……」

石井が途中で言葉を濁した。

「何か分かったのですか？」

「はい。分かったことは、たくさんあります。ただ、彼が背負っているものは、我々が想像しているよりも、はるかに厄介かもしれません──」

石井の声が、病院のエントランスに響いた。

3

「全部──お前のせいだ」

その声は、落ち着いていたけれど、だからこそ、暗く濁って聞こえた。

蘇芳が目を開けると、すぐ目の前に中年の女性の顔があった。靄がかかったみたいにぼやけていて、顔の輪郭すら判然としないのに、蘇芳は、それが自分の母親だということが分かった。

「お前さえいなければ、こんなことにならなかったのに……」

母は、ギリギリと歯軋りをした。

こんなことが、何を指すのか分からないけれど、それでも、蘇芳には、全部が自分の責任だという認識が生まれた。

——ぼくさえいなければ、誰も傷付かずにすんだ。

——ぼくさえいなければ、誰も苦しまずにすんだ。

——ぼくさえいなければ。ぼくさえいなければ。ぼくさえいなければ。ぼくさえいなければ。

だから、母が手を伸ばして蘇芳の首を絞めてきても、それは仕方のないことだった。

母の指が、ぼくの喉に喰い込んでくる。声を出すことはおろか、息をすることさえ出来なくなった。

痛い。

苦しい。

だけど、これは、自分がしたことに対する罰だと、諦めにも似た気持ちに支配される。

母は、蘇芳の命を奪おうとしている。だが、そうすることで蘇芳の罪が消えるのであれば、むしろそれは喜ばしいことだとすら思った。

——ありがとう。

蘇芳は、心の内で呟きながら、改めて母に目を向けた。

母の顔にかかっていた靄が少しだけ晴れて、赤い口紅を塗った口許が露《あら》わになった。

母は——。

笑っていた。

蘇芳がいなくなることが嬉しいのかもしれない。いや、それとは少し違う。まるで、首を絞めて、人の命を奪うという行為そのものに興奮しているようにも見えた。

どちらでもいい。

蘇芳は、もうすぐ消えるのだから——。

光が全て奪われ、蘇芳の視界は闇に包まれた。

そのまま、存在ごと消えてしまうのだと思っていたのに——なぜか、再び淡い光が視界を覆っていく。

やがて、その視界の先に、女性の顔が見えた。

「母さん……ごめんなさい……」

蘇芳が呼びかけるように言うと、笑い声が返ってきた。

「私は、蘇芳君のお母さんじゃないから」

滑らかで耳触りのいい声とともに、蘇芳の意識が一気に覚醒した。

そこにいたのは、心音だった。

どうして心音が？　さっきまで、供花の事務所があるマンションの前にいたはずなのに。そうだ。供花がベランダから落ちて来て——。

アスファルトの上で、血を流して潰れている供花の顔が脳裏にフラッシュバックして、蘇芳は飛び起きた。

「ちょっと。びっくりさせないでよ」

心音が口を尖らせる。

「ごめん。ぼくは……」

「ベランダから落ちて来た女の人を見て、急に気を失ったんだよ。で、病院に運ばれたの。ただの貧血だろうってお医者さんが言ってた」

「そうだったんだ……」

「でも目を覚まして良かった。私、看護師さんに声かけてくる」

心音は、そう言うとパーカーのポケットに手を突っ込み、病室を出て行った。

蘇芳は再びベッドに身体を寝かせ、天井を見上げた。

さっきまで見ていたのは、単なる夢なのだろうか？　それとも、蘇芳の記憶の一端なのだろうか？

もし、あれが記憶なのだとすると、蘇芳は自らの母親に殺されかけた——ということになる。

いや、そもそも、あれは母親だったのだろうか？

考えを巡らせていると、病室の扉が開いた。心音が戻って来たのかと思ったが、そこにいたのは武士だった。

「蘇芳君。大丈夫か？」

武士は、声をかけながら蘇芳のベッド脇に歩み寄ってきた。

「あ、はい。貧血だったみたいです」

蘇芳は、返事をしながら身体を起こそうとしたが、武士に「寝てなさい」と制された。

「すみません」

「警察から連絡があったときは、びっくりしたよ」

武士が泣き笑いのような顔をしながら、ベッド脇の丸椅子に座った。

「すみません」

「一つ、訊いていいか?」

「はい」

「転落事故の現場に居合わせたのは、偶々なんだよな」

武士の目には、そうであって欲しい——という願いが込められているようだった。それだけ、蘇芳の身を案じてくれているのだろう。

昨日までの蘇芳なら、「はい」と返事をしたはずだ。だけど、今の蘇芳には、そうすることが正しいとは思えなかった。それは、きっと自分の見えているものが、幻覚ではないと知ってしまったからだ。

「違います」

「違う?」

「はい。心霊現象を調べていたんです」

「何でそんなことを……」

武士の表情が引き攣《つ》った。

「知ってしまったんです。ぼくが、これまで見ていたものは、幻覚なんかじゃなかった。死んだ人の魂——つまり幽霊だったんです」

「違う。蘇芳君は、幻覚を見ているんだ」

武士が強い口調で否定した。

その目は、これまで見たことがないほどに真剣だった。だからこそ、蘇芳には分かってしまった。

「武士さんは、知っていたんですね。ぼくが見ているものが、幻覚じゃないって——」

「蘇芳君が見ているものは幻覚だ。それでいいじゃないか」

「よくないです。きっと、ぼくが記憶を失っているのと、幽霊が見えることは関係しているんです。だから……」

「幽霊なんていない。蘇芳君が、過去の記憶を忘れているのは、思い出す必要がないことだからだ」

前にも武士と似たようなやり取りをしたことがある。あのときは、忘れたままの方が、自分のためかもしれないと思った。

今も、そういう気持ちがないと言ったら嘘になる。だけど、もう知ってしまった。自分の見ている世界の真実を——。

知ってしまった以上、もう逃げることは出来ない。八雲が前に言っていた覚悟とは、こういうことだったのかもしれない。

「ぼくは、知りたいんです。ぼくに、何があったのか。ぼくの両親は、どうなったのか。なぜ、記憶を失ったのか。どうして、ぼくの眼には、幽霊が見えるのか――」

「ダメだ」

武士は、蘇芳の両肩を摑んで首を左右に振る。

「どうしてですか？」

「どうしても――だ。あんなことは、思い出す必要がない。絶対に」

「思い出す必要がないってどういうことですか？　ぼくは、知りたいんです！　知らないとダメなんです！　そうじゃないと前に進めないんです！」

蘇芳は、自分でもびっくりするくらい大きな声を出していた。

こんな風に、武士に何かを主張するのは初めてだった。蘇芳のあまりの剣幕に、武士も表情を固まらせている。

今のは蘇芳の紛れもない本心だ。これまでは平穏を望んでいた。だけど、それは現実から目を逸らして逃げているのと同じだ。何かに追われ続けるのは、もう嫌だ。

「ダメだ。ダメなんだ……」

蘇芳の肩を摑む武士の手に力が籠もる。痛みを感じるほどだ。

なぜ、武士は、これほどまでに、蘇芳が真実を知ることを拒絶するのだろう？

「ぼくは……」

「蘇芳君。君まで失ったら、おれはどうすればいいんだ。頼む。過去なんて、どうでもいいから、全部忘れたままでいてくれ」

武士は涙に濡れた声で言うと、蘇芳を強く抱き締めた。

その体温を感じながら、蘇芳は武士の想いの深さを知った気がする。武士は、蘇芳を守ろうと必死なのだ——。

それを知ってしまったら、これ以上の反論など出来るはずがなかった。

4

「深水蘇芳君について、真琴さんにも協力してもらって、色々と調べを進めました——」

石井は、慎重に言葉を選びながら切り出した。

蘇芳とは、マンションの前で一度顔を合わせただけだが、八雲と同じように幽霊が見えるということは、和心から聞かされて知っていた。

八雲は、おそらく蘇芳と自分を重ね、彼と行動を共にしたのだろう。

そんな八雲にとって、これから石井が語ろうとしている蘇芳の過去は、あまりに重い。八雲さえも飲み込んでしまうかもしれない。

それを思うと——怖い。

でも、それでも、伝えないわけにはいかない。

「警察に記録があったということは、蘇芳は、何かしらの事件に関与していた——ということですね」

八雲が、真っ直ぐに石井を見据えながら言った。

その目を見て、石井は、自分が余計なことを考えていたのだと知る。八雲は、蘇芳の過去が平穏なものでないことなど、とっくに分かっていたに違いない。だから、石井に調べさせたのだ。

全てを理解した上で、彼と向き合おうとしている。

潔癖な八雲らしいと思う。同時に、八雲なりの贖罪のようにも思う。七瀬美雪の事件で、救えなかった人たちがいた。その中には、彼女も含まれている。今度こそは、その手を摑んで放すまいとしている。

八雲が、そう決めたのであれば、石井が、あれこれ悩むことはない。

「はい。蘇芳君の母親は、シングルマザーとして彼を育てていたようです。彼が十歳になる頃、母親は再婚することになったのですが、その相手というのが、ちょっと問題がありました」

「問題というと？」

「ある新興宗教団体の幹部として、活動していたようです。その中で、霊感商法まがいの詐欺にも手を染めていて、何度か警察の厄介にもなっていました」

「ろくでもねぇチンピラだな」

和心が、嫌悪感を露わにして、吐き捨てるように言った。

石井も同感だ。

特に八雲と関わるようになってから、何の霊能力もないのに、人の不安を煽り、金を騙し取る行為は、余計に許せないと思うようになった。

騙している相手もそうだが、八雲のように、幽霊が見えることで苦しんできた本物を愚弄し、それを貶《おとし》める行為でもある。

だが、今はそれを断罪しているときではない。石井は、気持ちを切り替えて説明を続ける。

「蘇芳君の義父は、神藤《しんどう》龍之介《りゅうのすけ》という男でした。彼は、蘇芳君の母親と結婚した後、所属していた新興宗教団体を離脱して、新しく宗教団体を立ち上げたんです」

「どんな宗教なんですか？」

「神藤霊障会という団体で、霊視により人を幸せに導く——という教義だったらしいのですが、神藤を中心とした破戒的カルトだったようです」

「霊視……」

やはり、八雲はそのワードに敏感に反応した。

石井は指先でメガネのフレームを押し上げてから、慎重に話を続ける。

「神藤の霊視は、もの凄く当たると評判だったようです。まさに、神の眼を持つ男として、持て囃《はや》されたという話です」

「その神藤って奴は、どうして急に霊能力なんて持ったんだ？」

和心が腕組みをして首を傾げる。

「それについてですが、あくまで推測ですが、神藤は、霊視を蘇芳君にやらせていたのではないでしょうか？」

神藤は、実際に幽霊の見える蘇芳に出会ってしまった。だから、所属していた宗教団体を離脱して新しい宗教団体を立ち上げた。蘇芳に霊視させ、それがあたかも自分の能力であるかのように振る舞い、教祖として君臨した。

「つまり、あの小僧は、神藤って奴に、加担していたってわけだ」

和心が言うなり、八雲が「違います」と鋭く制する。

「何が違う？」

「蘇芳の腕には、古い火傷《やけど》の痕がありました。それだけじゃない。首の後ろや、手首など、服から僅かに覗く地肌の部分に、幾つもの傷が残っていました」

「もしかして……」

「ええ。おそらく、彼は虐待を受け、強制的に霊視をさせられていたのだと思います」

八雲の声には、強い怒りが凝縮されていた。

石井も同じ気持ちだった。

当時小学生だった少年を利用するだけでも、許されざる行為だというのに、神藤は、暴力という最悪の方法で、蘇芳を操っていた可能性があるのだ。

ここまででも、強烈な怒りが湧き上がるのだが、話にはまだ続きがある。

「そうやって、勢力を伸ばした神藤は、本栖湖《もとすこ》の近くにあったペンションを買い取り、信者を集めて共同生活をしていました。最初は、上手くいっていたのですが、五年前に事件が起きてしまいます」

「どんな事件ですか？」

訊ねてきた八雲の顔が青ざめている。

その表情をみて、石井は彼が事件のことを知っていると悟った。

「早く言え」

和心が、焦《じ》れたように声を上げる。

この忌まわしき事件に関しては、口頭で説明するより、実際に当時の記事を見てもらった方が早い。

「真琴さんにも頼んで、事件に関連する新聞の記事を集めておきました。これを見てもらった方が分かり易いと思います」

石井は、用意してきた新聞の切り抜きのコピーの束を取り出し、それを八雲に差し出した。

記事に目を通した八雲の顔に苦悶の表情が浮かぶ。覗き込むようにして記事を読んでいた和心も、「嘘だろ」と言葉を漏らした。

石井も、初めてこの記事を見たときは戦慄した。

神藤霊障会の施設であったペンションで、大規模な火災が発生した。消防隊が駆けつけたが、炎の勢いが凄まじく、建物は全焼してしまった。

これだけなら、ただの火事なのだが、問題はその後だ。

建物の焼け跡から、子どもを含む六人の遺体が発見された。しかも、解剖の結果、その六人は火災によって亡くなったのではなく、何者かによって殺害されていたことが判明したのだ。

「その後の捜査は、どうなったのですか？」

資料を読み終わった八雲が、険しい顔で訊ねてきた。

「実は、この事件、未解決なんです」

「未解決？」

「はい。生き残った信者たちから証言を取ったのですが、内部分裂から殺し合いに発展したという者もいれば、第三者の襲撃にあったという者もいる。教祖の神藤が、邪悪な幽霊に憑依され、正気を失って殺戮《さつりく》を行ったという話まで出てきて、何が起きたのか、はっきりしたことが分かっていないんです」

「いくら何でも、警察が詳細不明のまま放置するわけはないですよね？」

八雲の指摘はもっともだ。

何も分かりませんでしたと発表することは、間違っても出来ない。

「管轄である山梨県警では、内部分裂により、教祖であった神藤が邪魔者である信者を殺害して、建物に火を放ったという見立てに落ち着きました。そして、神藤を全国指名手配したのですが……」

「現在に至るも、行方が摑めていない」

八雲が石井の言葉を先回りして言った。

「はい。必死の捜索を行ったようですが、神藤が何処に消えたのかは、不明なままです——」

「蘇芳は、この事件の生き残りだったというわけですね」

「はい。焼失した建物の近くに、倒れているのを発見されました。蘇芳君からも、証言を得ようとしたようですが……」

「彼は、ＰＴＳＤにより記憶を失っていた」

「はい」

病院のエントランスに、重い沈黙が降りた。

その場に立っているだけで、息が詰まりそうになる。本当なら、もうこれで終わりにしたいのだが、この事件には、まだ解明されていない点がある。

「実は、この事件で行方不明になっているのは、神藤だけではないんです」

「どういうことですか？」

「蘇芳君には五歳下に、朱《あかね》さんという妹がいたのですが、彼女の行方も未だに掴めていません」

蘇芳の過去を知り、石井が真っ先に思い浮かべたのは、雲海《うんかい》と七瀬美雪のことだった。彼らもまた、ある事件をきっかけに闇に消えた。

そして、何の前触れもなく、再び姿を現し、様々な事件を引き起こしたのだ。

根拠があるわけではない。だが、どうしても、あのことを思い出してしまう。考えたくはないが、神藤は雲海の再来ではないかとすら思う。

石井が、そう感じるのには、実はもう一つ理由がある。言うべきかどうか迷いがあったが、黙っていたところで始まらない。石井は、覚悟を決めて口を開いた。

「それからもう一つ。神藤龍之介が、自分の宗教団体を立ち上げる前に所属していたのが、慈光降神会だったそうです――」

和心が「何だって?!」と身体を仰け反らせた。

石井も、初めてこの事実を知ったときには、今の和心と同じ反応をした。

慈光降神会は、今は消滅しているが、その設立に、八雲の父親である雲海が関わっていた。

これが、単なる偶然であるはずがない。

雲海も七瀬美雪も、もうこの世にいないが、二人が残した火種が、長きに亘《わた》り燻《くすぶ》り続け、今になって燃え上がった。そんな風に感じてしまう。

「八雲。どうするつもりだ？」

和心が訊ねると、八雲はゆっくりと立ち上がった。

「どうも、こうもありませんよ。どうするかを決めるのは、ぼくではありません。蘇芳自身です」

「だが……」

言いかけた和心を八雲が制した。

「言いたいことは分かっています。でも、判断をするのは、やはりぼくじゃありません」

「八雲……」

「大丈夫です。彼が、何を選択したとしても、今回の事件は必ず解決します」

5

結衣子は明政大学附属病院の地下にある、七目の部屋に向かっていた。

石井に電話をしたところ、七目の部屋にいるという回答があったので、こうして足を運んだのだ。

元々、窓がない廊下なので、明るさは変わらないはずなのに、なぜか暗さが増したように感じる。

もしかしたら、自分の心の揺らぎが、光を奪っているのかもしれない。

結衣子は、妙な感傷を振り払いつつ、七目の部屋のドアをノックした。すぐに、「開いてるよぉ」という軽い調子の七目の声が返ってきた。

「失礼します」

ドアを開けて中に入ると、七目、美鶴、そして石井の三人の姿があった。

「結衣ちゃん。酷い顔じゃない。失恋でもした？」

七目が開口一番に言う。

「セクハラです。それから、勝手に略して呼ばないで下さい」

ぴしゃりと言い放ったが、七目はまるで動じなかった。

「どうして、今のがセクハラなのさ。ただ、訊いただけじゃない」

「ですから訊くこと自体、セクハラなんですよ」

「どうして？　だって知りたいじゃない。ぼくは、別に結衣ちゃんを口説こうとしているわけじゃない。学術的な意味で訊いてるんだよ」

「私の失恋に、学術的な意味はないと思います」

「何を言っているのさ。とても大事なことだよ。結衣ちゃんの肌艶を見て、いつもと様子が違うと思ったわけ。それは、女性ホルモンに起因するかもしれないじゃない。だから、それを確かめるために訊いただけなのに……」

「キモい！　黙れ！　セクハラ髭達磨！」

美鶴が、端的で的確な罵倒をする。

「いや。美鶴ちゃん。これは、断じてセクハラじゃない」

「だから、黙れって。お前が喋るだけで、空気が汚染される」

「そんなこと言われたら、喋れなくなっちゃうじゃない」

「だから喋るなって言ってるんですよ」

ヒートアップする口論に、石井が「まあまあ」と間に割って入り、何とか七目と美鶴を宥めた。

誰もいないときの二人は、延々とこんなやり取りをしているのだろうか？　と心配になってしまう。

いや、他人のことを心配している場合ではない。

「石井警部。質問があります」

感情を抑えているつもりだったが、ついつい詰問口調になってしまう。

「何でしょう？」

「どうして、あのマンションに足を運んだのですか？」

結衣子が一番引っかかっているのは、そこだった。

隈井の逮捕にしても、その後の橘供花の転落死にしても、あまりにタイミングが良すぎる。

「そうでしたね。後路さんにちゃんと説明していませんでした。申し訳ありません。実は、和心和尚から連絡があったんです」

石井が、穏やかに目を細めながら言う。

「和心和尚というのは、昼間に会った、元刑事だというあの人ですか？」

結衣子が訊ねると、石井が頷いた。

「今回の事件は、和心和尚たちに協力してもらっていました。隈井さんを確保したという連絡を受け、現場に駆けつけた——というわけです」

「供花さんの件は、どうなのですか？」

「あれは、私も予想外でした。しかし、彼女が転落死する直前に、和心和尚に助けてほしいという旨の連絡が来たそうです」

「つまり、供花さんは、何者かに殺害された可能性がある——ということですか？」

「それを確かめるためにも、こうして七目先生に、話を伺おうと思って足を運んだというわけです」

石井が顔を向けると、七目は「そうそう。その件だったね」と手を打ってから話を始めた。

「解剖はまだだけど、転落したことによる脳挫傷が死因だろうね。即死だったと思うよ」

「では、やはり自殺——ということですか」

「そうだね。遺体の状況を見る限り、その可能性が極めて高いね。もちろん、誰かに落とされた可能性は否定出来ないけど、今のところそれらしい痕跡は見つかっていない。目撃者もいるんだろ？」

「ええ。建物の外から、落下するところを見ていた人たちがいます。それと、八雲氏たちが、ドアの外にいました。警察が駆けつけるまで、部屋から出てきた第三者はいないことを確認しています」

「八雲氏というのは、左眼の赤い彼だよね」

石井が何度か口にしている八雲という名の大学の助教。結衣子は面識はないが、口ぶりからして、七目は知っているらしい。

「そうです」

「まあ、彼の証言なら間違いないか。ということは、現場は密室だったってことね」

「ええ」

「普段なら、単純に自殺って結論付けるとこだけど、例の紙があるからねぇ。困ったことになっちゃう」

七目は、ぼやくように言いながら、むさ苦しい髭を撫でた。

例の紙とは、前山田から見せられた「呪」という文字と、名前が書かれた紙のことだ。

「そうですね。紙に書かれた名前の人が、次に死ぬのだとしたら、また新たな犠牲者が出ることになるかもしれません」

「まさに呪いだね」

そう言った七目は、何だか嬉しそうに、にたっと笑う。

「呪いなんてありません」

結衣子は、考えるより先に口に出していた。

「いえ。呪いはあります」

「聞きたくありません！」

結衣子は、言いかけた石井の言葉を遮った。

「…………」

「石井警部は、いったいどうしてしまったんですか？　幽霊だ呪いだって、どう考えても変です」

「私は、ただ事実を……」

「ですから、それがおかしいと言っているんです。幽霊なんて、存在するはずがないんです！」

「幽霊はいますよ」

言ったのは、意外にも美鶴だった。

彼女は、自分の味方だと思っていただけに、反対意見を言われたことがショックだった。

「あなたまで、何を言っているの？」

「逆に訊きますけど、結衣子さんは、どうしてそこまでむきになって幽霊を否定するんですか？」

「私は……」

上手く言葉が返せなかった。

確かに、結衣子はむきになって幽霊の存在を否定している。理由は明らかだ。幽霊の存在は、結衣子にとって都合が悪いからだ。

「まあ、幽霊の存在についての議論は、今日は止めておきましょう。それより、事件のことが最優先です」

石井が、重くなった空気を取り繕うように言った。

これ以上むきになるのが良くないことは、結衣子も分かっている。だが、やはり納得が出来ない。

「石井警部は、どうして幽霊や呪いに執着するんですか？　幽霊なんているはずがないのに、バカみたいにそれを追いかけて。そんなんで事件が解決するとは思えません。いい加減、目を覚まして下さい」

結衣子は、勢いに任せて早口に言った。

尊敬する上司に対して好ましい態度でないことは、結衣子も分かっているが、どうしても感情を抑えられなかった。

「後路さんは、最初から幽霊の存在に否定的でした。人によって、信じる信じないは自由です。ただ、あなたは、どうしても幽霊を信じたくなかった。違いますか？」

「急に、何の話ですか？」

「後路さんには言っていませんでしたが、実は神藤霊障会という、新興宗教団体が起こした事件について、調べていました」

「…………」

――ああ。そうか。石井は、知ってしまったのだ。

結衣子がずっと隠し続けてきた秘密を。いや、そうではない。隠し通せるものではない。少し調べれば分かることだ。結衣子が警察に入るとき、そのことも問題視され、入庁が一旦、保留になったという話も聞いている。

どうしても、逃れられない。まさに呪いだ――。

「あの事件では六人の人間が犠牲になりました。そのうちの一人が、後路さんのお母さんだった」

「母ではありません」

結衣子は、きっぱりと言う。

「え？」

「生物学上、私を産んだだけの人です。育児を放棄して、家族を捨てて、幽霊がどうしたとか、訳の分からないことを言い始めて、新興宗教にのめり込んだ挙句、死んでしまった愚かな人です」

喋りながら、じわっと目頭が熱くなる。

どうして、こんな風に感情が昂《たか》ぶるのか、結衣子自身分からなかった。母に抱いている感情は、ただの怒りに過ぎない。

——泣くな。泣くな。泣くな。

結衣子は、胸の内で繰り返しながら、自分の気持ちを奮い立たせる。

「とにかく母の話は止めて下さい。今回の事件には関係のないことです！」

結衣子は、拒絶の意味も込めて強い口調で言った。それなのに、石井は話を止めてくれなかった。

「いいえ。関係あります。後路さんは、思考にバイアスをかけています。今回の事件には、幽霊が関与しているかもしれません。まず、そこを前提に考えないと、話が進みません」

「いい加減にして下さい！　幽霊なんて、存在しません！」

「それは、後路さんの願望ですよね。存在しないと思っていないと、お母様のことを恨み続けることが出来ないから……」

「何も知らないのに、勝手なことを言わないで！」

気付いたときには叫んでいた。

どうして、石井は、こんなことを言うのだろう？　尊敬しているのに、大好きなのに、傷つけるようなことを言うのはなぜ？

「そうですね。私は、何も知りません。しかし、後路さんが優秀な人だからこそ、向き合うべきだと思います」

「私は……」

「偉そうなことを言っていますが、私もずっと逃げてばかりだったんです。嫌なことから目を背け、都合のいいように解釈して、自分の心を守っていた。でも、それは守ったつもりになっているだけなんです。正面から向き合わない限り、過去はいつまでも追いかけてくるんです」

「…………」

「とても辛いことを言っているのは分かっています。しかし、お母様を恨むために、幽霊の存在を否定してしまったのでは、真実を見失うことになります」

「…………」

言葉が出なかった。

石井の言う通りだったからだ。結衣子は、母を恨み続けるために、幽霊の存在を否定し続けていたのかもしれない。

幽霊だけではない。左近字をマザコンだと罵るのも、彼が母親に愛されていることに、苛立ちを覚えたからだ。

妹を自慢する前山田も同じだ。家族がバラバラになってしまった結衣子にとって、それは羨望の対象だったのかもしれない。

泣くつもりはなかった。

それなのに、なぜか結衣子の目から涙が零れ落ちた――。

6

――自分はどうするべきなのか?

病院のベッドに横になり、天井を見上げた蘇芳の頭の中には、同じ疑問がぐるぐると回っていた。

八雲と出会い、自分の見ているものが幻覚ではなく幽霊だと知った。

そのことで、失われていた本来の自分を取り戻したような感覚になったのは事実だ。これまで、完全に無だった記憶の断片が、朧《おぼろげ》気ながら蘇ってきた気もしている。

逃げてばかりの自分の人生だったけれど、過去と向き合い、何があったのかを知るべきだと思ってもいる。

だけど――。

武士のあの表情を見てしまうと、自分のそうした考えが、間違いなのではないかと感じる。

少なくとも、武士は蘇芳の過去を知っていて、その上で、思い出さないことを望んでいる。

保護者である武士が、あれほどまでに蘇芳が過去を思い出すことを拒んでいるのだとしたら、やはり、このまま目を背けて生きるのが、正しいことのようにも思う。

――本当にそれでいいのか？

今さら、もう元の場所に戻れるとは思えない。なぜなら、蘇芳は知ってしまったのだ。この眼に見えているものが幽霊だと――。

そうやって、結論が出ないまま、思考は同じところを堂々巡りする。

「ぼくは……」

呟くように言ったところで、病室の扉が開いた。

慌てて身体を起こして身構える。

病室に入って来たのは、心音だった――。

「どうして？」

病院の面会時間はとっくに終わり、武士も帰宅している。消灯されていて、廊下も部屋も暗くなっているというのに――。

「蘇芳君に渡したいものがあって、隠れて人がいなくなるのを待ってたんだ」

心音は顔の横でピースサインを作りながら、悪びれることなく、さらっと言うと、ベッド脇に歩み寄って来た。

暗闇の中にいるせいか、心音の笑みは、何処か影を宿していて、悲しんでいるようにも見えた。

「渡したいもの？」

「うん。あ、お見舞いに来てた人、蘇芳君の保護者？」

心音は、蘇芳の質問に答えることなく、ベッド脇の丸椅子に座ると、全然違う問いを投げかけてきた。

「叔父さんに当たる人。母さんの弟」

「そっか。蘇芳君のこと、本当の子どもだと思っているんだね」

「そうなのかな？」

「そうだよ。実はさ、病室の外で話を盗み聞きしていたんだよね」

「聞いてたんだ……」

別に、聞かれてマズいような話はしていないが、それでも、心の底を覗かれたようで、何だか気恥ずかしくなる。

「うん。凄くいい人。蘇芳君を傷つけないようにって、必死に守ろうとしている」

「それは、そうかもしれない」

「で、蘇芳君はどうしたいの？」

「え？」

「自分の記憶を取り戻したいと思う？」

心音が笑みを引っ込め、挑むような視線を蘇芳に向けてきた。

彼女が、何を考えているのかは分からない。それでも、その目には、ある種の覚悟のようなものが見て取れた。

「わ、分からない」

「どうして分からないの？　自分のことでしょ？」

「そうだけど……」

「そういうところ変わってないね」

「え？」

「自分のことより、いつも他人のことを優先する。それは、優しさかもしれないけれど、私には逃げているように見える」

「………」

「これから先もずっと誰かの顔色を窺いながら、自分の生き方を決めるの？」

「………」

「私のお母さんは、自分で生き方を決められなかった。だから、別の誰かに委ねた。そうやって、どんどん自分を見失っていったのよ」

静かに語る心音の目には、薄《うっす》らと涙の膜が張っているようだった。

「それって……」

「そうやって、誰かに委ね続けた結果、どうなったと思う？」

「分からない」

「取り返しの付かない過ちを犯して、自ら命を絶ったの……」

詳しいことは分からない。でも、自ら命を絶ったという言葉が示すのが、残酷な現実であることは間違いない。

詳しいことは分からないが、心音は辛い過去を背負っているようだ。

それでも、彼女は前に進もうとしているように見える。自分にそういう強さがあるだろうか？　すぐに答えが頭に浮かばないところが、蘇芳の弱さなのだろう。

「心音さん……」

「さん――はいらないって言ったよね。何度も言わせないでよ」

「………」

そんなことを言われても、すぐに呼び捨てにするような勇気は、蘇芳にはない。

いや、問題は、そんなことではない。

心音は、どうして夜に病院に隠れて残ってまで蘇芳に自分の過去を打ち明けたのか？　そこには、何か理由がある気がする。渡したいものがあると言っていたことも気になる。

訊ねようとしたが、それより先に心音が口を開いた。

「前にも言ったけれど、私は、中学生になる前の蘇芳君のことを知っているの」

「………」

「この封筒の中に、五年前に起きた、ある事件の新聞記事が入ってる。この記事の中に出てくる、少年Aというのが、蘇芳君のこと――」

心音は、バッグの中からA４サイズの封筒を取り出した。

事件？　新聞記事？　少年A？　心音は何を言っているんだ？　いや、違う。本当は、蘇芳も分かっている。ただ、受け容れたくないだけだ。

「な、何で……」

「そうね。蘇芳君には、私たちのことを、思い出して欲しいの――」

「なぜ?」

「だって、そうでしょ。自分のことを忘れられたら、誰だって悲しいでしょ」

それは分かる。記憶を失ってから、自分のことを知っているらしい人と、顔を合わせたことは何度かある。

蘇芳が記憶を失っていると分かると、みんな今の心音みたいに悲しい顔をする。

仕方のないことなのだが、まるで自分が酷いことをしているみたいで、こっちまで悲しい気持ちになる。

そうじゃない。実際、蘇芳は酷いことをしていたのだ。これまで、思い出す努力をしてこなかったじゃないか。

「ぼくは……」

「今言ったことは、私の願望。だけど、どうするか決めるのは、蘇芳君自身だから。誰かの判断じゃなくて自分で決めて欲しい」

「………」

「この資料は、ここに置いておく。思い出したくないなら、中を見ないで捨てちゃえばいいし、思い出したいと思うなら、中を見てみて。きっと、記憶を取り戻すヒントになると思うから」

心音は、封筒をベッド脇の棚に置くと、そのまま席を立ち病室を出て行った。

彼女がいなくなった後も、蘇芳は封筒をぼんやりと眺めていた。

——自分の気持ちはどっちなのだろう?

恐いというのが本音だ。武士にも、迷惑はかけたくない。だけど、蘇芳はもう知ってしまったのだ。

もしかしたら、この封筒の中身は、蘇芳にとって呪いになるかもしれない。

でも、それでも――。

知りたいという欲求が、蘇芳の中で大きく広がった。気付いたときには、封筒を開け、中に入っていた新聞記事を取り出していた。

そこから、蘇芳は食い入るように記事を読み始めた。

新興宗教団体、神藤霊障会、本栖湖、火災、六人の遺体、少年A――。

「何だこれ……」

蘇芳の口から、真っ先に零れたのは、その言葉だった。

心音が言うように、蘇芳が記事に出てくる少年Aだとするなら、凄惨な殺人が起きた現場に居合わせたことになる。

しかも、蘇芳は、狂信的な新興宗教団体の教祖の息子で、この事件で母親を失っている。

――嘘だ。嘘だ。嘘だ。嘘だ。

心の内で繰り返し呟き、記事の内容を否定したのだが、それを打ち消すように、様々な映像がフラッシュバックする。

蘇芳の首を絞める女の人――。

血塗れで床に転がる幾人もの遺体――。

嘲るように、蘇芳を見据える黒衣の男――。

そして、燃えさかる炎――。

それらは、幻覚や妄想ではなく、蘇芳が実際に見た記憶だということが、分かってしまった。

――嫌だ。嫌だ。こんなの嫌だ。

知りたかったのは、こんなことじゃない。

「消えろ！」

気付いたときには、蘇芳は叫び声を上げていた。

だが、いくら叫んだところで、脳に蘇った記憶の断片を打ち消すことは出来なかった。

7

晴香は、B棟の裏手にあるプレハブ二階建ての前に足を運び、一番奥にある部屋の前に立った――。

ドアには【映画研究同好会】のプレートが貼られている。

「やあ」

晴香は、ノックすることなく、部屋のドアを開けた。

電気が消えていて暗かったけれど、パイプ椅子に座り、頬杖を突いている八雲の姿が見えた。

晴香の姿を認めるなり、八雲は驚いたように顔を上げた。

「よく、ここにいると分かったな」

そう言った八雲の声には、力が無かった。

「うん。和心さんから電話があったの。あいつ、悩んでるみたいだから、何とかしてやってくれ——って」

晴香は、和心の口調を真似ながら言った。

「質問の答えになっていない。どうして、ここが分かったのかを訊いたんだが」

「分かるよ。八雲君が、考え事をするときは、いつもここでしょ。何年、一緒にいると思ってるの？」

晴香が誇らしげに言うと、八雲は苦笑いを浮かべた。

出会った頃は、天邪鬼《あまのじゃく》で気まぐれな八雲の言動に、ずいぶんと振り回されたものだが、長年一緒にいれば慣れてくる。和心の妻の敦子《あつこ》は、「上手く調教出来てるわね」などとからかうが、別に八雲を飼い慣らしているつもりはない。

時間をかけて、お互いを理解しようと努め、歩み寄った結果なのだと思う。

「でも、まだこの部屋が残ってるって凄いよね」

晴香は、部屋を見回しながら言う。

この部屋は、八雲が学生だった頃、大学側を騙して偽の同好会を立ち上げ、私室としていた場所だ。

あの頃と何も変わっていない。テーブルにパイプ椅子。それに、冷蔵庫と寝袋があるだけの殺風景な部屋だが、ここにはたくさんの思い出が詰まっている。

晴香が八雲と出会ったのも、この部屋だった。あれから、この部屋で本当に色々なことがあった。

「ここは、どうしても残しておきたかったんだ」

八雲が、僅かに目を細めながら言った。

「そうだね」

きっと詭弁《きべん》を弄して大学側を丸め込み、自分だけの空間として確保しているのだろう。いつかは、なくなってしまうかもしれないけれど、出来るだけ長く、この場所を残しておきたいと思う八雲の気持ちが嬉しかった。

「それで、後藤さんに頼まれて、ぼくを励ましに来たってわけだ」

八雲が皮肉交じりに言う。

——相変わらずだな。

「まさか。私が和心さんに言われたから来たと思ってる？」

「さっきそう言っていただろ」

「確かに。でも、それはただのきっかけだよ。だから、私は慰めようとか、励まそうとか、そういうつもりは全然ないんだ」

「冷たいな」

八雲が苦笑いを浮かべた。

「そうかもね。ただ、八雲君が悩んでいるって聞いて、無性に会いたくなった。ただ、側にいたいって思ったんだ」

「何だそれ？」

「言葉のままだよ。私じゃ何も出来ないかもしれないけれど、好きな人が苦しんでいるときは、一緒にいたいじゃない」

「マゾなのか？」

「それは、八雲君でしょ」

「どうしてそうなる？」

「だって、いつも全部一人で抱え込もうとするじゃない」

「君に迷惑をかけたくないんだ」

「それ二度と言わないで」

晴香は、八雲を指差しながら強い口調で言った。

「…………」

「悩みを共有するのも、一緒に事件を追いかけるのも、私がそうしたいからしているの。それを迷惑なんて言われたら傷付く」

「悪かった」

八雲にしては珍しく、素直に謝罪した。

相当に弱っている証拠だ。

「こういうとき、謝るのもやめて」

「なぜ？」

「八雲君は、悪いことをしているわけじゃない。謝られたら、私が八雲君に悪いことしてるみたいじゃない」

「難しいな」

「全然、難しくないよ。こういうときは、ありがとうって言えばいいんだよ」

晴香が言うと、八雲がふっと笑みを零した。

「君には勝てないな……」

「へへ。勝った。というわけで、勝者にご褒美を下さい」

「ご褒美？」

晴香は、「うん」と頷き両手を広げて目を閉じた。

八雲が苛立たしげに、ガリガリと髪を掻く音が聞こえた。やがて、椅子を引く音がして、八雲の体温が晴香を包み込む。

「彼は──蘇芳は、ぼくのせいで、知らなくてもいい過去を、知ることになるかもしれない」

「うん」

「彼の過去は、ぼくが想像しているのより、ずっと過酷だった。幻覚を幽霊だと認識せず、過去を忘れていた方が、彼にとっては幸せだったかもしれないのに、ぼくが不用意な言葉で気付かせてしまったんだ……」

晴香を抱き締める八雲の腕に、いつもより力が入る。

後悔して、自分を責めているのだ。何処までも自分に厳しく、潔癖であるが故に、全ての責任を自分に置き換えてしまう。

その姿は、見ていて痛々しくもある。だけど、そういう部分もひっくるめて八雲なのだ。

「蘇芳君にとって何が幸せかは、八雲君が決めることじゃないよ」

「だが……」

「八雲君は今、自分が蘇芳君に言った言葉が、呪いになったと思っているでしょ」

「そうだな」

「八雲君が呪いだと思っているうちは、呪いのままだよ。八雲君なら、それを救いに変えられると思う」

晴香が言うと、なぜか八雲が声を上げて笑った。

せっかく真剣に話しているのに、何だかバカにされたみたいで、ちょっと腹が立つ。

「何がおかしいの？」

「同じことを、蘇芳に言われたのを思い出した」

「そっか。だったら、もう答えは出ているね」

「そうだな」

八雲の返事には、力が込められていた。

8

ドン。

ドン、ドン。

さっきから、延々とドアを叩く音が響いている。

矢作は頭から布団を被り、両耳を塞いだが、それでも、ドアを叩く音は鼓膜に響いてくる。

霊媒師からもらった、護符も貼っているし、魔除《まよ》け効果があるというお香も焚《た》いている。

だが、まるで効果がない。

それは当然かもしれない。あの霊媒師も、呪いにかかって死んだのだ。

矢作は、その瞬間を間近で見た。

マンションから転落し、アスファルトに激突する間際、一瞬だけ彼女と目が合ったような気がする。

今から死ぬというのに、彼女は、なぜか薄気味の悪い笑みを浮かべていた。

バキッと骨の折れる音と、ぐちゃっという肉の潰れる音が、同時に耳に飛び込んでくる。

車に轢《ひ》かれた蛙《かえる》のように、無残に潰れた彼女の死体が、脳裏に鮮明に蘇る。

――あんな死に方は嫌だ。

何とか逃げ出したいが、何処にどう逃げても、ずっと呪いは付き纏ってくる。

どうして、自分がこんな目に遭わなければならないのか、その理由が分からない。

いや。違う。

本当は分かっている。

願掛けに行ったから呪われたのではない。

あれは、単なるきっかけに過ぎない。矢作たちは、あの日から、ずっと呪われ続けていたのだ。

だから、矢作は嫌だと言ったのだ。止めておこうと何度も言った。だけど、あいつらは聞かなかった。その報いが今になってやって来たのだ。

「おれが悪かった。頼む。頼むから、もう許してくれ——」

矢作が必死に懇願すると、ドアを叩く音がピタッと止んだ。

——え？

しばらく息を殺し、耳を澄ましてみたが、やはり音はもう止んでいた。

「いなくなってくれたのか？」

矢作は、ほっと胸を撫で下ろす。

もしかしたら、あいつが求めていたのは、謝罪なのかもしれない。そう思うと、色々なことが腑に落ちた気がした。

「そうか。そういうことか」

声を上げながら布団を出た矢作だったが、急に背後に人の気配を感じた。

はっと振り返ると、そこには、さっき転落死したはずの霊媒師の女——橘供花が立っていた。

「う、嘘だろ？　な、何で……」

矢作は、よたよたと後退る。

「許されると思うなよ……」

供花が言った。

「な、な、なっ……」

「お前に逃げ道はない。死んで償え——」

供花が、矢作に迫ってくる。

「く、く、来るな！」

背中を向けてかけ出し、玄関のドアを開けようとした矢作だったが、途中で動きが止まった。

ドアの向こうに、人の気配を感じる。

そして――。

ドン。

ドン、ドン。

再び、ドアを叩く音がし始めた。

それだけではなく、ガチャガチャと乱暴にドアノブが回される。

――ダメだ。このままでは、あいつが入ってくる。

だが、部屋の中に逃げ戻るわけにもいかなかった。供花が、ゆっくりと矢作に近付いて来たからだ。

「止めろぉ！」

矢作は、ただ叫ぶことしか出来なかった。

9

「どうしてこんな……」

結衣子は、信じられない光景に、思わず声を漏らした。

和室の鴨居《かもい》にロープがかけられていて、そこから一人の男がぶら下がっていた。

結衣子は、この男を知っている。矢作京介だ。

遠藤の部屋と同じように、部屋のあちこちに護符が貼られ、魔除けグッズと思われるものが、そこかしこにあった。香炉で香が焚かれていて、部屋の中が煙っているような気がする。

矢作の足許《あしもと》には、椅子が横倒しになっている。

外から見た感じでは、目立った外傷もなく、状況だけみれば、自殺としか考えられない。だが――。

昨晩、供花が持っていた呪いの紙のことがある。あの紙には、矢作の名前も書かれていた。

そして、それが予言であったかのように、今日、矢作がこうして遺体となって発見されたのだ。

軽い目眩を覚えた結衣子は、一旦、部屋の外に出ることにした。

「また、コソコソと動き回っているのですか？」

外に出るなり、声をかけて来たのは前山田だった。隣には、左近字もいる。

毎度、毎度、本当に嫌みな人たちだ。

「別にコソコソ動いているわけではありません」

「そうですか？　ならいいのですが。まあ、何れにしても、今回も昨晩と同じで、自殺ですよ」

前山田は、そう言うとキザったらしく髪を掻き上げる。

「まだ、断言は出来ないと思います」

「この部屋は、外から施錠されていました。第三者が侵入した痕跡はありません」

「しかし、矢作さんは亡くなる前に、友人に『助けて欲しい』という旨のメッセージを送っています。何者かに襲われていた可能性があります」

矢作からメッセージを受け取った伸介という友人が、この部屋を訪ねて来たが、インターホンを押しても反応がない。そこで、不動産会社に連絡し、解錠してもらったところ、首を吊っているのが発見されたのだ。

「メッセージだけでは、判断が出来ません。錯乱して、送っただけかもしれませんしね」

「でも、この状況は、供花さんの転落死との類似点があります。前山田さんも、『呪』と書かれた紙のことを、気にしておられたではありませんか」

昨晩は、あの紙があることで、石井の関与を疑ってさえいたのに、態度に一貫性がない。

「あんなものは、ただの偶然です」

前山田がきっぱりと言う。

「本気で言っているんですか？　あの紙には、第一発見者となった高野伸介さんの名前もあったんですよ。偶然で片付けたら、また犠牲者が出ます」

「偶々、色んなことが重なっただけですよ」

「仰る通りです」

左近字が太鼓持ちよろしく、賛同の声を上げる。

吟味した上で、その結論に達したのとは明らかに違う。前山田と左近字は、考えることを放棄し、自殺ということで納得しようとしているように見える。

「私には単なる偶然とは思えません」

「そう思うのは勝手です。とにかく、刑事課は引き揚げます。後は、あなたたちが自由に調べて下さい」

前山田が、ふふっと笑いながらその場を立ち去った。左近字は、何か言いたそうに結衣子を見ていたが、結局、何も口にすることなく、前山田の後を追いかけた。

「顔色が悪いようですが、平気ですか？」

結衣子も現場を離れようとしたところで、石井に声をかけられた。

「はい。大丈夫です」

そう返事はしたものの、本当は頭が混乱していて、全然大丈夫ではなかった。

「また、新たな犠牲者が出てしまいました」

石井は、メガネを外して目頭を揉んだ。そのわずかな動きに、彼の忸怩たる想いが滲み出ている。

「石井警部。これも、呪いなのですか？」

「おそらく、そうでしょうね」

「呪いで人を殺せるのだとしたら、その犯人を、いったいどうやって捕まえればいいんでしょう?」

結衣子は、自分で発した疑問に、思わず笑ってしまいそうになった。

昨晩までは、あれほどまでに幽霊や呪いの存在を否定していたのに、石井に母のことを言われ、自分の感情を吐き出したことで、急に心が楽になった気がする。

母が新興宗教に嵌《は》まったことで、家族はめちゃくちゃになった。多額の借金を作った上に、出家すると言って父と離婚し、家を出て行ってしまった。

きっと、結衣子は大好きだった母の豹変《ひょうへん》ぶりが、受け容れられなかったのだと思う。

これまでの幸せだった思い出や生活を、全部否定されたような気がした。

だから――。

結衣子は、母を狂わせた幽霊や呪いを全否定してきた。

そうすることで、母を存在しない幽霊を信じた挙げ句、命を落とした愚かな女と決めつけ、嫌いになろうとしていたのだと思う。

でも、今は違う。

母が死んだ事件は、今もなお、未解決のままだ。あの事件と向き合い、母に何があったのかを知ろうと思っている。

そうした心情の変化から出た言葉だ。

「呪いというのは、後路さんが考えているように、誰かを離れた場所から自由に操り殺すことが出来るというようなものではありません」

「でも、石井警部は、呪いはあるって――」

石井は、一貫して呪いの存在を肯定していたはずだ。

「ええ。もちろん、私は呪いを肯定しました。しかし、それは超常現象的な意味ではないのです」

「どういうことですか？」

「簡単に言ってしまえば、思い込みのようなものです」

「思い込み？」

「はい。後路さんが、新興宗教に嵌まったお母様を恨み続けるために、幽霊の存在を否定したのも、いわば呪いだと思うのです」

――そういうことか。

結衣子も、石井の言わんとしていることを理解出来た気がした。

「人は、人の言動によって縛られる。それが呪い――ということですか？」

「まあそんなところです」

「でも、今回は実際に矢作さんが亡くなっています。これは、いったい……」

「問題はそこなんです。呪いを現実のものとするために、動いている何者かがいると私は思っています」

「それって……」

結衣子の言葉を遮るように、石井のスマホに電話がかかってきた――。

病院から帰宅した蘇芳は、縁側に腰掛け、ぼんやりと空を眺めていた。

貧血だけだったので、午前中に、一応血液検査をして、異常がないことが確認され、そのまま退院という流れになった。

こうして家に帰って来ても、蘇芳の頭の中には、ずっと心音から渡された事件の記事の内容が、ぐるぐると回っていた。

心音は記事に書かれている『少年A』というのが、蘇芳だと言っていた。

もし、それが本当なのだとしたら、蘇芳は神藤霊障会という、新興宗教団体の教祖だった男と、本栖湖にある施設で共同生活をしていたことになる。

蘇芳の脳裏に、一瞬、男の顔がフラッシュバックした。

だけど、その顔は墨で塗り潰されたように真っ黒で、人相は分からない。それでも、ぷつぷつっと蘇芳の皮膚が粟立つ。

思い出せないけれど、全身で彼のことを怖れているのが分かる。

そして、凄惨な殺人事件が起きた。火災で建物が焼失した後、他殺体と思われる遺体が、六体発見されている。その中に、蘇芳の母親もいた。

首謀者とされる神藤は、今もなお行方不明になっていて、事件は未解決の状態だ。

きっと蘇芳は、その現場で何かを見たのだ。詳しく思い出すことは出来ないけれど、それは、とても悍ましい何かだったような気がする。

そして、そのことがきっかけで、蘇芳は記憶を失った——。

心音の資料によると、神藤霊障会は、霊視によって人々を導いていたらしい。もしかしたら、蘇芳はその宗教団体の活動に加担していたのかもしれない。

具体的に何をしていたのかは分からないが、もし、蘇芳が手を貸したことで、五年前の惨事が起きたのだとしたら、その責任の一端は、蘇芳にもあるということになる。

——全部、お前のせいだ。

病院で蘇った記憶の中で、母らしき女性が、蘇芳の首を絞めながら言っていた言葉。

——ぼくの罪。

武士は、このことを知っていたからこそ、蘇芳が見ているものを幻覚だと言い張ったのだ。幽霊が見えると認識すれば、凄惨な記憶を呼び覚ますかもしれない。蘇芳を守るための嘘——。

蘇芳が気になっているのは、五年前の事件のことだけではない。

心音が、なぜこんな資料を持っていたのかも分からない。急遽《きゅうきょ》用意したものでないことは明らかだ。もしかしたら、彼女もまた、事件の関係者なのかもしれない。だから、蘇芳のことを知っていたのではないか？

「蘇芳君。戻っていたのか」

武士に声をかけられ、はっと顔を上げる。

「あ、はい」

「迎えに行くつもりだったんだよ」

「すみません。もう、身体は大丈夫だったので……」

「そうか。無理はせず、しばらく家でゆっくりした方がいい」

武士が穏やかな笑みを浮かべた。

「はい」

昨晩のことで、武士は貧乏くじを引かされたのではなく、自分の意思で蘇芳を引き取ってくれたのだということが、痛いほどに分かった。

全てを知った上で蘇芳を守ろうとしていたのだ。幽霊を頑なに否定したのも、記憶を取り戻すことに消極的だったのも、蘇芳を守りたかったからだ。

武士の想いを考えれば、これまで通り、自分が見ているものは幻覚だと割り切って、見ないようにして生活をするのが、一番いいのだろう。

それは、分かっている。けれど――。

蘇芳が顔を上げると、武士の傍らには、いつも見かける妊婦が立っていた。

これまでは、彼女のことを幻覚だと捉え、目を向けないように努めてきた。だけど、今は知ってしまった。彼女は、幽霊なのだ。

蘇芳は、初めて妊婦の幽霊を、真っ直ぐに見た。

これまで彼女の顔がぼやけて見えたのは、直視してこなかったからだ。

彼女は――。

微笑んでいた。

とても温かい目で、武士のことを見ている。

「武士さん」

蘇芳は、立ち上がりながら武士に呼びかける。

「何だ？」

「ぼくが見ているのは、幻覚ではありません。幽霊なんです」

「何を言っているんだ。その話は、昨日もしただろう。君は、幻覚を見ているだけなんだ」

武士は眉を寄せ、今にも泣き出しそうな顔で言った。

多分、蘇芳の決断を、もう分かっているのだろう。それ故に、申し訳ないと思う。だけど――。

「幻覚じゃありません。今、武士さんの側に、一人の女性が立っています」

武士は、慌てて辺りを見回した。だが、彼には何も見えなかったらしく、苦笑いを浮かべる。

「誰もいないじゃないか。やっぱり幻覚なんだよ」

「違います。そこに立っているのは、三十代くらいの妊婦です。小柄で、とても優しそうな人です。ハートをあしらった、細い金のネックレスをしていて、お腹が大きく、ふんわりしたピンクのワンピースが、よく似合っています」

「紗綾香《さやか》……」

武士が、虚空を見つめながら、絞り出すように言った。

――紗綾香。

それが、彼女の名前なのだろう。

きっと紗綾香は、武士との子どもを身籠もっていた。出産を控えて、これから訪れるであろう、新たな生活に胸を躍らせていただろう。

だけど――。

紗綾香は、身籠もった子どもと一緒に、帰らぬ人となってしまった。

そのときに武士が感じた絶望は、想像を絶するものだっただろう。もしかしたら、武士が蘇芳を引き取ったのは、大切なものを失った喪失感を埋めるためだったのかもしれない。

紗綾香が、蘇芳を見つめながら、ゆっくりと口を動かした。

声は聞こえなかったけれど、何を言っているのかは、何となく理解した。

「紗綾香さんから伝言があります」

蘇芳が告げると、武士がはっと驚いた顔をした。

「私は、幸せだったよ。これからも、あなたの幸せを願っています」

蘇芳が口にすると同時に、武士はわっと声を上げて泣き崩れた。その慟哭《どうこく》にも似た声を聞きながら、蘇芳は前に進むべきだと覚悟を決めた。

11

「本当に、痛ましい事件でした……」

和心の向かいの席に座る女性――中野百合子《なかのゆりこ》は、嚙み締めるようにして言った。

百合子は中学校の教師として勤務していたのだが、二年前に出産を機に退職し、今は専業主婦だという。

年齢は三十代半ばくらい。おっとりした感じの、いかにも人が好さそうな女性だった。

晴香が、同僚の伝《つて》を使い、橘供花の息子である、宏樹の担任だった百合子にコンタクトを取り、こうして駅前の喫茶店で話を訊くことになったのだ。

もちろん、当時の担任教師から話を訊いて欲しいと指示を出したのは八雲だ。

「詳しく話してくれるか？」

和心が促すと、百合子は、コクリと頷いてから話を始めた。

「学校の女子更衣室に、盗撮用の機器が仕掛けてあるのが見つかって、騒ぎになったんです」

「発覚したきっかけは、何だったんだ？」

「盗撮動画を販売しているサイトがあるらしいんですけど、そこに、うちの学校の更衣室と思われる映像があると、噂になったんです。それで、女性の教師たちが確認したところ、カメラを発見しました」

「警察には通報したのか？」

「ええ。もちろんです。これは、犯罪行為ですから、厳正に対処する必要があります」

百合子の声には、怒りが滲んでいた。

盗撮していたばかりか、それをネット上で売買するなんて、卑劣極まりない行為だ。男の目からしても、そういう輩は許せない。

「警察の捜査で宏樹が、容疑者として浮上したということか」

最終的に、宏樹が犯人として警察に補導されている。

「それは、少し違います」

「と、いうと？」

「先にクラスの中で、宏樹君がやったんじゃないかって噂が広まったんです」

「噂？」

「はい。苛めというほどではないと思うのですが、うちのクラスに、ちょっとやんちゃな三人組がいまして――彼らが、ことあるごとに、宏樹君に難癖をつけて絡んでいたといった感じです」

「絡むとは？」

「まあ、からかっているって感じでしたね。ときどき、それが行き過ぎて、服を引っ張ったり、小突いたり。あと、物を隠したり、ＳＮＳに変な動画を投稿されたりもあったようですけど、中学生くらいって、そういうことは当たり前じゃないですか」

――こいつは何を言っているんだ？

百合子の言いように、和心は思わず眉を顰めた。

今、百合子が口にしたことは、からかっているという範疇《はんちゅう》のものではない。完全な苛めだ。

いや、苛めという括りにすることすらどうかと思う。暴力を振るえば暴行だし、ＳＮＳにどんな動画を投稿されたか知らないが、それだって場合によっては犯罪になる。

それを目の当たりにしているのに、からかっているという表現で終わらせてしまう百合子の神経はどうかしている。

教師という職業を続けていく中で、感覚が麻痺《まひ》してしまったのか？　それとも、元々の価値観がズレているのか。

色々と追及してやりたいところだが、今はそれに時間をかけているときではないと、和心はぐっと堪えて話を続けることにした。

「それで、その三人が宏樹君が犯人だと言い出した――ということか？」

和心が訊ねると、百合子は頷いた。

「ええ。噂でも、そんなことが広まると、宏樹君がかわいそうだと思って、彼らにそれは本当のことかと問い質《ただ》したんです。そしたら、宏樹君が女子更衣室に入って行くのを見たと言ったんです」

「それで、どうした？」

「目撃者の三人から、宏樹君のロッカーを調べた方がいいと言われたんです」

「調べたのか？」

「ええ。そしたら、盗撮用の機材がいっぱい出てきて。それで、慌てて警察に通報したんです」

「宏樹君には、確認しなかったのか？」

「しても意味がないですよね？」

「どうして？」

「どうしてって、訊いたところで、自分のものじゃないと否定するだけですから、警察に任せた方がいいでしょ」

和心は、呆気にとられた。

一方の言い分しか聞かないなんて、あまりにいい加減な対応と言わざるを得ない。何より、百合子がそれを少しもおかしいと思っていないことに、恐怖すら覚えた。

「それでも、教師として話を訊いてやるべきだったんじゃないのか？」

「事実、宏樹君が犯人だったんですよ。訊いても意味ないですよね」

「いや、そうかもしれないが……」

「それから、警察が宏樹君の部屋を調べたら、そこからも盗撮用の機材がたくさん出てきたみたいで、警察に補導されることになったんです」

「その後、宏樹君はどうなった？」

「不登校になってしまいましたから、私は会っていませんね」

「会いに行ったりしなかったのか？」

「校長先生に言われて、一度だけご自宅に伺いました」

百合子は、ため息交じりに言った。

この感じからして、校長から言われなければ、家庭を訪問して様子を訊ねることすらしなかったのだろう。

あまりに無関心だ。いや、違うな。苛めの一件からも分かる通り、問題を目にしながら、自分にとって都合のいい解釈をして、目を背け続けたのだろう。

「自宅に行ったとき、宏樹君とは会ったのか？」

「いいえ。部屋に籠もったきりだったので。お母様は、本当に出来た人で、何度も私に謝罪をしてくれました。情けない子どもを産んでしまって、恥ずかしい――と泣いていたのが、とても印象に残っています」

「ちょっと待て。母親が、そんなことを言ったのか？　息子が聞いているかもしれないのに？」

和心は、供花が放った言葉の残酷さに戦慄を覚えた。

「ええ。でも、あんなことをしたんですから、仕方ないですよ。私が同じ立場だったら、同じことを言うと思います」

当然のように言う百合子を見て、和心は怒りを通り越して、ただ呆然とするより他なかった。

確かに、その話が事実なら宏樹のやったことは、許されざることだ。

だが、誰一人として、その理由を問うこともなく、彼の言い分を聞こうともせず、断罪した挙げ句に、存在そのものを否定したのだ。

「結局、その後で、宏樹君は自殺してしまった。私としては、死んで逃げるのではなく、みんなの前で、謝罪して欲しかったですね」

「黙れ！」

気付いたときには、和心は叫んでいた。

百合子は、突然のことに面食らったのか、わなわなと口を震わせていた。

「どうして話を訊いてやらなかった？　どうして、知ろうとしてやらなかった？　たとえ罪を犯していたとしても、好き勝手に断罪していい道理は何処にもねぇ！　お前のやったことは、ネットリンチと同じだ！」

「………」

「お前も人の親になったんだろ。何があっても、自分の子を産むんじゃなかった――なんて恐ろしいことを口にするな」

和心は、吐き捨てるように言うと、泣き出してしまった百合子を無視して喫茶店を出た。

12

石井は、取調室で隈井と対峙した。

口許に薄ら笑みを浮かべながら頻繁に前髪を弄《いじ》っていて、反省している様子がまるでない。

そんな隈井の態度に憤慨しているのか、隣に座る結衣子の顔は、怒りに満ちている。

隈井は、紀藤心音に対する盗撮行為で逮捕されたのだが、彼の部屋を家宅捜索したところ、心音以外の女性を盗撮した録画データも、山のように出てきた。

中でも衝撃的だったのは、半年前に撮影された映像だった。

当時、303号室に住んでいた小野田由香《おのだゆか》二十三歳は、自分の部屋が盗撮されていることに気付いた。

通報されることを怖れた隈井は、由香の部屋に侵入し、彼女を浴槽に沈め、溺死に見せかけて殺害した。

そのときの映像が、残っていたのだ。

浴室での事故として処理されていたが、ここに来て、大きく流れが変わることになる。

「小野田由香さんを殺害したのは、隈井さん。あなたですね」

石井が訊ねると、隈井は不思議そうに首を傾げた。

「彼女は、当然の報いを受けただけですよ」

隈井に悪びれた様子はない。

「どういうことですか？」

「だって、そうでしょ。おれは、彼女を愛していた。だから、守ろうとしただけなのに、盗撮をした変態だって罵ったんですよ。しかも、警察に通報するって、どう考えても酷くないですか？」

「あなたねぇ！」

「気持ちは分かりますが、感情的になるだけ無駄ですから」

石井は、怒りを爆発させる結衣子を制した。

隈井のような男に、常識を説いても決して理解はしない。人間として、大切な何かが欠落しているのだ。

こういうタイプを追い込むには、もっと効果的な方法がある。石井が考えついたわけではない。八雲からのアドバイスを受けたのだ。そのための準備も、既に終えている。

「あなたは、小野田由香さんに、拒絶されたから、殺害したのですね」

石井が改めて問うと、隈井はにっと笑みを浮かべた。

「刑事さん。それは違いますよ。由香は、おれに酷いことを言ったのを、とても反省したんです。だから、自分から殺して欲しいと、頼んできたんですよ」

隈井の主張を聞き、石井は背筋が凍り付く思いがした。

今回、心霊現象をきっかけに彼の盗撮行為が明るみに出て、逮捕に至ったから良かったようなものの、野放しにしていたら、心音も、間違いなく殺されていただろう。

隈井というのは、そういう類いの男だ。この先、一生反省することはない。

「隈井さん。それは間違いですよ」

石井は、笑みを浮かべたまま、語りかけるように言った。

「刑事さんには、分かりませんよ」

「いえ。分かるんです。今回、どうしてあなたの行いが発覚したと思いますか？」

「…………」

「亡くなった由香さんが、教えてくれたんですよ」

石井が言うと、隈井だけでなく、結衣子までもが「えっ？」と驚きの声を上げた。

無理もない。リアリティを出すために、彼女にも、石井がどんなプランで話を進めるか伝えていない。

「刑事さん。何を言っているんですか？　だって由香はもう……」

「そうです。亡くなっています」

「だったら……」

「たとえ、死んでいても話を聞くことは出来るんですよ」

石井は、隈井の反論を遮るように言った。

「いったい何の話をしているんですか？」

「何って、幽霊の話ですよ」

「幽霊なんていませんよ」

「それが、いるんですよ。あなたも、隣の部屋で聞いていたので知っていると思いますが、今回、あなたの犯行を見破ったのは、大学の助教の先生です。彼は、特殊な体質でしてね。死者の魂――つまり幽霊を見ることが出来るんです」

「バカな……」

「いいえ。バカなことではありません。あなただって、不思議に思ったでしょ。どうして、自分の犯行が発覚したのか――って」

「…………」

「その理由は、とても簡単です。亡くなった由香さんの幽霊が、幽霊が見える彼に教えたんです。あなたが、こうして捕まったことこそが、幽霊が存在する証明ではありませんか？」

「…………」

「彼曰く、由香さんの幽霊は、今もなお、あなたに憑いているそうです」

石井はずいっと身を乗り出すと、声のトーンを低くして言った。

「…………」

「あなたは、この先、一生、彼女から――由香さんの幽霊から、逃れることは出来ないんです」

「…………」

「あなたがしていたように、由香さんは、四六時中、側にいてあなたのことを見続けることでしょう」

「う、嘘だ……」

隈井の表情が引き攣る。

これまで散々、他人の生活を覗き見ていた癖に、自分がそうされることには抵抗があるらしい。

「嘘ではありません。ほら、今もそこに彼女がいます」

石井は、隈井の耳許で囁きながら、彼の背後に視線を向けた。

その途端、取調室の電気が明滅した。

もちろん心霊現象などではない。取調室に入る前に、合図を出したら部屋の電気を明滅させるよう、制服警官に頼んでおいたのだ。

結衣子は、「な、何？」と困惑した声を上げながら、辺りを見回している。その反応のお陰で、演出のリアリティが増した。

隈井も、電気の明滅を心霊現象と受け止めたらしく、椅子を鳴らして立ち上がり、慌てて振り返る。

だが、そこには誰もいない。それでも隈井は安心出来なかったらしく、右に、左に首を振りながら視線を走らせる。

隈井の額には、びっしょりと汗が浮かんでいる。

効果覿面《てきめん》だ。隈井は、完全に石井の話を信じ、この部屋に由香の幽霊がいると思い込んでいるらしい。

常識で諭したところで隈井には響かないが、幽霊の存在を信じさせることで、彼を追い込むことが出来る。八雲の言った通りだ。

「ど、どうすればいいんだ？」

隈井が、懇願するような視線を石井に向けてきた。

「残念ながら、何をしても無駄です」

「そ、そんな……」

「憎しみを持った幽霊を祓うのは、容易ではありません」

「た、頼むから……」

「もし、あなたが、これから訊ねることに対して、正直に答えるのであれば、由香さんの怒りも、多少は静まるかもしれません」

石井が言うと、隈井は「喋る。喋るから——」と何度も繰り返し口にした。

13

蘇芳は、ノックをしてから、第七研究室のドアを開けた。

「やっぱり来たんだね」

声をかけてきたのは、心音だった。

にこにこと笑みを浮かべている。彼女の横には、相変わらず血塗れの少女が立っている。この少女は、事故物件で亡くなった人ではないことが分かったけれど、だとしたら、いったい誰なのだろう？　なぜ、心音に憑いているのだろう？

蘇芳は、疑問を抱えながらも「あ、うん」と返事をして、研究室の中を見回す。てっきり八雲がいると思って足を運んだのだが、その姿が見えない。

「斉藤先生なら、いないよ」

心音が、蘇芳の考えを読んだように言った。

「そうなんだ」

「それより、蘇芳君は、私が渡した新聞記事は読んだの？」

心音が、笑みを浮かべたまま訊ねてきた。

「読んだ」

「何か思い出した？」

蘇芳は、首を左右に振った。

断片的に頭に浮かんだ映像はあるが、脈絡がなく、それが妄想なのか記憶なのかも判然としない。

「そっか……」心音は、落胆したように肩を落としたが、すぐに気を取り直して「まあ、今はそれでいいか」と笑みを浮かべた。

「一つ訊いていい？」

「何？」

「心音さんは、どうして、あの新聞記事を持っていたの？」

事件を纏めて綺麗にファイリングしてあった。前から本栖湖での事件に興味があり、情報を収集しているとしか思えない。

――それはなぜか？

「うーん。どうしよっかな。教えてもいいけど、それだと面白くないでしょ」

「いや、そういう問題では……」

「今は秘密にしておく。記憶が戻れば、どうして私が新聞記事を持っていたのか、その意味が分かると思うよ」

心音は、サイドの髪を耳にかけながら悪戯《いたずら》っぽく笑った。

こんな風に誤魔化されると、余計に気になってしまう。

「いや、だけど……」

「もう、この話は終わり。それより斉藤先生は、何処に行ったんだろうね？　昨日から帰って来ていないんだよね」

心音がひらひらと手を振りながら言った。

――ん？

今の言いようは、もしかして。

「この部屋に泊まったの？」

「そだよ」

心音が、あまりにさらっと答えるので、蘇芳の方がおかしなことを言っている気分になってしまう。

「事件は片付いたんだから、自分の部屋に戻れば良かったのに……」

「それが、現場検証があるとかで、終わるまで入らないで欲しいって言われちゃったんだよね」

「そうなんだ」

「まあ、あんなことがあった部屋だからね。なかなか戻り難いよね。ずっと監視されてたなんて、幽霊より気持ち悪いじゃん」

「確かに」

心音の気持ちは、分からないでもない。

これまでのことを考えると、大丈夫と言われたからといって、すぐに日常を取り戻せるものでもない。

「それに、この部屋、結構居心地がいいんだよね」

心音は大きく伸びをしながら、ソファーにごろんと倒れ込んだ。

「そこは、ぼくの場所だ。現場検証が終わったら、さっさと出て行ってもらう」

八雲が寝癖だらけの髪を、ガリガリと搔きながら部屋に入って来た。相当に疲れているのか、今にも眠ってしまいそうな目をしている。

「えぇ。出来れば、私ここに住みたいんですけど」

駄々を捏《こ》ねる心音を、八雲は「ダメだ」と一蹴する。だが、その程度で心音はめげない。

「どうしてですか？　斉藤先生も、ここに住んでいるんですよね？」

「それとこれとは話が別だ」

「えー」

「だいたい、君はどうしてここにいるんだ？　事件は解決したのだから、もう部外者だろ」

「私は、蘇芳君の付き添いです。ね？」

急に心音に振られて、蘇芳は「あ、うん」と曖昧に返事をしてしまった。

八雲は、やれやれという風にため息を吐きつつも、普段、御子柴が座っているデスクに腰を落ち着けた後、「蘇芳」と手招きをした。

蘇芳は、返事をして八雲の前まで歩を進める。

赤い左眼が、いつもより鮮やかに見えた。

「何でしょう？」

「改めて君に訊ねる。君は、どうしたい？」

「あの。もしかして、斉藤先生は――」

「八雲でいい」

「あ、はい。八雲さんは、その――ぼくが関わった五年前の本栖湖の事件を知っているんですか？」

「君は、どこでそのことを……」

「心音さんが新聞の記事を見せてくれました」

蘇芳が答えると、八雲はため息を吐きながら心音を睨みつけた。

「なぜ、蘇芳に事件の記事を見せた？」

「私はただ記事を渡しただけで、見たのは蘇芳君の意思です」

八雲の問いに、心音は平然と答える。

「それは屁理屈だ」

「細かいことは、いいじゃないですか。それに、いつまでも隠し通せるものじゃありませんよ。今まで、知らなかったことの方が奇跡なんですから」

「そういう問題じゃない。君は……」

「もう、済んだことなので」

蘇芳は二人の言い合いに割って入った。

「ぼくは、知ってしまったんです。今さら後戻りすることは出来ません」

そう言うと、八雲は苦い顔をしながらも、心音を詰問するのを止めた。心音の方も、まだ何か言いたそうだったが、おどけたように肩を竦めて口を閉ざした。

「八雲さんは、事件のことを知っているんですね？」

蘇芳は、場が落ち着いたのを見計らって、改めて八雲に訊ねた。

「ああ。知っている。といっても、ぼくが知っているのは、新聞記事に載っている範囲だ。蘇芳は、記事を読んで何かを思い出したのか？」

「記事を読んで、頭に浮かんだ光景はありますけど、それが自分の記憶なのかどうかは分かりません」

「…………」

「もしかしたら、ぼくの記憶に眠っているのは、本当に辛い現実かもしれません。幽霊と向き合い続ければ、それを思い出すかもしれない。そう思うと、正直、恐い部分もあります」

それが、嘘偽りのない蘇芳の本心だ。

蘇芳が記憶を失ったのは、ＰＴＳＤによるものだ。つまり、眠っている記憶は、楽しい思い出ではあり得ない。蘇芳の心を壊してしまうかもしれない危険なものである可能性が極めて高い。

武士は、それを分かっていたから、蘇芳が見ているものを幻覚だと主張したのだ。

きっと幽霊が見えるという蘇芳の体質が、呪いになると思っていたから、それを必死に隠そうとした。

「ぼくは強要はしない。蘇芳の選択を尊重する」

八雲の言葉に嘘はないだろう。

きっと、蘇芳がどんな選択をしたとしても、それを責めるようなことはしないはずだ。優しさのようで、厳しさでもある。

自分でした選択に、責任を持て——そう言われているような気がした。

「ぼくは、それでも知りたいと思いました。五年前に何があったのか？　なぜ、ぼくは記憶を失ったのか？　ぼくは、もう自分の見ているものが、幻覚ではなく、幽霊であると知ってしまったんです。後戻りは出来ません」

「そうか」

「それに、ぼくは気付いたんです。物事を正しく認識することで、誰かの心を救うことが出来るかもしれない」

幻覚だと思っていた妊婦は、武士の妻だった女性——紗綾香の幽霊だった。そのことに向き合うことで、武士に紗綾香の想いを伝えることが出来た。

幽霊が見えることは呪いかもしれないけれど、それを救いに変えることも、きっと出来る。

八雲は、しばらく真剣な眼差しで蘇芳を見ていたが、やがてふっと表情を緩めて笑った。

14

結衣子が、石井とともに第七研究室に足を運ぶと、そこには三人の男女がいた。

全員が初対面ということもあり面食らっていると、石井がそれぞれを紹介してくれた。蘇芳と心音の二人は大学生で、例の隈井の事件に関わっていた。

そして、もう一人――。

奥のデスクに座っているのが、石井が絶大な信頼をおく心霊現象の専門家で、大学の助教の斉藤八雲だ。

顔は整っているが、髪は寝癖だらけだ。御子柴といい、第七研究室は髪型に難がある人が多いようだ。

そして、何より特徴的なのはその赤い左眼だ――。

鮮やかでありながら、深みもあって、見ているだけで吸い込まれそうになる。

八雲は、結衣子の方に顔を向けたあと、わずかに目を細めた。まるで、結衣子の近くにいる別の誰かを見ているようだった。

「私に何か？」

結衣子が訊ねると、八雲は苛立たしげに、寝癖だらけの髪をガリガリと掻いた。

「彼女には、どの程度事情を説明していますか？」

八雲が石井に視線を向ける。

「そうですね……心霊の専門家というところまでです」

「そうですか」

「何か問題が？」

「いえ。彼女自身ではなく、彼女に憑いている人が、さっきからちょろちょろとうるさいんですよ」

「もしかして……」

石井が驚いた顔を結衣子に向ける。

急にそんな顔をされても困る。

「ええ。そのもしかしてです。多分、彼女の母親なんでしょうね」

——母親？

「母は死にました」

急に母の話題を出され、驚きを覚えつつ、結衣子は反射的に口にしていた。

「知っています」

八雲が静かに答える。

「だったら、どうして……」

「八雲氏の左眼は、ただ赤いだけではなく、死者の魂——つまり幽霊が見えるんですよ」

石井が言った。

メガネ越しに見える石井の目は一切の淀《よど》みがなく、真剣そのものだった。

「幽霊が見えるって、そんな……」

「私たちが、八雲氏に心霊絡みの事件の相談を持ち込むのは、彼が見える体質だからです。そのお陰で、様々な事件を解決に導くことが出来たんです」

「いきなりそんなことを言われても、信じられません」

それが本音だった。昨晩の一件で、頭ごなしに幽霊のことを否定するのはやめようと思ったが、急に見えると言われても、そうそう納得できるものではない。

「別に、信じようと、信じまいと、それはあなたの自由です」

八雲が、さらっと言う。

「…………」

「ただ、あなたに憑いている、あなたの母親の幽霊が、どうしてもあなたに伝えたいことがあるそうです」

「母が？」

「ええ。すまなかった——と。交通事故であなたの妹さんを亡くしたとき、あなたのお母さんは、自分を責めたそうです。自分が目を離したばかりに、死んでしまったのだと」

「…………」

言葉も出なかった。

八雲の言う通り、結衣子には十歳年下の妹がいた。母親と一緒に、買い物に出かけたときに、道路に飛び出し車に撥ねられて死んだ。

どうして、八雲がそのことを知っているのか？　石井はもちろん、誰にも話していないことだったのに——。

「あなたのお母さんは、それ以来、罪の意識に苛まれた。許されたかったんです。いや、本当は罰して欲しかったんでしょうね。誰も、自分のことを責めないから——」

「…………」

「あなたのお母さんは、そこから神藤霊障会にのめり込むようになった」

八雲の言う通りだ。

あの事故をきっかけに、母は精神を病んだ。ヒステリックに喚き散らしたかと思えば、一日中泣いていたりすることもあった。家の中はもうめちゃくちゃだった。そんなことがしばらく続いた後、母は宗教に嵌まっていった。

結衣子はもちろん、父も、母のことを責めたりしなかった。だが、そのことが、逆に母を追い詰めてしまっていたというのか？

「私のせいだって言いたいの？」

結衣子が声を上げると、八雲は小さく首を左右に振った。

「それは違います。あなたのお母さんも、それは分かっています」

「…………」

「宗教を心の拠《よ》り所《どころ》にするのは悪いことじゃありません。素晴らしい教えもたくさんある。でも、あくまで拠り所であって、宗教に何かを求め、依存してしまうと、自分を見失うことになります」

「…………」

「あなたのお母さんは、そうなってしまった。周りが見えなくなり、結果として、あなたたち家族を捨ててしまった」

八雲の話を聞き、頭の中に母がいなくなった日のことがフラッシュバックした。

涙の別れがあったわけではない。ある日、突然、家に帰ったら、母がいなくなっていたのだ。

テーブルの上には、封筒が置かれていた。中身は、結衣子に宛てた手紙——というわけではなく、母の名前と印鑑が押された離婚届だった。後から聞いた話だが、母は銀行から父の預金を全額引き出し、それを持ち逃げしていたそうだ。

母は結衣子に何も告げずに、ただ姿を消したのだ。

——捨てられた。

否《いや》が応《おう》でも、その現実を突き付けられた。だから、結衣子は母を憎むと決めたのだ。そうでないと、自分の存在に価値を見出せなかったから。

「…………」

「あなたのお母さんは、何も言わずに、全てを捨ててしまったことを後悔しています」

「な、何を今さら……」

怒りとともに、言葉が漏れた。

「同感です。今さら、謝罪したところで、それは言い訳に過ぎません」

「それが、分かっているならどうして?」

「今のはぼくの私見です。ぼくは、ただ、あなたのお母さんの想いを告げているだけです。判断するのは、あなた自身です」

「…………」

「あなたのお母さんは、妹のことばかりで、あなたのことをちゃんと見ていなかったと悔いています。あの日は、あなたの誕生日だったというのに、そんなことも忘れてしまっていた」

「やっぱり、忘れてたんだ……」

母がいなくなったのは、結衣子の誕生日だった。

プレゼントがどうこうと言うつもりはないが、せめて「おめでとう」のひと言くらい言って欲しかった。

妹の事故は悲しい出来事だったけれど、それに引っ張られて、母は結衣子や父のように、生きている人たちのことを忘れてしまったのだ。

「許して欲しいとは言わない。でも、どうか幸せになって欲しい。生まれてきてくれて、ありがとう——だそうです」

「勝手なことを……」

結衣子の中に湧き上がったのは、激しい怒りだった。

今さら、そんなことを言われても、全てが手遅れなのだ。失われたものは、もう二度と戻って来ない。

結局、死んでも尚、母は自分を許して欲しいのだ。だから、必死に言い訳を並べている。

でも――。

結衣子は、そんな母が大好きだった。

涙が零れ落ちそうになったが、結衣子は固く瞼を閉じ、それをせき止めた。

15

「邪魔するぜ」

第七研究室に入った和心は、思わず足を止めた。

空気が重く、どんよりしている。まるで、葬式の最中のようだ。

ソファーには蘇芳と心音が座っていて、奥の御子柴のデスクに八雲が座っている。石井とその相棒の結衣子の二人は、八雲の前に立っている。

なぜかは知らないが、結衣子は固く目を閉じ、天井に顔を上げている。まるで、泣くのを堪えているようだ。

「邪魔だと分かっているなら、さっさと帰って下さい」

椅子の背もたれに身体を預けた八雲が、あくびを噛み殺しながら言った。

――こいつは毎度、毎度。

「は？　お前が呼んだんだろうが！」

和心は、ついつい怒鳴り声を上げる。

「そうですか？　記憶にありませんね」

「てめぇ！　いい加減にしねぇと、ぶち殺すぞ！」

和心は八雲に向かって拳を振り上げたが、八雲はビビるどころか、まるで他人事《ひとごと》のように無反応だ。

「まあまあ。後藤刑事。落ち着いて下さい」

仲裁に入った石井を、「うるせぇ」と小突いておいた。

いつもなら、これでちゃんちゃんなのだが、今回はそうはいかなかった。

「石井警部に対して、何て失礼な！　あなたを暴行の現行犯で逮捕します！」

結衣子が和心に詰め寄ってくる。

——ああ。そうだった。この女刑事がいた。

石井を尊敬する気持ちは分かるが、いちいち、こんな風に突っかかられたのでは、たまったもんじゃない。

「ごちゃごちゃ言うな。おれと石井は、ずっとこういう関係なんだよ」

「これまでのことは知りません。今後は、私が許しません」

「あん？　どう許さないんだ？」

言い合いになる和心と結衣子の間に、「まあまあ」と石井が割って入った。

八雲とだけではなく、結衣子との仲裁にも入らなければならないとは、石井も踏んだり蹴ったりだ。

今後は、石井のためにも、少し言動に気を付けた方がいいかもしれない。

「さて——お遊びはこれくらいにして、全員揃《そろ》ったようなので、情報交換といきましょう」

場が落ち着いたところで、八雲がすっと立ち上がった。

和心も、そのために来たのだから異議はない。石井も、結衣子も、大きく頷いて応えた。

蘇芳と心音の対面に和心と八雲が並んで腰を下ろす。石井と結衣子の二人は席がないので、立ったまま話を進めることになった。

「まずは、後藤さんからお願いします」

八雲に指名され、和心は気が重いながらも、中学校の教師である百合子から聞いた話を説明することにした。

供花の息子である宏樹が学校でどんな扱いを受けていたのかを含め、出来るだけ仔細《しさい》に説明をした。

話を聞き終えた八雲は、「酷い話ですね……」と小さく呟いた。

それは、和心も同感だった。

宏樹の犯罪が本当ならば許されないが、だからといって、苛めを行っていい理由にはならない。いや、そもそも、宏樹は事件が起きる前から苛められていた節がある。担任の百合子は、それを知っていながら、見ていないふりをしていたのだ。

「石井さんの方は、どうですか?」

和心が話を終えたところで、八雲が石井に話を振った。石井は、大きく頷いてから話を始める。

「色々と分かったことがあります。まず、遠藤さんの喉に詰まっていた紙ですが、楮紙《こうぞし》という和紙のようです。粗いですが、かなり丈夫なことで知られている紙です」

「なるほど。ということは、やはり自分で……」

紙の種類など話されたところで、和心にはさっぱり分からないが、八雲は何か思い当たる節があるらしく、ぶつぶつと何事かを呟いている。

「何か分かったのか？」

和心が焦れて質問を投げかけると、醒めた視線が飛んできた。

「現段階での憶測は、バイアスをかけることになります」

「はいはい。そうでしたね」

「はい――は一回です」

八雲がぴしゃりと言う。もの凄く腹が立ったが、今ここで突っかかったところで、何も変わらない。和心は、大人しく口を閉ざすことにした。

「それで、お香の方は、どうですか？」

八雲は和心を一瞥《いちべつ》してから、話を進める。

「はい。それなんですが、八雲氏が予想した通り、麻を主成分とし、様々な薬草をブレンドしたものだったようです」

「やはりそうでしたか……」

「細かい資料は、これです」

石井が、八雲に資料を手渡す。

「石井警部。本当にいいのですか？」

結衣子が小声で石井に訊ねる。彼女は、まだ状況が分かっていない。真面目であるが故に、民間人である八雲に捜査情報を流すことに疑念を感じている。

「構いません。責任は、私が取ります」

石井は、笑顔で言ったが、まだ結衣子は納得出来ていないようだ。

「でも、石井警部一人で責任を取れるようなことでは……」

「これまでも、八雲氏には何度も捜査協力をしてもらっています。上層部もそのことに気付いていますが、まあ、黙認というやつです」

石井の言う通りだ。

七瀬美雪の事件をきっかけに世田町署の上層部の対応が変わったことは、石井から聞いている。

未解決事件特別捜査室がどんな捜査を行っているのか、追及されることがなくなったらしい。解決してくれるのであれば、その手法がどんなものであっても構わない――という判断のようだ。

そうなったのには、御子柴が特殊取調対策班のアドバイザーとして実績を積んだことも大いに影響しているのだろう。

何れにしても、結衣子はそこまで言われると、黙るしかなくなった。

「石井さん。隈井の方はどうでしたか？」

八雲は、一通り資料に目を通したあとに、新たな質問をした。

「八雲氏の助言のお陰で、色々と聞き出すことが出来ました」

「それは良かった」

「八雲氏が推測した通り、隈井が盗撮していたのは、自由に出入り出来る物件だけではありませんでした。生徒たちを手懐け、小遣い稼ぎとして、学校内への盗撮カメラの設置を手伝わせていたようです」

外道としか言いようのない行いだ。

盗撮した画像で、荒稼ぎするなんてクズの極みだと思う。

「やはり、そうでしたか……。もちろん、彼らも関与していたんですよね？」

「ええ。隈井は柔道部のＯＢとして、稽古の名目で出入りしていて、そこで面識を持ったらしいです」

石井が告げると、八雲は髪を掻き上げるようにして、天井を見上げた。

長い沈黙が流れる。

八雲の言葉が室内に響いた。

「だいたいのことは分かりました。問題は、どうやって呪いを解くか――ですね」

「今回の件は、やっぱり呪いだったのか？」

和心が訊ねると、八雲は小さく顎を引いて頷いた。

「ええ。遠藤さんも、供花さんも、そして矢作さんも、全てある人物の仕掛けた呪いによって命を落としています」

八雲は呪いという表現を使ってはいるが、三人の人間を殺害した黒幕がいるはずだ。

「それは、いったい誰だ？」

「それを説明する前に、急いで所在を確認した方がいい人物がいます」

「所在？」

「そうです。もう一人、『呪』と書かれた紙に、名前を記された人物です」

そう言えば、そうだった。供花は二枚の紙を持っていて、名前も二名分記されていた。そのうちの一人、矢作が死んだ。そして、もう一人にも危険が迫っているということだろう。

「伸介──」

蘇芳が口にするや否や、彼のスマホに電話がかかってきた。

スマホの表示を確認した蘇芳は、慌てて電話に出た。

「もしもし。伸介？」

どうやら、タイミングよく保護対象の伸介から、電話がかかってきたらしい。

「落ち着いて。今、何処にいるの？　え？　聞こえない。幽霊って、どういうこと？　伸介？　伸介？」

蘇芳が、困惑した顔で持っていたスマホを下ろした。

多分、途中で電話が切れてしまったのだろう。

「急いで、彼を確保した方が良さそうですね」

八雲の言う通りだと思う。

だが──。

「いったい何処に？」

16

蘇芳が、八雲に連れて来られたのは、多摩川の河川敷《かせんじき》だった——。

一昨日、蘇芳が転落した橋のある辺りだ。

辺りは暗くなっていて、遠くに灯りは見えるが、川沿いは真っ暗で人の姿は何処にも見当たらない。

「本当にこんなところに、伸介がいるんですか？」

蘇芳が訊ねると、八雲が苦笑いを浮かべた。

「断定は出来ない。あくまで可能性だ。かかって来た電話から、漏れ聞こえる音で判断した」

電話が切れたあと、八雲に電話から何が聞こえたのか訊ねられた。

微かに川の流れる音と、車の行き交う音が聞こえていたことを伝えた結果、八雲が多摩川沿いだと判断し、こうして足を運んだ。

近くにある川といったらここしかないのは確かだが、推測を立てるには、あまりに心許《こころもと》ない。

「でも……」

「迷っている時間はない。彼の家の方には、後藤さんたちに行ってもらっている。ぼくらは、この周辺を捜す」

八雲の言うように、石井と結衣子、それから和心の三人は、伸介の自宅に向かってくれている。

仲介の切羽詰まった様子から、あまり余裕がないのも確かだ。とにかく、捜すしかない。でも、多摩川沿いとなると、捜索範囲が広すぎる。そもそも、川の向こう側かもしれないのだ。

「ぼくは、こっちを捜す。君たちは、向こう側を頼む」

八雲はそう言うと、川上の方に向かって歩いて行ってしまった。

「私たちも、行きましょう」

迷っている蘇芳とは対照的に、心音は八雲が向かったのと反対側に歩き始めた。蘇芳もそれに引き摺られるように歩を進める。

「仲介って、この前、学食にいた人だよね？」

歩を進めながら、心音が訊ねてきた。

「あ、うん」

「目つきが悪い方だよね？」

「そういう言い方って……」

確かに仲介は、キリッとした目をしているが、悪いというほどでもない。それに、他人の第一印象として、目つきのことを挙げるのは、どうかと思う。

「蘇芳君は、何であの人と友だちなの？」

「何でって言われると困るけど……裕太ってもう一人の奴といつも一緒にいて、それで何となくって感じかな」

「そんなに仲良くないでしょ」

「仲良くないことはないけど、二人で一緒に遊んだりはないかも」

言われてみれば、仲介と会うときは、いつも裕太が一緒だった。仲介の方から個人的に誘われることは、これまでなかったかもしれない。

「食堂で会った感じだけだけど、仲介って人、蘇芳君のこと見下していると思う」

「それは、心音さんの印象でしょ。仲介は、そんな奴じゃないよ」

「そうかな？」

「そもそも、何で急にそんなことを言い出すの？」

蘇芳が訊ねると、心音はピタリと足を止めた。

ちょうど、廃墟となった神社の前だった。確か、裕太や仲介が願掛けを行った場所だ。境内は、腰の高さほどあるススキで埋め尽くされている。

「おかしいと思ったからだよ」

「何が？」

「自分が危険な目に遭っていて、助けて欲しいときに連絡するのって、自分が頼りにしている人とか、一番親しい人だったりするんじゃないかな？」

「それは……」

心音の言う通りかもしれない。

仲介が、蘇芳のことを見下しているかどうかは置いておいて、頻繁に連絡を取り合うような親しい間柄でなかったのは確かだ。

——なぜ、仲介はぼくに連絡をして来たんだ？

風が吹いた。

神社の境内を埋め尽くしていたススキが、ガサガサと音を立てて揺れた。

その音は、次第に大きくなっていく。

風は止んでいるというのに、ススキが揺れ続ける。

「え？」

蘇芳が声を上げたときには、もう遅かった。

密生するススキの中から、黒い影が飛び出し、蘇芳に襲いかかってきた。

蘇芳は組み敷かれ、瞬く間に地面に押し倒されてしまった。月明かりに照らされて、蘇芳に覆《おお》い被さっている影の姿が見えた。

伸介だった――。

彼は血走った目をしていて、口の端から泡を吹きながら、蘇芳の首を摑むと、そのまま絞め始めた。

息が苦しい。

「や、止めろ。伸介……」

蘇芳の言葉に応じることなく、伸介は「全部、お前のせいだ」と口走りながら、蘇芳の首をどんどん絞め上げていく。

聞き覚えのある言葉――。

そうだ。思い出した。

あの日――蘇芳の母は、「全部、お前のせいだ」そう言いながら、蘇芳の首を絞めたのだ。

蘇芳を見下ろす母の目には、激しい憎悪が宿っていた。

今の伸介がそうだ。

彼もまた、憎悪に満ちた目で蘇芳を見下ろしている。

それを認識した瞬間、蘇芳の中で抵抗しようという意思が、みるみる消えていった。

——全部、ぼくのせいだ。

——ぼくさえいなければ、こんなことにはならなかった。

——だから、殺されても仕方のないことなのだ。ぼくは死んで当然の人間なのだから。

「止めなさい！」

叫び声とともに、どさっと何かが倒れるような音がして、蘇芳の首を絞めていた伸介の手が離れた。

——何があった？

目を向けると、伸介が腹を押さえて倒れていて、その近くに心音が立っていた。どうやら、彼女が助けてくれたらしい。

「早く立って！」

心音が蘇芳の方を見て鋭く言う。

まだ首に痛みは残っていたし、酸欠でくらくらしたけれど、蘇芳は何とか立ち上がる。

「逃げよう」

心音が踵を返して走り出そうとしたが、伸介がそれより早く立ち上がった。その手には、角材のようなものが握られていて、それを心音に向けて大きく振り上げる。

「止めろ！」

蘇芳は、考えるより先に駆け出し、伸介に飛びかかった。

だが、伸介の身体はビクともしなかった。すぐに弾き飛ばされてしまい、地面に倒れ込むことになった。

それでも、蘇芳はすぐに起き上がり、心音の盾になるように立った。

何としても、心音だけは守らなければならない。

自分でもよく分からないけれど、その強い意志に突き動かされていた。

「前から、お前のことが嫌いだったんだよ！」

伸介は角材を大きく振り上げる。

ダメだ。あんなものをまともに喰らったら只ではすまない。だけど、心音を置いて逃げることは出来ない。

死を覚悟した蘇芳だったが、伸介の振り上げた角材が、振り下ろされることはなかった。

それどころか、伸介は、「ぐうっ」と呻き声を上げた。

――え？

いつの間にか、伸介の背後には和心が立っていて、その首に腕を回して絞め上げていた。

最初は、手足をバタつかせて抵抗していた伸介だったが、やがてだらりと両手を垂らして白目を剝《む》いた。

「まさか、殺してないですよね？」

ぼやくように言いながら、八雲が神社の社の奥から姿を現した。石井と結衣子の姿もあった。

さっき、逆方向に歩いて行ったはずなのに――。

「どうして？」

蘇芳が訊ねると、八雲は心音が話したのと同じ推理を口にした。

そこから、伸介が蘇芳に危害を加えるために誘《おび》き出しているという推測を立て、蘇芳を囮《おとり》にして一芝居打ったということらしかった。

和心、石井、結衣子の三人も、八雲の指示に従って伸介の家に行ったふりをして、この神社近くに待機していたようだ。

和心が伸介から手を離して背中を叩くと、ごほごほと噎せながら、伸介が意識を取り戻した。

「高野伸介。暴行の現行犯で逮捕します」

石井が伸介に罪状を告げ、結衣子が手錠をかけた。伸介は呆気に取られていたが、抵抗して暴れるようなことはなかった。

八雲たちの行動の理由は分かった。でも、一番肝心なことが分からない。

「どうして、伸介がぼくに危害を加えようとしたんですか？」

「それについては、呪いをかけた張本人に訊く方がいいだろう――」

八雲は、そう言うと黒く染まった川に目を向けた。

川縁には、いつの間にか一人の女性が立っていた。蘇芳の知っている女性――橘供花だった。

彼女は既に死んでいる。今、ここにいるのは魂だけの存在となった幽霊だ。

——なぜ彼女が？

蘇芳の疑問に答えるように、八雲が口を開いた。


「これは——あなたの呪いだったのですね」


八雲は、いったい何を言っているのだ？　供花は呪いによって命を落とした被害者のはずだ。それなのに、どうして彼女の呪いだと断言したのか？　その意味が分からない。

それだけじゃない。三人目の呪いの被害者——矢作はどうなる？　彼が死んだのは、供花が死んだ後だ。

供花には、呪いをかけることなど、出来なかったはずだ。

訊きたいことが、あまりに多過ぎて、思うように言葉が出て来ない。そんな蘇芳を置き去りにして、八雲は川縁に立つ供花の幽霊に向かって問う。

「なぜ、こんな呪いをかけたのですか？　他にも方法はあったはずです——」

八雲の言葉に、供花の幽霊は何も答えなかった。

とても哀しげな表情で、八雲の方を見つめていた。しばらく、そうして見合った後、供花は口だけを動かして何かを言った。

——あの子に会いたかった。

蘇芳には、そう言っているように聞こえた。

八雲は、拳を握り締め、一歩、一歩、踏みしめるようにして、供花の方に歩み寄って行った。

17

「おい。八雲。いったいどういうことだ？　説明しろ！」

和心は、川辺に立っている八雲の背中に向かって声を上げた。

目の前に広がっているのは、暗い川だけだが、八雲の赤い左眼には、それ以外の何かが見えている。それは、おそらく幽霊なのだろう。その証拠に、蘇芳も八雲と全く同じ場所に目を向けている。

いったい、八雲は誰に向かって語りかけているのか？『あなたの呪いだったのですね』というのはどういう意味なのか？

分からないことだらけで、頭がパンクしそうだ。

「今、ぼくの目の前には、供花さんの幽霊がいます」

「なっ！」

「今回の呪いを仕掛けたのは、他でもない彼女なんですよ——」

八雲の言っている意味が分からず、和心はしばらくキョトンとしてしまった。

——待て、待て。

「それはあり得ない。だって彼女は……」

「順を追って説明します。まず、彼女が、今回の事件を引き起こした動機ですが——復讐《ふくしゅう》と贖罪でしょうね」

「復讐ってのは、誰に対してだ？」

「遠藤さんたちへの復讐だと思います」

八雲に代わって、石井が言った。

「どういうことだ？」

「供花の息子の宏樹君は、盗撮で補導されていますが、あれは冤罪《えんざい》だったんです」

「何？」

「宏樹君の中学で起きた盗撮事件——あれを首謀していたのは、隈井だったんです。そのことは、彼自身も自供しています」

——そうか。

石井が、隈井に取り調べをした中で、その情報を摑んでいた。そのことに思い至ると同時に、別の情報が頭の中で繫がった。

「もしかして、隈井に協力していたのが、遠藤たちだったってことか」

「そうです」

石井が大きく頷く。

柔道部のOBとして、中学校に出入りしていた隈井と接点を持った遠藤たちは、軽いバイト感覚で、彼の指示に従い女子更衣室に盗撮用の機材を仕込んだ。だが、カメラが発見されたことで立場が危うくなった隈井や遠藤たちは、自分たちに捜査の手が及ばないように、スケープゴートを探した。

ターゲットにされたのが、その前から遠藤たちに苛められていた宏樹だったというわけだ。彼のロッカーの中に、撮影機材を潜ませ、教師である百合子に告げ口をし、発覚させた。

「警察は、どうしてそのことに気付かなかった？」

和心が怒りと共に口にすると、石井が「申し訳ありません」と詫びつつも、説明を付け加える。

「宏樹君の部屋からも、撮影機材や盗撮したデータが見つかっています。でも、おそらくそれは、隈井が部屋に忍び込んで仕込んだのでしょう」

「どうして、そんなことが出来た？」

「隈井って人は、私の部屋に出入りしていたんですよね？」

心音が口を挟む。

そのひと言で、和心も理解した。

そうだ。隈井は、あの物件を管理している不動産会社の社員だ。スペアキーで侵入することなど、造作もないことだった。

「宏樹君は、クラスメイトにスケープゴートにされ、担任教師に信じてもらえず、挙げ句の果てに、自らの母親に見捨てられた――」

八雲の声が、周囲の闇をより一層、深くしたような気がする。

和心の脳裏に、百合子の言葉が蘇る。彼女が家庭訪問をしたとき、供花は息子に聞こえるように「情けない子どもを産んでしまって、恥ずかしい」と口にしたのだ。

そのときに宏樹が抱えた絶望は、想像を絶するものだっただろう。

「クソが……」

和心は、怒りとともに吐き捨てたが、全てはもう手遅れだ。

「後に、真実を知った供花さんは、遠藤たちに対する復讐と、宏樹君への贖罪のために、今回の呪いをかけることにしたんです」

八雲が抑揚のない声で言った。

だが、感情が動いていないわけではない。八雲の中には、激しい怒りと、深い悲しみが渦巻いているはずだ。

「どうやって呪いをかけた？」

「まず、供花さんは協力者を抱き込み、遠藤さんたちに、願掛けと称して、呪いの儀式をやらせました」

「どうして、あの神社だったんだ？」

「このあたりは家族でよく来ていた場所だったんですよ。彼女が持っていた家族の写真は、ここで撮影されたものでしょう」

確かにあった。楽しげに笑っている宏樹と、彼を挟むように立っている供花と、その夫らしき男が写った写真――。

「思い出の場所を、復讐の拠点にしたってわけか」

「そうです。彼らに呪いの儀式を行わせたあとは、協力者と一緒に、心霊現象を演出して、幽霊に呪われていると思い込ませたんです」

「いったい、どうやって？」

「願掛けのときに、写真を撮影させたのがミソです。鏡の中に幽霊の顔が浮かび上がったそうです」

「そんなことが、本当に起こるのか？」

「いいえ。おそらくですが、協力者が、彼らの気付かないうちに、画像編集アプリで宏樹君の顔を合成したのだと思います」

「だが、スマホはロックがかかっているだろ」

「ロックを解除するところを何度も見ていれば、覚えますよ。頻繁にパスワードを変える人は、あまりいませんからね」

「確かにそうだな。気付かないうちに、スマホを繰査されて、急に顔が浮かび上がったように見えたってわけか……」

「ええ。彼らは惚けていましたが、そこに写っている顔が、宏樹君のものであることに気付いていた。自分たちを呪っているのは、宏樹君なのではないかと怯えることになりました」

つまり、心当たりがあったからこそ、幽霊の呪いを信じてしまったというわけか。呪いを信じさせた理由は分かった。

だが――。

「どうやって殺したんだ？」

それが分からない。

「正確に言えば、供花さんも、協力者も、直接手を下してはいないんです」

「何だって？」

「遠藤さんは、喉の奥に丸めた紙を詰まらせ、窒息死しました。あれは、事前に供花さんに、そうするように指示されていたんです」

「は？　どういうことだ？」

「呪いを解く方法として、圧縮した紙の塊を、お守りの中に入れて持たされていたんです。もし、幽霊が部屋に入って来たら、これを飲み込めば助かる——そう言っておいたんだと思います」

「喉に詰まることくらい、分かるだろう」

「だから、圧縮したと言っているじゃないですか。楮紙という強い和紙を使用し、ビー玉ほどの大きさに圧縮しておいたんです。それを飲み込むと、水分と混じり膨張し、喉を塞いでしまう」

「何てことだ……」

「ついでに、紙に次のターゲットの名前を書くことで、彼らの恐怖心をさらに煽ったんです」

仕組みは分かった。だが、それでも納得出来ない。

「どうして遠藤は、そんな得体の知れないものを飲み込むほどに、追い詰められていたんだ？心霊現象を演出するにしても、限界があるだろ？」

「お香です」

石井が口を挟んで来た。

「お香？」

「はい。魔除けとして、彼らは供花さんから、お香を貰っていました。その主成分は――」

「麻か！」

和心は、石井が言っていたことを思い出し声を上げた。

麻は大麻の原料で、幻覚作用や記憶に障害を来す作用があることで知られている。それを魔除けのお香だと称して、吸わせることで、彼らは幽霊の幻覚を見ていたということか。恐怖で冷静な判断力も失っていたはずだ。

「供花さんは、予定通り遠藤を死に追いやった後、今度は、多くの人が見ている目の前で、自分自身が幽霊の呪いから、転落死したように見せかけたのです」

八雲の言葉は重かった。

「あれは、自殺だったってのか？」

「そうです。だから、わざわざ矢作さんたちを呼び寄せた上で、彼らの前に落ちてみせたのです」

「何のために？」

「あれを目の当たりにすることで、呪いに対して懐疑的だった他の面々も、信じざるを得なくなった。しかも、次のターゲットとして自分たちの名前が記されていたんです。正気ではいられません」

「復讐する相手を追い込むためだけに、自分の命を捨てたってことか？」

「それだけが目的ではありません。彼女のもう一つの目的は、贖罪だと言いましたよね」

――ああ。そうか。

息子の宏樹を追い込んだのは、遠藤たちだけではない。供花自身の言葉も、宏樹を追い詰めてしまったのだ。

「最初から、死ぬつもりだった——ということか」

「はい。彼女は、一人で死ぬのではなく、呪いをかけてから死んだんですよ」

「矢作は、その呪いに囚われ、自ら命を絶ったってことか？」

「そうです。あまりの恐怖に、耐えられなかったんでしょう。お香で錯乱もしていました。そこから逃れるために、彼は自ら命を絶ったんです」

「だが、思い通り矢作が死ななかったら？」

「別にそれでもいいんです。彼らに、幽霊の存在を信じさせた時点で、彼女の呪いは成就しています。仮に死ななかったとしても、一生、呪いに囚われ続けるのですから……」

「ねぇ。伸介って人が、蘇芳君を襲ったのは何で？」

疑問を投げかけたのは心音だった。

それは、和心も不思議に思っていた。もし、伸介が呪いに囚われていたのだとしたら、蘇芳を襲う理由はない。

「彼女が、そう仕向けたんですよ」

八雲が川を指さした。

和心には何も見えないが、そこには供花の幽霊が立っているはずだ。

「供花が？」

「ええ。このままいくと、ぼくたちが、呪いを解いてしまう可能性があった。だから、彼女はそれを邪魔しようとしたんです」

「どうやって？　だって、死んでいるんだぞ」

「多分、伸介さんには、偶然にも、彼女の声が聞こえてしまったんでしょうね。呪いは、全て蘇芳たちのせいだと吹き込んだのだと思います」

「そうやって、自分のために関係ない人を巻き込んで……そんなこと許されるわけねぇだろ！」

和心が怒りに任せて言うと、八雲がわずかに振り返った。

「別に、蘇芳の命を奪うつもりはなかったと思います。ただ、罰は与えたかった――そんなところでしょう」

「蘇芳を襲って、警察に捕まることも織り込み済みだったってわけか？」

「ええ。ぼくたちが、呪いを解いてしまったのでは、伸介さんは日常を取り戻してしまう。それが、許せなかったんだと思います。蘇芳を襲うことで、彼は罪を背負うことになる。そこから、過去の罪が明らかになれば、それは呪いと同じです」

自分の命を捨てることすら、計画の一端だったとは――その強い覚悟に、和心は恐怖すら覚えた。

「何れにしても、彼女の計画を後押ししてしまったのは、ぼくなんですよ」

八雲が、掠れた声で言った。

「どういう意味だ？」

「彼女には、霊能力が一切なかった。幽霊が本当に存在するのかも分からなかった。でも、ぼくは、彼女を霊視して、幽霊が憑いていることを告げてしまった。息子の特徴を正確に言い当てられたことで、供花さんは、幽霊は存在するのだと確信したのだと思います」

「…………」

「だから、自分が死ぬ計画を実行するという覚悟を決めたんです。自分が死んでも、幽霊となって見届けることが出来ますからね」

「…………」

「さらに悪いことに、ぼくと蘇芳は、供花さんに憑いている幽霊が、『許さない』と言っていると告げてしまった。あの言葉は、供花さんの計画を止めるためのものだったかもしれないのに、不用意に言葉だけを伝えたことで、彼女は、今も尚、宏樹さんに恨まれていると考え、贖罪のために、死ぬ覚悟を決めてしまったんです」

八雲の背中が震えていた。

それは、自分自身に対する怒りからなのだろう。

何か言葉をかけてやりたかったが、和心には何も思い浮かばなかった。今の八雲に、何か言ったところで届かない。

「それは、違うと思います――」

言ったのは蘇芳だった。

彼は、真っ直ぐに八雲の方に歩を進め、肩を並べて隣に立った。

「何が違うんだ？」

八雲は、隣に立った蘇芳に疑問を投げかける。

蘇芳なりに、八雲を慰めようとしているのかもしれないが、八雲がいなければ、今回の呪いは成就しなかったはずだ。

だからこそ、さっき「なぜ、こんな呪いをかけたのですか？　他にも方法はあったはずです――」と問うた時、供花は「あなたのお陰です――」と言ったのだ。八雲の存在が、供花に最後の一線を越えさせた。

蘇芳は僅かに俯いたあと、改めて顔を上げて供花の幽霊を見た。

「八雲さんにどう聞こえたのかは分かりませんが、ぼくには、さっき供花さんが『あの子に会いたかった』と言っていたように聞こえたんです」

「あの子に会いたかった？」

あのとき、声そのものは聞こえなかった。

口の動きを読んだだけだ。おそらく、蘇芳もそうなのだろう。同じものを見ていたはずなのに、全く違った言葉で受け取ったことになる。

「はい。ぼくは、供花さんは八雲さんに出会う前から、幽霊の存在を認知していたのだと思います」

「それは、希望的な観測だ」

八雲は苦笑いとともに答えた。

それが証拠に、今の供花の表情は充足感に満ちている。それは、彼女が目的を達成したからに他ならない。

だが、蘇芳は八雲の言葉を受け容れることなく、首を左右に振った。

「希望的観測なんかじゃありません。八雲さんの言うように、今回の計画は、復讐と贖罪の意味があったと思います。でも、きっとそれだけじゃなかったんです」

「さらに別の目的があったと？」

「はい。それが、息子に会うことだったんです。死んで、息子に再会したい。彼女は、強くそう願っていたんです。橋で出会った、あの幽霊と同じです」

あの幽霊とは、橋から身投げを続けている、作業着の男のことを言っているのだろう。

確かに、あの幽霊は、亡くなった子どもに会いたいという一心で、橋の上から自殺を繰り返していた。

だが、今回も同じとは限らない。それに――。

「仮にそうだったとしても、ぼくが後押ししたという事実に変わりはない」

だから、供花は本物の霊媒師を求めて、和心に会いに行ったのだ。

幽霊が存在することを認めたからこそ、彼女は自分で命を絶ったのだ。それが贖罪であったとしても、息子に会いたいという気持ちだったとしても同じだ。

「いいえ。やっぱり、供花さんは、最初から幽霊がいることを知っていました」

「どうしてそう思う?」

「そうでなければ、こんなことは計画しません。それに、あのとき、供花さんは『やっぱり幽霊は怒っているんですね』と言っていました。あれは、既に存在すると認知していたからこその言葉だと思います」

「言葉だけでは、判断は出来ない」

「そうですね。今のだと、あくまで印象に過ぎません。でも、ぼくは、それでも、供花さんが、復讐のためだけにこんな計画を立てたとは思えないんです」

蘇芳の声に熱が籠もった。

その目には、涙が浮かんでいた。

——なぜ、蘇芳が泣く?

きっと、蘇芳は感受性が強いのだろう。人より多くのことを受け止めてしまう。そして、何より純粋なのだ。

何処までも、真っ直ぐに希望を見据える。

まるで晴香のようだ。八雲は、蘇芳のそんな真っ直ぐさに惹かれたのだろう。だから、彼を守り、導きたいと思った。

「供花さんは、自分の息子に会うために、死のうとしたんです。復讐はその過程の中で生まれた副産物に過ぎなかったんです。そうですよね?」

蘇芳が、目の前にいる供花に呼びかける。

だが、やはり彼女は何も答えなかった。充足感に満ちた笑みを浮かべたまま、じっとこちらを見ている。

希望を持ちたいという蘇芳の気持ちは分かるが、やはり、八雲には、彼女が復讐という目的を遂げて、満たされているように見える。

現実というのは、望んだ通りにはならないものだ。

八雲が声をかけようとしたところで、何かに気付いたらしい蘇芳が急に振り返った。

「八雲さん。あれ――」

蘇芳が八雲の背後を指さしたので、八雲は振り返った。

八雲の左眼に飛び込んできたのは、想定外の人物の姿だった。

――ああ。蘇芳。君は正しかった。

供花ばかりに目を向けていたので気付かなかった。八雲と蘇芳の背後には、供花の息子である宏樹の幽霊が立っていた。

供花には、それが見えていた。

だから、あれほどまでに満ち足りた顔をしていたのだ。復讐ではなく、息子との再会という目的を果たすことが出来たから――。

供花と宏樹は、お互いに見つめ合ったあと、二人揃って小さく笑みを浮かべ、そのまま闇に溶けるように消えていった。

「ぼくが正しかったです――よね？」

蘇芳が、ぼろぼろと涙を零しながら、八雲に訊ねてきた。

八雲は何も答えず、ただ蘇芳の髪をぐしゃぐしゃに掻き回した。何が嬉しいのか、蘇芳は涙を流したまま、満面の笑みを浮かべた。

「安心するのはまだ早い。事件は、まだ終わっていない。分かっているな？」

八雲が声をかけると、蘇芳は腕でゴシゴシと涙を拭い、表情を引き締めて「はい」と頷いてみせた。

やはり、蘇芳も気付いていたようだ。

「次は君の番だ」

八雲の言葉に、蘇芳は再び「はい」と頷いた。

19

蘇芳は、大学の学食のいつもの席に座っていた——。

ほんの一ヵ月ほどだったけれど、蘇芳は、この場所に裕太と伸介の三人で集まって、他愛のない話をするのが好きだった。

あの一瞬だけは、過去の記憶がないこととか、幻覚が見えることとか、そういうことを全部忘れることが出来た。

「蘇芳」

裕太がいつもの軽い調子で言いながら、蘇芳の向かいの席に座った。

いつもと変わらないことが、今は不自然で仕方ない。伸介のこともあるというのに、どうして、いつも通りでいられるのだろう。

「急に呼び出してごめん」

「別にいいけど、用事って何？」

裕太が頬杖を突く。

窓の外を歩く、女子学生を目で追っているようで、その目には何も映っていない。

「裕太だったんだね」

蘇芳が言うと、裕太は「は？」と眉間に皺を寄せ、首を傾げた。

「何の話？」

「伸介たちが関わった呪い。あれを仕組んだのは供花さんだったけど、一人では絶対に無理だったんだ」

「だから、何の話だよ」

「最初に廃神社で願掛けをしようと言い出したのは、裕太だったんだろ。幽霊に憑かれているから、霊媒師に見てもらった方がいいって、供花さんのところに連れて行ったのも裕太だ」

今回の呪いの発端は廃神社での願掛けだった。供花だけでは、実行させることが出来なかった。

除霊するために、供花の許を訪れたのも偶然ではない。そこに誘導した人間がいたはずだ。

そして、それが出来たのは、裕太以外にあり得ない。

「おれを疑ってるわけ？　伸介たちを陥れたって」

「疑っているというか、それしか考えられないんだ」

「蘇芳に疑われるなんて、ショックだわ」

「ごめん」

「それ、何に対して謝ってるんだ？」

「分からない」

蘇芳は、首を左右に振った。

気付かない方が良かったかもしれない。何も知らなければ、伸介はいなくなったけれど、少なくとも裕太とは友だちを続けられたかもしれない。

でも——。

知ってしまった以上、黙っていることは出来ない。

もしかしたら、自分の見えているものが幻覚だと思い続けていれば、また三人で話が出来たのかな？

そんな疑問が浮かんだが、すぐに振り払った。

蘇芳の世界は変わってしまった。きっかけを与えたのは八雲かもしれない。だけど、進む道を選んだのは蘇芳自身だ。

どんなに残酷でも、この世界を歩んでいくと決めたのだ。

「裕太。一つ訊いていい？」

「何？」

「どうして、供花さんの計画に加担したの？」

「…………」

「ぼくのこと、友だちだと思っているなら、本当のことを話して欲しい」

蘇芳が訴えると、裕太は天井を仰いだ後に、脱力したように長いため息を吐いた。

もう、何もかもどうでもいい。そんな投げ遣《や》りな空気を感じた。

「蘇芳ってさ、宏樹に似てんだよ」

「え?」

「ちょっと、ぼうっとしてるとこがあって、お人好《ひとよ》しで、すげー純粋だから、一緒にいて落ち着くんだよね」

「裕太……」

「おれ、中学のときは、今みたいにちゃらい感じじゃなくてさ、結構、内に籠もるタイプだったんだよ。そんなおれに、唯一話しかけてくれて、仲良くしてくれたのが、宏樹だったんだ」

「…………」

「宏樹が、苛められるようになったのは、おれのせいなんだよ」

「…………」

「本当は、おれが苛められてたんだけど、宏樹はそれを庇ってくれたんだ。そしたら、仲介たちはターゲットを宏樹に変えた。おれ、それが分かってたのに、宏樹が苛められてるの見ても何もしなかったんだ」

「…………」

「どうして何もしなかったか分かるか?」

裕太の唐突な問いかけに、蘇芳は首を左右に振るしかなかった。

「自分が苛められるのが嫌だったんだ。そうやって、逃げちゃったんだ。むしろターゲットが宏樹になってラッキーとさえ思ってた。その結果、宏樹は死んだ」

「…………」

「宏樹は、そんなおれのことを、一度も責めなかった。会えば、変わらずに声をかけてくれた」

裕太の目から、ぼろっと涙が零れ落ちた。

「伸介と一緒にいたのは、宏樹君の復讐をするため?」

蘇芳が訊ねると、裕太は「ああ」と頷いた。

「仲良くする必要があったから一緒にいたけど、内心ではずっとあいつのことを罵っていた。自分の手で殺してやりたいって何度も思ったよ」

裕太は、濡れた目で自分の両手を見た。

憎しみを抱いた相手と、友だちのふりを続けるというのは、どれほどの苦痛だったのだろう。

蘇芳には、想像することすら出来ない。

「全然、気付かなかった……」

蘇芳は、これまで本当に何も見えていなかったのだと思う。

見たくないものから目を逸らし、都合のいいように解釈して、逃げるように生きてきた。もし、蘇芳が裕太の本心に、もっと早く気付いていれば、悲劇は起きなかったかもしれない。

「おれも、蘇芳のことは、本当に友だちだと思ってた」

「裕太……」

「蘇芳に初めて会ったとき、宏樹に似てるって思った。だから、声をかけたんだ。前みたいに逃げないで、ずっと友だちでいようって思ってたけど……こんなことになっちまった……」

裕太が洟《はな》を啜《すす》りながら笑った。

「ぼくも、裕太のことを友だちだと思ってる」

「ありがとう」

裕太が、そう言って袖で涙を拭ったところで、石井と結衣子が歩み寄って来た。

「堀越裕太さんですね。少し、お時間を頂いてもよろしいですか？」

石井が呼びかけると、裕太は「はい」と掠れた声で返事をして、席を立った。

今回の事件は、明確な殺人ではない。裕太も法に触れるようなことは何もしていないはずだ。それでも、事件の全容を解明するためには事情聴取が必要なのだと石井から説明を受けた。

これが今生の別れというわけではない。

確かに関係性は一度壊れてしまったかもしれない。でも、もう一度、最初からやり直せばいい。

だから——。

「終わったら、いつものように、食堂で合流しよう」

蘇芳が言うと、裕太は一瞬だけ驚いた顔をした。だが、すぐに破顔して「分かった」と応じると、石井たちと一緒に出て行った。

蘇芳は椅子の背もたれに寄りかかり、裕太のいなくなった席を見つめていた。

「本当に、これで良かったのか？」

声をかけて来たのは、八雲だった。

姿は見えなかったけれど、きっと何処かで話を聞いていたのだろう。

「はい」

別に、蘇芳が裕太にこんな話をする必要はなかった。石井たちが、独自に彼に事情聴取をすれば済んだことだ。

そうすれば、何も知らないままで終わらせることも出来たかもしれない。だけど、その前に裕太と話をさせて欲しいと言ったのは、蘇芳自身だった。

「ぼくが決めたことですから」

これからも、友だちでいるためには、避けては通れない道だと感じた。彼との関係を、呪いにしないためにも——。

エピローグ

「また、我々の捜査の邪魔をしてくれましたね――」

結衣子が左近字に声をかけられたのは、署の廊下を歩いているときだった。

妙な気分だった。昨日までなら、左近字の嫌み満載のその口調に憤慨して突っかかっていただろう。

だが、今は何とも思わない。

「邪魔をしたつもりはないわ。それに、私は何の役にも立ってないから」

結衣子は足を止めて振り返りながら答える。

今回の事件の真相は、難解な上に不可解極まりないものだった。

三人もの人間が亡くなっているが、明確な殺人犯がいたわけではない。単純に言ってしまえば、幽霊の呪いに怯えた結果、遠藤と矢作は命を落とすことになった。

そして、裏からそれをコントロールしていた供花もまた、自ら命を絶った。追い詰められたのではなく、最初からそうするつもりだった。彼女は、自分が死ぬことで呪いが存在するかのように演出したのだ。

供花の共犯者だった裕太という青年を故意犯として立件するという話も上がったが、結局、実現することはなかった。

未必の故意を証明することは、非常に困難を極めるというのが一番の理由だが、幽霊や呪いのように、その存在を公に認められていないものが犯行動機になっていることも問題視されたのだろう。

何れにしても、この事件を解決に導いたのは、大学の助教である斉藤八雲だ。彼なくして――いや、彼の赤い左眼なくして、事件の解決はあり得なかっただろう。

過去のトラウマから幽霊の存在を全否定していた結衣子は、どう逆立ちしても、事件の真相を看破することは出来なかった。

「そうやって余裕をみせているつもりですか？」

「余裕なんてないわよ」

今回の事件で、結衣子は自分がいかに偏った考えを持っていたのかを思い知らされた。

幽霊の存在もそうだが、結衣子は自分の過去から目を背けていた。

これから、石井のような刑事になるために、まずは、自分の過去と正面から向き合う必要がある。

母がどうして、家を出て行くほど追い込まれたのか？　そして、五年前の事件で命を落とすまでに何があったのか？　時間がかかってもいいので、その真相を突き止めて行こうと思っている。

「珍しく、素直じゃないか。いつも、ぼくのことを、マザコンだとバカにする癖に」

「羨ましかったのよ」

「え？」

「何でもない。母親を大切にする人って、素敵だと思うわよ」

結衣子が微笑みかけると、左近字はなぜか耳まで真っ赤になった。

「ま、またバカにして」

「だからしていないって」

「まあいい。何れ、ぼくが君のことを追い越す」

「楽しみにしてるわ。まあ、お互いに頑張りましょう」

結衣子は、左近字の肩をポンポンと叩いてから歩き始めた。

ものの見方が変わると、捉え方も大きく変貌する。結局のところ、自分がどう受け止めるかが全てなのかもしれない。

廊下を進み、結衣子が未解決事件特別捜査室の部屋に入ると、「後路さん」と石井に声をかけられた。

結衣子は、すぐに石井のデスクの許に駆け寄った。

背筋を伸ばして、表情を引き締めながら石井に目を向けた。握った拳に汗が滲む。

今回の事件で、結衣子は醜態を晒した。七目の部屋では、感情を爆発させ、石井に八つ当たりした上に、泣き崩れてしまった。

あんな姿を見せてしまったのでは、石井はさぞ落胆したことだろう。ここ数日は、別部署に飛ばされることも覚悟しながら過ごしていた。

「後路さんに、一つ提案があるのですが……」

石井が、指先でメガネの位置を修正しながら切り出した。

——やっぱりだ。

言い方こそ丁寧だが、体よく結衣子を切り捨てるつもりなのだろう。

「何でしょう」

「今回は、臨時で私とコンビを組んで行動してもらいました」

「はい」

「後路さんの働きを見せてもらい、私自身、非常に刺激になりました。もし、後路さんに問題がなければ、今後、しばらく私とコンビを組むというのは、どうでしょう？」

石井の言葉が想定外過ぎて、理解するのにしばらく時間がかかった。

「私が石井警部とコンビを組むのですか？」

「そうです。嫌ですか？」

——嫌なわけない。

憧れの石井の近くにいられるなら、何だってやる。そもそも、石井とコンビを組むなんて、結衣子からしてみれば、ご褒美でしかない。

「やります！　やらせて下さい！」

結衣子は、自分でもびっくりするくらい大きな声で返事をしていた。

石井が、苦笑いを浮かべつつ「よろしくお願いします」と、立ち上がり握手を求めてきた。

結衣子は、パンツに手を擦りつけて汗を拭ってから、石井の手を握り返した。

石井の指は驚くほど細かったけれど、結衣子にとっては、この上なく頼り甲斐のある手だった。

2

寺の本堂に座した和心は、天井を見上げてふうっと長い息を吐いた――。

供花が和心の許を訪れたのが、ずいぶん昔のことのように感じる。彼女が命を落としてから、まだ数日しか経っていないというのに。

「最初に会ったときから、供花は死ぬことを考えていたんだな……」

和心が呟くように言うと、向かいに座っていた八雲が「そうですね」と短く応じた。

「おれが、気付いていれば止められたかもしれない」

事件以降、和心の中には、その後悔が渦巻いていた。

自分の鈍感さに嫌気がさす。結局、上っ面だけで、人の本質を見抜くことが出来ていなかった。

これでは、僧侶失格だ。また、英心にどやされそうだ。

「傲慢ですね」

八雲が突き放すような言い方をする。

「あん?」

「後藤さんが何様のつもりか知りませんけど、気付いたところで、彼女の計画を止めることは出来ませんでしたよ」

「むう……」

それはそうかもしれない。

供花の決意は揺るぎないものだった。何せ、自分の命を捨てる決意までしていたのだ。仮に和心が何かを言ったところで、彼女の意志を変えることが出来たとは思えない。

供花は、死んだ息子の宏樹に会うために死のうとしていた。

母が子に会いたいという切実な願いを止める方法なんて、いくら考えたところで思いつかない。

「それに、他人の心を見透かすことなんて、誰にも出来ません」

言い方に棘はあるが、言っていることは正しい。心の内というのは、自分自身ですら曖昧なのだ。他人に分かるはずもない。

何れにしても、和心が今さら悔やんだところで、何かが変わるわけではない。供花は、もうこの世にいないのだ。

せめて、幽霊になってから、息子の宏樹に詫びることが出来たのだと思いたい。

「八雲。一つ訊いていいか？」

「下らないことでなければ」

——いちいちうるせぇ野郎だ。

「供花は、たった一人で今回の計画を立てたのか？」

和心はそのことが引っかかっていた。

八雲は、睨み付けるような視線を和心に向けたあと、ガリガリと寝癖だらけの髪を掻いてから口を開いた。

「おそらく、彼女に計画を指南した人物がいるはずです」

八雲の声が本堂に重く響く。

予想していた返答ではあったが、それでも和心の心が激しく揺さぶられる。

「そう思う根拠は何だ？」

「蘇芳が言っていたように、彼女はぼくたちに会う前から、幽霊の存在を受け容れていました」

「そうだな」

そうでなければ、自分が死ぬことを前提とした計画など、最初からあり得なかった。

「つまり、何者かが彼女に幽霊の存在を受け容れさせ、その上で、今回の計画を指南したと考える方が自然です」

「だが……」

「それから、もう一つ」

「何だ？」

「彼女は、どうしてわざわざ、後藤さんの許に足を運んだのでしょう？」

「それは……」

「自分自身が幽霊に怯えているというアピールをしておく必要があったのも事実ですが、本当にそれだけだったのか？」

八雲の左眼が、妖しく光ったような気がした。

「何が言いたい？」

「供花さんに計画を指南した人物は、ぼくたちを――いや、正確には、ぼくと蘇芳を事件に巻き込もうとしたのではないか？　そう思えてならないんです」

――思い過ごしだ。

そう言って否定しようとしたが、喉が張り付いたようになって声が出なかった。

八雲の推理が正しいのだとすると、誰が計画を指南したのかが問題になる。思考を巡らせるまでもなく、和心の頭に一人の容疑者が浮かんだ。

「もしかして今回の計画を指南したのは、蘇芳の義父の神藤龍之介なのか？」

八雲は、和心の問いに答えることなく、ゆっくりと立ち上がり、背中を向けた。

だが、それこそが答えだ。

六人もの人間が死亡した本栖湖の宗教団体施設での事件。その後、行方を晦ませている蘇芳の義父である神藤龍之介と、蘇芳の妹の朱――。

しかも、神藤は八雲の父親である雲海とも接点があった可能性がある。

時を経て、何らかの目的を持って八雲や蘇芳に近付いてきたということも、充分に考えられる。

「これからどうするつもりだ？」

和心は、本堂の扉に向かって歩き始めた八雲の背中に声をかけた。

八雲はピタリと足を止め、再び苛立たしげに寝癖だらけの髪を掻くと、長いため息を吐いた。

「どうするも、こうするもありませんよ。ぼくは、ぼくのやるべきことをやるだけです」

八雲は、それだけ言い残すと扉を開けて本堂を出て行った。

その姿を見送りながら、和心はどっと身体が重くなった気がする。

もし、供花に計画を指南したのが神藤だったとするなら、これから蘇芳は、自分の父親との因果に立ち向かわなければならない。

かつての八雲が、そうであったように――。

3

御子柴の講義を聴くために大教室に入った蘇芳は、視線を走らせ裕太の姿を捜してしまった。

昨日、メッセージのやり取りをして、二週間ほど学校を休むと言っていた。警察の事情聴取は終わっているのだが、気持ちの整理をする時間が欲しいそうだ。

その気持ちは分かるし、裕太の意思は尊重したいと思う。

分かっていても、無意識にその姿を捜してしまうのだから、それだけ蘇芳にとって裕太の存在が大きかったのだろう。

今になって思えば、裕太が蘇芳の過去に触れなかったのは、彼自身にも触れられたくない過去があったからなのだろう。

空いている席に座り、鞄から教材を取り出したところで、「おはよう」と挨拶をしながら、心音が隣の席に座ってきた。

「あ、おはよう」

相変わらず、彼女には血塗れの少女の幽霊が憑いている。

八雲は、敵意はないので放置しても大丈夫だと言っていた。蘇芳も、それに関しては同意見だ。

血塗れではあるけれど、その少女の目はとても優しく、心音を見守っているように見える。

「私の顔に何かついてる？」

心音が自分の頬に手を当てた。

少女の幽霊を見ていたつもりだったが、心音からしてみれば、自分が凝視されていたように感じたのだろう。

何だか急に恥ずかしくなり、視線を逸らした。

「いや、何でもない……」

「嘘でしょ」

「どうして分かるの？」

「最初に言ったじゃん。蘇芳君は、嘘吐くとき首を触るんだよ」

自分の首を撫でるように触っていることに気付き、急いで引っ込めたが、もはや手遅れだった。

「あ、いや……」

どう説明すべきか迷ってしまう。

危害を加えないとはいえ、血塗れの少女が憑いていると報され、気分がいいものではないはずだ。

「別に言わなくても分かるよ。私には、まだ少女の幽霊が憑いているんでしょ？」

「あ、うん」

「その幽霊は、どんな顔をしてるの？」

「えっと……笑ってる」

嘘ではない。心音に憑いている幽霊は、血塗れではあるけれど、今も楽しそうに笑っている。

「そっか。私にも見えたらいいのに……」

心音が悲しそうに目を細める。

蘇芳が訊ねたのだが、心音は「それよりさ――」と強引に話題を変えてしまう。

「今のは、どういうこと？」

「蘇芳君に提案があったんだよね」

「提案？」

「そう。実はさ、心霊研究会を立ち上げようと思っているんだ」

「心霊研究会？」

「そう。心霊絡みの事件の真相を研究、考察して、真相を暴くのがその目的。面白そうでしょ？」

「そうだね」

蘇芳は、苦笑を浮かべながら曖昧に答える。

「学生課の水川《みずかわ》さんに相談したら、B棟の裏にあるサークル棟の一階の一番奥の部屋が空いているから、使っていいって。もちろん、サークルの申請も提出済み」

心音は顔の横でピースサインを作ってみせた。

「行動力が凄いね」

御子柴に根回ししたときも思ったが、心音は推進力が並外れている。

「まあね。というわけで、これからもよろしく」

——ん？

「よろしくって——もしかして、ぼくもサークルのメンバーになってたりするの？」

「もちろん。蘇芳君がいないと始まらないでしょ。私、幽霊とか見えないし」

「いや、でも……」

蘇芳が反論しようとしたところで、御子柴が教室に入って来た。

心音は席を移動するのかと思っていたのだが、蘇芳の隣の席に座ったまま、受講の準備を始めた。

「席は……」

「え？　誰か座ってた？」

「いや……」

「じゃあ、別に平気でしょ」

心音があっけらかんと言う。

「でも、いつも友だちと受けてたよね？」

「ああ。聖子のこと？　最近、あんまり絡んでこないんだよね。まあ、理由は分かってるけど」

心音が、前の方の席に座っている聖子に、チラリと視線を向けた。

聖子の隣には、男子学生が座っていて、彼女は彼に身を寄せるようにして楽しそうに喋っている。

恋に夢中になっているということのようだ。

「ああ……」

「邪魔するのもあれだし、私は一人の方が性に合ってるから。あ、でも私には幽霊が憑いているから、一人じゃないか」

心音は、そう言って笑った。

「一つ訊いていい？」

蘇芳は、声を潜めつつ心音に目を向ける。

「何？」

「どうして、そんなに幽霊に興味があるの？」

心音は悪戯っぽい笑みを浮かべながら「秘密」と答えた。

全然納得出来ていないのだが、蘇芳が疑問をぶつける前に、御子柴の講義が始まってしまった——。

4

八雲は、第七研究室のソファーに腰掛け、心音と対峙していた——。

だぼついたグレーのパーカーに、ジーンズという出で立ちで、眠そうな目をしている。

一見するとダウナー系だが、それは見せかけに過ぎない。彼女は、気怠げな空気を纏いながらも、周囲を観察し、狡猾に思考を巡らせている。何より、迷いがない。

「それで、話って何ですか？」

少し間延びした調子で、心音が訊ねてきた。

相手が誰であれ、彼女は自分の態度を崩すことはない。

「わざわざ、ぼくが言わなくても、分かっているだろ？」

八雲が質問を返すと、心音は僅かに口角を上げた。

「サークル棟のプレハブのことを言っているんだったら、学生課の水川さんに使用許可を取ってますけど」

確かに、それについても不満はある。

今、八雲は第七研究室を根城にしているが、元映画研究同好会の部屋も、隠れ家の一つとして確保しておいた。

心音はそれを承知の上で、学生課を言葉巧みに丸め込み、彼女が立ち上げた心霊研究会の拠点にしてしまったのだ。

まあ、これに関しては、八雲も学生時代に似たようなことをやっているので、あまり強くは責められない。

「それだけじゃないだろ。君が立ち上げた心霊研究会の顧問が、ぼくになっている」

「そうですよ。心霊を研究するなら、幽霊が見える斉藤さんと蘇芳君は必須じゃないですか」

心音は、一切悪びれることなく、笑顔で答えた。

「ぼくは許諾した覚えはない」

「知ってます。そもそも言ってませんし」

「だったら……」

「でも、御子柴先生から承認は得ています。あ、もし拒絶したら、あることないこと言って、大学を辞めさせる——と御子柴先生が言っていました」

既に、御子柴の懐に入り込んでいるらしい。八雲を説得するよりも、御子柴を乗せて巻き込んだ方が、効率がいいと知っているのだ。

「汚いやり方だな」

「斉藤さんが、それ言いますか？　ちょっと関わっただけですけど、分かるんですよね。私と斉藤さんは、同じタイプだと思います」

「冗談は止めてくれ」

否定してはみたが、思い当たる節がないわけでもない。

確かに、心音の思考は八雲に似ているところがある。だが、それでも、根本的な部分で相違がある気がする。

「私は本気です。何にしても、これからもよろしくお願いします」

心音は笑顔で言いながら立ち上がり、そのまま部屋を出て行こうとしたので、慌ててそれを呼び止めた。

「もう一つ、確認したいことがある」

「何ですか？」

「君の目的は何だ？」

「わざわざ訊くまでもなく、斉藤さんなら、もう分かっていますよね」

心音が笑顔を引っ込めた。

相変わらず眠そうな目をしているが、瞳の奥に宿るギラついた光に、八雲は背筋が寒くなる思いだった。

「そうだな。新聞記事には載っていないが、警察の資料には、君の名前が出てきた」

「…………」

「本栖湖での事件――君も現場にいたんだな」

「ええ。いました」

「君は、あの事件で双子の妹を失っている。今、君に憑いている血塗れの少女は、そのとき亡くなった妹の幽霊だ」

「そうですね」

「最初から、分かっていたんだな」

「はい」

「蘇芳には、そのことは伝えたのか？」

「いいえ。言っていません」

「どうして？」

八雲が問うと、心音はにっと口角を上げて笑った。

「だって、蘇芳君にはちゃんと真実を思い出してもらいたいじゃないですか」

「だとしたら、伝えるべきなんじゃないのか？」

「斉藤さんは分かっていませんね。こちらから必要以上に情報を与えたら、バイアスがかかってしまうじゃないですか。特に、人間の記憶は曖昧ですから」

確かに、記憶を失っている人間に情報を与えることで、それに誘導され、記憶が書き換えられてしまうことはあり得る。

「蘇芳君には、あの場所で何があったのかを、正確に思い出してもらう必要があるんです」

心音がそう言い添えた。

「どうして、そこまで蘇芳の記憶に拘る？」

「あの日、妹を殺したのは——私の母なんです」

心音の口から放たれた言葉は、ぞっとするほどに冷たいものだった。

「警察には言ったのか？」

八雲が見た警察の資料には、そんな話は何処にも書いていなかった。

「もちろん言ってません」

「どうして？」

「どうしても、こうしてもありませんよ。言ったら、私は被害者遺族ってだけでなく、加害者遺族にもなっちゃうじゃないですか」

笑いを含んだ心音の声が、八雲の耳に冷たく響いた。

事件があったのは、今から五年前。心音がまだ中学生の頃だ。その年齢で、そこまで計算して警察に証言をしたというのだろうか？　だとしたら、彼女の抱える闇は、想像以上に深いのかもしれない。

「その事実を隠して、君は何がしたいんだ？」

「決まってるじゃないですか。あのとき、どうして母は、妹だけ殺したのか——その真相を確かめたいんです。警察の捜査なんかじゃなくて、私自身で」

だから心音は、当時、現場に居た蘇芳に近付いた。思考としては理解出来る。だが、どうしても引っかかりを覚える。

「目的は、それだけか？」

「秘密です——」

心音は、手をひらひら振りながら言うと、そのまま第七研究室を出て行ってしまった。

さすが、御子柴が目をかけているだけあって、彼女は相当な曲者のようだ。

八雲は天井を見上げながら、長いため息を吐いた。

続く——

神永 学　かみなが・まなぶ

1974年山梨県生まれ。日本映画学校卒業。2003年『赤い隻眼』を自費出版する。同作を大幅改稿した『心霊探偵八雲　赤い瞳は知っている』で2004年にプロ作家デビュー。代表作「心霊探偵八雲」をはじめ、「天命探偵」「怪盗探偵山猫」「確率捜査官　御子柴岳人」「殺生伝」「浮雲心霊奇譚」「革命のリベリオン」などシリーズ作品を多数展開。著書には他に『コンダクター』『イノセントブルー　記憶の旅人』『ガラスの城壁』『ラザロの迷宮』『悪魔の審判』『マガツキ』などがある。

神永学オフィシャルサイト
https://kaminagamanabu.com/

著者　神《かみ》永《なが》 学《まなぶ》
発行者　森田浩章
発行所　株式会社講談社
〒112-8001
東京都文京区音羽2-12-21
電話　出版　03-5395-3505
販売　03-5395-5817
業務　03-5395-3615

本文データ制作　講談社デジタル製作
印刷所　株式会社KPSプロダクツ
製本所　株式会社国宝社

新《しん》 心《しん》霊《れい》探《たん》偵《てい》 八《や》雲《くも》 赤《せき》眼《がん》の呪《じゅ》縛《ばく》

第一刷発行　2024年6月24日

N.D.C.913 396p 19cm
ISBN 978-4-06-535934-1

KODANSHA

KAMINAGA Manabu

PSYCHIC DETECTIVE YAKUMO